故乡有此

乔傲龙 著

山西出版传媒集团
三晋出版社

图书在版编目（CIP）数据

故乡有此 / 乔傲龙著 .-- 太原：三晋出版社，2024.3
　　ISBN 978-7-5457-2940-5

　　Ⅰ.①故… Ⅱ.①乔… Ⅲ.①散文集 – 中国 – 当代 Ⅳ.① I267

中国国家版本馆 CIP 数据核字（2024）第 069935 号

故乡有此

著　　者：	乔傲龙
责任编辑：	薛勇强

出 版 者：	山西出版传媒集团·三晋出版社
地　　址：	太原市建设南路 21 号
电　　话：	0351 – 4956036（总编室）
	0351 – 4922203（印制部）
网　　址：	http://www.sjcbs.cn
经 销 商：	新华书店
承 印 者：	苏州彩易达包装制品有限公司

开　　本：	890mm×1240mm　1/32
印　　张：	10.5
字　　数：	220 千字
版　　次：	2024 年 3 月　第 1 版
印　　次：	2024 年 4 月　第 1 次印刷
书　　号：	ISBN 978-7-5457-2940-5
定　　价：	65.00 元

如有印装质量问题，请与本社发行部联系。电话：0351-4922268

有家，才有未来（代序）

杜学文

我与傲龙其实并没有太多接触。只知道他在一家报社工作，不知道的是，他已经到高校开始了教书育人的生涯。随着新兴媒体的崛起，纸媒有些冷落。傲龙在媒体"转型"的时刻也实现了自己的转型，可以说是顺应时代变化之举。

据说他已完成了几项科研任务，正在出版这些项目的研究成果。那样的话，在新闻学——如果有这个学科的话，成果就非常突出了。不过这并不是他的全部。在完成授课与科研的同时，傲龙还写了许多散文。其中的一部分是表达对自己故乡的怀念，或者也可以说是写自己知道的故乡。他的童年时期曾在那里生活，并从故乡的山村来到县城，考上了大学，又在省城工作。从别人的眼光来看，确实是跳过了龙门。与很多的农村青年一样，他生命轨迹的演变似可视为时代变化的一个缩影。对此，他是非常清楚的。在他的这些作品中，常常流露出对这种变化的感慨。他以个人的变化证明了时代的变化。

手头的这本《故乡有此》就是傲龙关于故乡的散文集。我是先读了最后的两篇文章，然后才又从前面开始阅读的。这主要是想了解他的一些想法。

似乎有这样几点印象。

首先是傲龙并不想简单地记录故乡的人与事，而是力图把故乡置于时间与空间的背景中来回视。他的故乡在吕梁山南部的乡宁县，是一个黄土塬上的村庄。从现在的视角来看，比较偏远，交通不便。所谓大山深处，天高地远。但如果从历史的角度来看，就会发现有很多的不同。当然就傲龙而言，他的感受与记忆只有"现在"，对"历史"却缺少了解。但由于能体察到时间与空间对一个地域，以及这种地域中人的命运的作用，就使这些作品具有了不同于一般性平面介绍的特点，体现出时光的意义、历史的机遇。由此也能够把偏远的故乡与社会、时代联系起来。

其次是傲龙有一种艺术的敏感气质。他善于捕捉生活中那些看似普通、缺少意义的人和事，并赋予其艺术的气韵，转化为作品。在这个黄土塬上的山村里，并没有发生十分重大的事件，多为家长里短、亲友邻人。但是，傲龙能够在这些琐碎的生活中发现具有意味的东西。这些与黄土一样平凡的人与事正是我们生活的历史。他不动声色地把这些东西表现出来，使我们回到了许多属于"过去"的日子。他们如何走过了每一段同样平凡的时光，而时光又如何在这样的平凡中缓缓向前。人们关注的历史更多的是影响时代进程与社会走向的重大事件、重要人物。但对历史而言，实际上更多的是日常的生活。正是它们构成了历史的血脉。当然，没有人能够把这样日常琐碎的生活一一写进史书。不过，如果我们读到一部文学作品，虽然它同样不可能把这种生活全部记录下来,却可以从其描写中让我们知道曾经的生活——形象的、具有典型意义的,虽然不可能是全部的,但却可能是具有代表性的。

还有一个很重要的特点,就是傲龙在无意识中表现出了生活之所以能够不断延续的潜在力量。他并没有告诉我们,或者他其实也不一定意识到。但在他的笔下,总会不自觉地表现出生活中的人们所具有的生命活力。这种活力不是敲锣打鼓式的看得见的外在形态,而是默默无闻、自然而然地存在的生活内里。他描写了人对自然与社会环境变化的适应性,面对生活中的困苦表现出来的坚韧与努力,人与人之间发自内心的情爱,对生活中意义的构建与享受,等等。这些都是生活的本质性内容。我们经历的更多的是生活的日常。但在这日常中却能够体现出恒久性的意义,虽然我们不可能回避生活的"非日常性"——在不同程度上影响日常生活的那些可以归为"历史事件"的事件。对于具体的个人而言,这种历史性事件的出现不仅会改变历史的进程,也将改变个人的命运。如傲龙尽管认为自己在"日常"状态中生活,但由于高考制度的恢复,他有机会考上大学,走出吕梁山,进而留在省城工作。这其实是在说明日常中隐含了非日常的历史。个人也成为这种历史的参与者、亲历者、见证者。

傲龙在自己的表述中显然存在着某种执念。如果不是刻意为之的话,必是人生积累与体悟使然。其原因可能是对描写对象的了解仍然留驻在自己"已知"的层面,没有深究"已知"之外的"未知"。或者也不一定是"未知",而是一种"未觉"。

同时，过于从"我"的感受、视角来看时间与空间的演变，制约了作者打破"自我"视野的局限。为了说明自己的故乡是一个"小"地方，他特别强调其不被人瞩目，"过去的千百年间，它可以写进纸里的历史，估计加起来超不过十句。说十句也是夸张，因为迄今为止我一句也不曾见到"。作者由此得出结论，"家乡"其实是没有历史的。这个"没有历史"应该指的是没有被"历史"记载，并不是说只有孤零零的"现在"。但这显然与真正的"历史"是存在抵牾的。作者所描写的家乡在鄂河之畔谭坪塬上的乔眼村。什么时候被称为谭坪塬、乔眼，最重要的是要有谭姓或乔姓人家在这里定居，并产生影响。这可能是没有历史记载的。仅仅由此来看，作者的论断还可以说是正确的。但是鄂河的"鄂"却是有历史记载的。鄂地不仅不是小地方，还是大地方，是对历史产生重要影响的地方。据当地学者研究，所谓"鄂"，是尧时观测天象使用的一种"仪器"，即在木杆顶部横着装置钉成十字，指向四方的木条。据说这种"鄂"还是华表的原型。这当然不是用"小"能够说明的。也有记载说"鄂"实际是"鳄"，是豢养鳄鱼之民所在。而鳄地，或者说鄂地，即由此而名。

重要的是史籍中确实对鄂多有记载。如《左传》《史记》等史籍中就谈到了鄂侯、鄂国侯等，这里不去细说。大致可以提到的，商纣王曾命周侯、鬼侯、鄂侯为"三公"，以辅朝政。由此看来，这"三公"都不是一般人，而是对国家大政有影响的人。这里的周侯是指周文王，鬼侯也称九侯，据说是鬼方之侯。而鄂侯，就是封在作者的家乡今乡宁一带的诸侯。今天，这里还有鄂谷、鄂山，以及鄂水，也就是鄂河等地名。正是因为鄂的重要，才出现了这样的地名。鄂，绝对不是小地方，也不是一种区域性意义的地名。它不仅没有被历史忽略，而且恰恰被历史记载。当然，那时应该没有一个叫做谭坪塬的地方。但谭坪塬所在的"塬"这一地域是存在的。而鄂侯一系后来往东南地区迁徙，至今河南南阳、湖北鄂州等地，逐渐演化出非常重要的社会文化现象。这个过程比较复杂，在此难以详叙。我想强调的是，作家的认知将影响其判断，并且也将影响其视野的大小与情感的指向。

但无论如何，我们还是通过傲龙的描写了解到了一个地域从农耕时代的末尾向现代社会转型中发生与存在的许多有意味的人与事。我们在这里看到了一个村庄所表现出来的社会的发展与进步。它具有自己的独特性，并体现出时代的共性。这就是我们常常怀念家乡，并能够找到出发基点的缘由，是家乡对于我们生命的意义之一种。我们的全部生命——生理基因、生活习惯、行为方式、价值判断，甚至性格与心理，都与家乡息息相关、血脉相连。

有家，才有未来。

二〇二三年五月三十一日于太原
（作者系著名文学评论家，曾任山西省委宣传部副部长、山西省作家协会主席）

济淡泊以至味，觅真趣于乡情（代序）

景宏业

"书当快意读易尽，客有可人期不来"，读完《故乡有此》的最后一页，不由得想起了宋人陈师道的这两句诗。说真的，退休好多年了，记得很少能这么投入地沉浸在一本书中，才读了三两篇便恨不得一口气把它读完，待到真正读完后，又后悔自己读得太快、读得太粗，许多精彩的地方还没来得及仔细欣赏就仓促放过。于是，想从头再读一遍的念头便油然而生。

我这样说绝不是溢美，《故乡有此》真的有让人不得不陶醉的魅力！

首先，本书表现的主题是游子思乡，是一个"独在异乡为异客"的人对故乡铭心刻骨的思念。除非你是一个被愚昧或懒惰锁定在自己出生的小山屯、连几十里之外的县城都没去过的幸运儿，否则，无论你当初在故乡时对她有多么地怨恨、憎恶，无论你离开她时态度是多么地固执与决绝，也无论你离开故乡后如何把自己标榜成"男儿到死心如铁"的硬汉，随着时间的流逝，"却望并州是故乡"的经历会迫使你把自己的记忆无数次地过滤、删汰，有意或无意地强化你想保留的，淡化你想忘却的，最后留下来的一定是连自己都觉得不可思议的"归心日夜忆咸阳"。其实这不怪你，对于安土重迁的国人来说，故乡是一个与生俱来且愈老愈烈的情结！

然而，选择这个题材也是具有挑战性的。怀土思归这个被历代文人反复揣摩、多角度描写过的题材，想写出新意实在不容易。刚拿到样书时，我在极度担心中打开了第一页，但却是在嘲笑自己担心多余时合上书本。《故乡有此》选择了一个比较巧妙的角度，他用诗人加教授的才思与渊博，通过一个站在谭坪塬上谦卑而又自信的孩子的眼睛和笔触，观察、描写和评价他所经历的一切。他不同于屈原、庚信那充塞天地的哀愁，不同于王粲、李煜那无可奈何的沉痛，也不同于张翰、陶潜那洁身自好的任性，甚至不同于鲁迅笔下那富家少爷的记忆，他只是一个在物资短缺年代因独享了一整块五仁月饼而懊悔了好多年，但却始终没有停下奔向太阳的脚步的农家子弟。不敢说本书的价值一定可以比肩前人，但作者记叙的故事更接地气，更容易让绝大多数民众接受却是不争的事实。书中几乎涉及了改革开放前后普通民众生活的方方面面，用作者自己的话来说："远追'高曾祖'，近及'父我身'，从自家叔伯姑舅到村中的哑巴疯人，从放牛割草的烂漫儿时到求学谋生的离乡愁绪，乃至塬上的四时光景、五谷六畜，百姓的稼穑树艺、生死歌哭……"请允许我郑重地提醒一句，与你有着相似的经历且写出来的都是你想说而未说出的文字，肯定更容易引起你感情的共鸣！

或许，作者笔下那个"高高在上"却又被贫困笼罩多年、甚至连吃水都异常困难的谭坪塬，与你记忆中富庶的江南水乡、桃花盛开的平原小镇或者灯红酒绿的都会没有多少相同的地方,但书中那个由于受日本鬼子迫害而变得性格异常古怪的、看家老狗般的曾祖父,爱国热情不幸用错了地方、以致带来几十年灾难的精明能干的爷爷,勤劳辛苦、任劳任怨的父母,以及那些古道热肠、善良憨厚的左邻右舍、亲戚朋友、老师同学,等等,会不会与你的人生经历偶然契合?如果这些仍让你觉得有距离感,等读到书中那为了前途不得不离开故土的百般纠结、好不容易离开之后又"剪不断、理还乱"的万般懊悔,以致把"中学、大学、硕士、博士,我拿到的每一张入学通知书",怨恨成一张张对自己家乡的"光荣的背叛许可证"时,会不会让你发出"得吾心焉"的感慨?别固执地以为小小的谭坪塬离你很远,也别武断地以为写这类题材的作品由来已久且太多太滥,充溢在本书字里行间那含泪的微笑,那饱满的激情,那情难自已的无尽思念,保不齐在某个地方就会戳痛你的软肋,进而触发你自视甚高的泪点。

　　在书末的《跋》中,作者不无谦虚地写道:这本书是"信马由缰,放任而不知收敛"的"东拉西扯的文字"。我倒是觉得,这恰恰是本书最值得称道的地方之一。几十年前,有人把散文的结构定位为"散而不散",或者叫"形散神不散",并在万马齐喑的好多年里被奉为散文结构的不二法门。这观点其实并不十分错,可惜他将散文创作中的其他结构方式一概忽略掉,这正应了那句"真理再往前迈进一步就成了谬误"的名言。进入新时期后,受到学术界的质疑也是不可避免的。但即便是最激烈的反驳者也承认"形散神不散"是散文结构中常见的、因而也是比较重要的一种。乔教授说自己的散文"章法体统更无从谈起"，恰恰符合了散文结构的这个特点。文学创作本来就是按照审美规律精心结撰出来的文字，因而，有些基本规则是应该遵守的，有时候哪怕是作者潜意识里的"巧合"。当然，一部成功的散文集，必须而且应该有它独到的地方。这部散文集的亮点表现在哪儿呢？现择其要端，以就教于读者。

首先是崇尚真实。"真实是艺术的生命"，本来是不需要刻意强调的常识，但不知道为什么我还是想提一下。相较于诗歌、小说、戏剧，散文这种文体，对真实的要求可能更为苛刻。这包括题材的选择、记叙的过程、感情的抒发甚至议论的展开等多个方面。真实就是不加任何矫饰，按照生活本来的样子，不贬低也不拔高，正如作者自己所说的："事唯求真，情唯求切，理唯求实。"全书虽然时间跨度很大，且作者与家乡渐行渐远，但目光始终聚焦在他的"谭坪塬"上——生活的艰难困苦，山村的赏心乐事，偏僻县城彼时的景况，同学之间那些不为人知的秘密，都一五一十地记录下来。正是因为基于真实，所以从人物、叙事到抒情、议论，你找不出半点牵强附会或无病呻吟的地方。最令人过目难忘的是这个生长在穷乡僻壤、十岁才转学到县城的农家才俊，居然把儿时的怯懦、自卑、虚荣以及刁钻耍滑，都毫不掩饰地呈现在世人面前，让人在忍俊不禁的同时不由得想到这样一个严峻的问题：如果有一天他的儿女把父亲的往事作为饭后茶余的谈资，会不会让伟岸的父亲形象在他们心目中有所折损呢？

其次是在平淡中追求意趣。追求真实却偏偏生活在一个小山村里，接触的都是一些普通到不能再普通的平民百姓，经历的都是一些平凡到不能再平凡的事情，即便是后来幸运地转读到县城,但还是仅有两条街,不,实际上是沿河修建了两边街道的山区小县城。闭塞环境里,生活的平淡是不言而喻的。阅读过程中我就不时在想:幸亏那个年代不断有运动发生,任你深山更深处也无计逃脱,否则,生活在那种环境中的感觉真的是"千年如一日"了。因为生活太过平淡,能写进作品的也都是一些再普通不过的凡间细事,而要把这些题材描绘得引人入胜,是需要作者具备一定的艺术修养的。好在乔傲龙求学期间刻苦认真,奠定了坚实的写作基础;当记者时又勤勉敬业,不仅培养了敏锐的观察力,而且养成了峻洁的文风;后来改行做了教授,又使他的理论修养以及思辨能力提高了不少。几十年的辛苦,成就了他那支能把索然无趣化为兴味盎然的妙笔。大体说来,基于散文文体的特点,作者在行文中不刻意追求故事的完整,而是在冷静叙述的同时恰到好处地引入议论,动用自己丰厚的知识储备,借助古今中外的名人名言,用旁征博引的博学和隽语箴言的精警增加读者阅读的兴趣。众所周知,这种汪洋恣肆的学者型散文,本来就擅长从细枝末节的小事中挖掘出引人深思的大道理,只是在作者笔下被运用得恰到好处而已。在景物描绘中,作者结合场景加进了必要的抒情,把气氛充分渲染到位,简单的叙事被充沛、汹涌的感情洪流支撑起来,因而一点也不显得单薄,反倒是增加了不少夺人心魄的魅力。更有个别地方,乔教授别出心裁地把抒情和议论糅合在一起,议论中饱含着感情,抒情中又隐含着哲理,用饱蘸感情的议论吸引着读者。总之,简洁的叙事、深刻的议论、激情充沛的抒情和一本正经中突然幽你一默的活泼语言,抵消了平凡生活中平凡人物所经历的平凡事件注定要产生的单调、乏味和沉闷。

　　再次,章节安排的自然有序和各章节的相对独立。纵观全书,空间上是以他的故乡谭坪塬为起点,先辐射到乡宁县城,再延长到古城临汾,最后落脚到省会太原。基本上是遵循成长的过程,从顽童到小学、中学,再到大学和报社记者,最后定格在大学教授。本着有话则长、无话则短的原则,或一章记一人一事乃至一物,或把两三个具有某一特点的人、事压缩进一章。章与章之间,前后照应犹如连环,把不同性格或不同关系的人,不同时间或不同地域发生的事,按照自己的统一规划有序地排列起来。虽个别章节稍有重复,但却成就了一个意想不到的好处:你可以按照全书的顺序像读章回小说一样连贯地读下去,也可以在忙里偷闲时随手翻看书中的任何一章而丝毫没有残缺感。换句话说,他书中章节的安排,考虑的是全书的井然有序和每章自成体系的统一,既照顾了一书在手便忘却世界、沉醉书中不能自拔的书虫惬意阅读的快感,又满足了叱咤乎东西、奔走乎南北的精英们忙里偷闲时对审美的渴求。

　　最后不能不谈到的是本书的语言。据我所知,作者最初是以诗歌爱好者的身份闯入文学创作行列的,负笈求学时便练就了自己语言的简洁省净,后来从事了记者工作,进一步促成了他廉悍的文风,再加上受前辈作家、学者的启发,在他的行文过程中又加进了冷隽、幽默的特点。如前所述,书中的叙述部分,常常用极精练的语言介绍事件的梗概,交代必要的来龙去脉。这部分语言似行云流水、通顺畅达甚至有点接近口语,但侃侃而谈中又不时冒出一两句幽默的隽语或警句,这种语言风格与其内容上所表现的简单平静而又不乏小惊喜的农村生活高度配合，且相得益彰；议论、抒情时的语言，又呈现出了隽永深邃或优美激扬的淡雅特点。可谓有雅有俗、雅俗共赏。在遣词造句上，作者也往往舍去习语而另择新词，不仅准确地表达了自己的意思，而且避免了令人厌恶的陈陈相因，细绎深究之后深感新颖独到。文中的比喻，也表现出了这种舍熟就生的特点，譬如用洗衣机的运转过程形容大城市人口的聚散变化，把自己历年的成绩单比喻成逐步远离故乡时的一张张"路条"，又将"贫穷"想象成"围着我们狂吠"的"疯狗"，等等，都显得形象、贴切，令人眼前一亮进而不由得拍案叫绝。

据说，世间的事都有其必然性，但也有偶然的因素在其中作怪。得亏三十多年前傲龙高考时的不慎失误，成就了我和他的师生之缘，让我又一次重温了"得天下英才而教之"的自豪感。他毕业离校的三十多年中，虽然我们见面不是很多，但"中心藏之"，彼此惦念，常常因在报刊上读罢他的大作而欢呼雀跃。承蒙他不弃师生情谊，散文集出版时要我写序。我历来认为"青出于蓝而胜于蓝"是师生间颠扑不破的规律，所以敢断言不是因为昔日的老师强于今天的弟子，而是十多年前我写过的那些昙花一现的散文正巧被他看到，遂惺惺相惜，委此重任。是为序。

二〇二三年五月于山西大学
（作者系中国古典文学学者、山西大学文学院教授）

目录

有家，才有未来（代序）

济淡泊以至味，觅真趣于乡情（代序）

身后及远方

星空	003
高高在上的卑微	005
关于热爱和背弃	009
锦衣与还乡	013
贫穷的滋味	017
徒步年代	023
逃学惊魂	028
相由心生	034
发烧	038
隐秘的恐怖叙事	043
匆匆那年追梦人	049

风物志

人高水低的日子里	055
远去的声音	060
致命危险	065
池塘边的柳树下	072
帽壳里，那三个苹果……	078
人·文·大地	083
天地一灶锅	088
挖药材	093
油灯记	098
布履记	103
那时的年	109
千年变局	113
喜乐清明	118

人物志

这辈子，像一部默片	123
一代人的命运	129
三个后生	141
我奶奶	145
小镇做题家	151

天末凉风	156
背影	162
二叔和他的二胡	166
身后的两座山	170
我们村的民办教员	176
老师，再见！	180
哑巴爷	186
疯子卢杰	189
喜子	194

食物志

李子树下	201
白馍之梦	205
月饼之罪	210
一碗花生	215
寂寞的柿子	218
馍饭	224
窟垒	228
杏茶饭	232
火炉上的那盆粥	237

动物志

狗	243
驴	246
羊	251
猪	254
牛	258
消失的记忆	262
兽而不猛	267
虫而不毒	270

大学之道

与命运对赌	277
曾经的温暖	282
当时已惘然	286
她	290
困兽之斗	295
昨日《今天》	300
白天交给现实，夜晚留给历史	304

我拿什么奉献给你（跋） 309

身后及远方

星　空

文字和纪念碑统统摧毁
守护一个秘密,谭坪塬
宁肯孤立

此刻,夜空掩护我溜回童年
一万个星星,眨呀眨着
它们的眼

星空里我藏了一万个梦想
三十年过去,它们还在
那时的天上

风在今夜摇落星光
徒然伸手,只接住一丝冰凉
时间,你这强梁

为什么只有铅笔
却不给我橡皮
为什么要让我后悔

孩子向太阳报警：星星丢了
会是什么结果
你猜

高高在上的卑微

谭坪塬,你可能不知道,而我不可能忘记。那里是我的家乡。我生于一九七一年。

通俗地讲,谭坪塬就是乡宁的西山。说到乡宁,问题来了:"乡宁在哪里?"这是很多人的第一反应,也是我离家三四十年来被问到最多的问题。

老家如此没有名气,多少令人感到沮丧。沮丧之余总结出一套标准答案:在吉县南边、河津北边、黄河岸边。吉县有壶口、有苹果;河津有 GDP,还有王勃。至于黄河东岸还是西岸,这个问题我等了很久,一直没人来问,可见认识我的人都比较有文化,山西、陕西拎得清。

西出乡宁县城,沿鄂河入黄河的方向走三二十里,兀然一座山如强梁般挡住去路。盘山路约有十来里,上到顶却不见峰峦,虽然沟壑纵横,但总体平坦,极目四望,远处的吉县和陕西宜川如在眼前。远看是山,近看是川,这就是塬。

"西山"是乡宁城里人的叫法,我因此经常嘲笑他们没文化:明明是塬,咋就说成了山?但这个"塬"究系何物,的确需要一番计较。《说文》和《康熙》都没有收这个字,因为原本就是西北方言,有音、有义,却没有形,因此入不了字典。但《现代汉语词典》突然就有了,"塬:我国西北黄土高原地区因流水冲刷而形成的一种地貌,呈台状,四周陡峭,顶上平坦"。这下音、形、义都有了。但这个"塬"跟"墚"和"峁"一样,显然是地理学界的现代"仓颉"们随物赋形创造出来的新字,所以陈忠实老先生不吃这一套,拒绝把《白鹿原》写成《白鹿塬》。

其实陈忠实没有错。"原"字被平原和草原霸占是后来的事情。《说文》的时代,"高平曰原,人所登也",那时的"原",就是现在高台一样的"塬",而非一马平川的意思。唐朝白居易写《赋得古原草送别》,"离离原上草"的"原"字后面,特意用了一个"上",似乎也在强调仰视的角度,可见"原"是有一定高度的。宋代名僧释怀古写过一首《原居早秋》,后四句:"乱蛩鸣古堑,残日照荒台。唯有他山约,相亲入望来。"想想看,和尚一般是高卧还是低就?想不通可以参照最后两句,他山直接"入望",而不是仰望,显然人在高处,所以平视前方即见高山。而且诗中的古堑、荒台之类,也可参证"原居早秋"的"原"是台地而不是平川。

问题搞清楚了,但我依然没有陈忠实的底气。如果有人问起"谭坪原"的"原"字,我总不能从《说文》到白居易再到释怀古吧啦吧啦再背一遍吧。既然发明了"塬"字,那就用吧。

说到这里,你可能就明白了,"谭坪塬"其实一直都是塬上父老们的口头语,官面上和书面上都只说谭坪而不带塬,否则就用不着我在这里引经据典胡乱考证究竟是"塬"还是"原"

了。

　　名叫谭坪塬，姓谭的人却没有。我想，也许的确是那姓谭的最早发现了这个世外桃源，"率妻子邑人来此绝境"，但后来不幸灭绝或远走他乡了。历史上诸如此类的事件所在皆是，兵荒马乱中，很多人家走着走着就走丢了，掉进了时间的黑洞里。一一记载这些"人命关天"的小事，太史公就算是七手八脚的蜈蚣也忙不过来。只能说世上如今活着的人，都是几十上百代共同创造的奇迹——经历了那么多劫难，竟能香火不绝地传承到今天。

　　进出谭坪塬的路有很多。黄河边有好几个渡口可以到陕西。北吉县、南河津，步行的话翻几条沟，走汽路的话多绕几步，都可以选择。往东到乡宁，原本有一条旧路，大约六十里，我小时候在县城读书，来回用双腿丈量过几十遍，但走这条路要过鄂河，夏天一发大水，河上的踏石和小桥统统被冲毁；还有那条十里长的南塬坡，最陡的地方目测约四十五度，人民公社时代有许多拖拉机曾在这里车毁人亡。后来修了新路，沿国道到岭上走寨谭线，虽然多绕十几里，但坡缓且不须过河。

　　进出的道路虽多，但塬上人的出路却很少。过去常说"穷乡宁，烂吉县，烧着吃毡片"，所以去吉县不是什么前途。吉县唯一的好处是有粮食，短缺年代，谭坪塬上的百姓免不了去那里买粮，翻好几条沟，用肩膀扛回来。去河津，或者更远一点到西安，我记忆里一般是年轻小伙带媳妇去扯布料、买被面准备办喜事才去的。至于黄河渡口，则是遭年馑时饥民们的逃荒路，沿河的村庄过去有不少陕西媳妇，大多是为了糊口嫁到河东来的。真正的出路是往东，东面有县城，县城再往东有临汾，比临汾更远的，还有省会和首都。总之朝着太阳升起的方向才是金光大道，其他的路不是凶年逃荒，就是买粮糊口，顶好不过是娶妻生子，复制一个面朝黄土背朝天的自己。

这大概就是谭坪塬，我记忆中的谭坪塬。过去的千百年间，它可以写进纸里的历史，估计加起来超不过十句。说十句也是夸张，因为迄今为止我一句也不曾见到。所以它其实没有历史。它被凝固在时间里，在一年一年光阴的流转中站成永恒，一种被遗忘在世界边缘的永恒。没有历史就是它的历史。

黄河的涛声日夜不息，东边的太阳天天升起，远处的繁华可望难及。身形伟岸的谭坪塬，以俯视的姿态仰视，仰视着鄂河岸边的乡宁城、汾河流过的平阳府、黄河拐弯处河东大地的无边川原。哪怕只是旁观，也让它感到莫名的冒失和唐突。是的，这是一种高高在上的卑微。

这种深入骨髓的卑微让我渴望低处，因为那里才是更高的地方。很多年，这种冲动支配着我，怂恿我沿着下山的路奋力向上攀登。在太阳升起的方向，城市的灯火闪着亮光，那里才是希望。

关于热爱和背弃

爱家乡吗？我经常自问，却无力自答。

说爱吧，却不曾留下。说不爱，却也不曾放下。关于热爱，我不知道自己是否在撒谎。关于怀念，不知道是否言不由衷，虚伪透顶。可以肯定的是：怀念往往是因为疏远，而家乡只属于外乡人。

至少我这辈子用心写过的文字，都直接或间接与谭坪塬有关。而我本身就是个写字的，写字便是我的存在方式。所以行色匆匆的几十年间，我其实半步也没有走出过谭坪塬，未来的时间估计也得围着它转。

它像影子一样，与生俱来，一路穷追，至死不渝。我知道，那影子才是真实的我自己。它高高在上的卑微，早在一九七一年之前就已注定了我的成色和质地。就算和成泥，制成器，烧成陶或瓷，涂上釉或漆，终究还是谭坪塬上的黄土捏成的人形。

单就写字而言，如果我写得不够好，我想那不是我而是它的错。如果可以跟鲁迅先生掉个包，我觉得，绍兴的我虽不一定能是周家兄弟中的某一人，但谭坪塬上的鲁迅一定会成为另一个我。这大约就是所谓的"一方水土养一方人"吧。千百年的历史写在纸上，谭坪塬没有出过一个鲁迅级别的优秀人物，能出产的基本上都是我这样的品种。

别人我不敢说，我是一路做梦到今天的，有夜晚的梦，也有白日梦。奇怪的是，离开的四十年间很少梦到谭坪塬。梦到最多的当然是考试，这些梦，与谭坪塬貌似无关，实则是渊源。在我的少年时代，这里差不多只有一条路通向太阳升起的地方，那就是考试。成绩像一张张路条，带我从谭坪塬出走，一步一步远离。流水一别，浮云漂泊，终于在遥远的他乡把家乡变成了故乡。

可以说，我一生都在努力背弃家乡，并在背弃中一次次怀念它。痛苦的时候，我痛恨自己的背叛，恨自己没有听从命运安排，老老实实在塬上当我的农民。快乐的时候把它忘在一边，恨自己没有飞得更高、走得更远。中学、大学、硕士、博士，我拿到的每一张入学通知书，其实都是一张光荣的背叛许可证。

背叛，有时是需要资格的。

这是令我一生纠结的二律背反：家乡是用来热爱的，而热爱的前提却是背叛。而且这个纠结没有解。

我不曾研究过中国人口史，凭感觉臆想一个假说，姑且名为"滚筒效应"：社会人口的流动如同滚筒洗衣机里的水，乱世进入甩干模式，做离心运动；一俟海晏河清，则转为洗涤模式，人口开始向中心回流。战者，乱之极也，两千多年的战争史一次次见证了中心城市的凋敝。而战后科举的恢复和商业的繁荣，又一次次带来了人口从乡村到城市、从边缘到中心的大规模流动。皇皇二十四史，无非兴亡盛衰，中国是一个被战争形塑的国家，治与乱很大程度上影响着人口学意义上的城乡关系，左右着历史上中国的城市化路径。

我出生的一九七一年，政治运动的滚筒已经把无数"右派"和"反革命分子"连家带口甩出城市，声势浩大的"上山下乡"仍在高潮，数以千万计的知识青年满怀着对未来的希望，一批又一批奔赴大有可为的广阔天地。关于"右派"，多年后我才知道，后来成为《语文报》总编辑的徐同当时就在乡宁一中任教，这位一九五七年就被打入"另册"的老牌右派，从一九五九年南开中文系毕业到一九八〇年调入语文报社之前，曾在万山深处的乡宁当了二十二年教书匠。我有幸可以叫老先生一声师爷，因为我的初中语文老师耿世文是他的学生。后来我读临汾一中时，徐老师就在对面的山西师大工作，我们中间只隔一个临汾动物园。可惜我那时是个傻子，情商连关在动物园都不配。至于"反革命"，不必多说，我家就有一个我爷爷，那时徒刑虽满，但仍在监外执行，全家跟着"沾光"，一起被甩回到谭坪塬。当时村里也有不少知青，有个叫苗子的，曾送过我父亲一张明信片，上面画着"连年有余"，杨柳青的那种，我曾稀罕了很多年。苗子在我们村留下很多逸事，比如他的胖，比如种地时边退边点籽，曾一头栽到深沟里。

但在我开始上学的一九七八年，北京开了三中全会，政治运动刹车，国家回到正轨，实践重新成为检验真理的标准，各色人等的回流模式次第开启。知识青年们留下青春，带着知识返城了。山西师大派人"三上山城"，徐同老师在学生们不舍的目光中渐行渐远。我爷爷平反"摘帽"，带着能带走的家人返回县城工作，带不走的是父亲、大姑和二叔，因为他们的根已经扎在了谭坪塬。

洗衣机的滚筒回流没有落下我——爷爷进城的第二年，把我从乔眼村小学转到县城东街小学。用教育斩断历史遗留的代际传递，这是他的远见。他的工资只够租一间房，家里挤不下，就在办公室落脚，白天他办公，晚上我睡觉。高考恢复，三叔考上了山西大学经济系。二姑参加了工作，在乡宁公路段。三姑、四姑跟我在同一个学校。日子依然艰辛，但时代毕竟打开了一扇门，放进了久违的阳光，以及从前不敢想象的希望。那时我刚上三年级，多愁善感，沉默寡言，心里装着一个朦胧的梦想。

那是我第一次离开谭坪塬，父母被甩在身后，只有解放卡车掀起的漫天黄尘一路相送。

那是我第一次坐汽车，在马槽里一路呕吐。飞起来的感觉真的奇妙，但道路注定崎岖。

那是我第一次看到城市，人多到满眼都是。房子是砖墙瓦顶，不是塬上的土窑洞。夜晚的电灯亮得刺目，恍惚中不知今夕何夕。

对家乡的热爱和背弃也从此开始。思念刻骨铭心，少年的眼泪可以为证。背弃同样坚如磐石，每一个脚印都指向远方。

思念无力终结的背叛，离弃无法阻断的思念。年少的我如同一个战场，被它们的厮杀折磨了多年。

回头来想，如果不曾背叛，我可能永远都不会热爱，因为失败会将我淹没。而成功的路只有一条，那就是背叛。所以，注定的结果是输得光鲜、赢得凄惨。

锦衣与还乡

《共产党宣言》中说"工人没有祖国",其实不是没有,而是被现实剥夺了热爱的资格。乡愁也一样,衣锦还乡是标准姿势,灰头土脸的人严格意义上有家而没有乡。

许多年前,各县的"老乡会"曾风靡一时,定期不定期的聚会之外,家乡政府偶尔也派代表前来组织座谈会什么的。此类场面,往往有头有脸者侃侃而谈,有头无脸者大约都是怀着复杂的心情,打量着表演者对家乡一往而深的豪迈之情。自己那点皱巴巴的乡愁只能紧攥在手里,攥到手心出汗,又揉成一团塞回自己心里,独自回味着一路走来的苦辣酸甜。这样的乡愁羞于示人,也无处诉说。

乡愁同历史书写权一样,势利到只属于成功者,而成功是无法从别人那里分享的。

我爷爷一九四五年离开谭坪塬,此后便没了音讯,直到一九四八年晋中战役后才回来。出去时尚有行囊,回来时孑然一身,还好两个肩膀扛回了脑袋,死里逃得一生,没在纷乱的世道里丢了性命。战争年代能回来就是奇迹,无论锦衣与否。

塬上方言，男人叫"外面人"，女人叫"屋里人"，长年离乡在外者，无论男女都统称"在外面"。我小的时候，塬上人对"在外面"有着某种近乎虔诚的仰视，总是心怀谦卑地想象着外面的世界，在他们并不丰富的想象中，"在外面"约等于当官。而那些"在外面"的人们，则尽其所能地放大着自己的成功，甚至制造某种成功的假象。假象支撑着人们的想象，想象则不断地确认着假象。其中最具符号意义的场景，莫过于"在外面"的人回乡时的鞍马车驾。

小卧车当然不是一般人可以享受的，电影《人生》里高加林的叔叔是地区劳动局的副局长，这样的级别，编剧和导演才能给他配吉普车。对一般人而言，解放牌卡车就已经是天花板。马槽里拉一车煤，可以省下父母兄弟好几年砍柴的苦累。一堆花花绿绿的酒肉吃食，塬上人的想象中，那是城里的日常。如果再有穿着洋气的城里媳妇和娃娃，还乡的锦衣就更是一番云蒸霞蔚的灿烂景象。

喇叭一响，全村男男女女如同得了号令，齐刷刷撂下手上的活儿。几十上百道目光，从家家户户的土墙内、池塘边的柳树下、村边的麦地里、㘭㘭峁峁的牛羊群中，瞬间聚到同一个焦点。卡车在众人的注视下开进村，牵驴的、挑担的、赶车的，百八十步之外已经让在路边，车窗里探出头，喊一句"叔"，吼一声"哥"，满脸皱纹便绽放成黝黑透红的笑颜。家家户户的顽童们早从四面八方奔来，在汽车掀起的轻尘中沸腾成一锅滚水。车往谁家门口一停，这家人瞬间便冲上"热搜"。连家里的娃娃，此后好几天都会被人围着问这问那。

这样的日子如同乡里唱戏、镇上赶集、公社开大会，一年也难得几回。同族的平辈们有的赶来卸车，有的嘘寒问暖，邻居妯娌们帮着备饭，搭不上手也插不上嘴的就在院墙外面闲站着。主家忙着招呼司机吃喝，年节时才有的油香和酒肉香，随着炊烟袅袅散出，勾引着人们各种各样的想象。我们这些小娃像一群猴子围着铁怪物撒欢，这边刚撵下去，那头又爬上来，起起伏伏的喧嚣中，巴掌大的小村几乎要被掀翻。

长大后我终于明白，那些"千骑拥高牙"的所谓衣锦还乡大多是幻景——一种真实的幻象，或者虚幻的实存。"在外面"的他们，其实有着各自不同的卑微和艰辛，或是遥远县份一个企业的工人，或是邮电局的一个邮差，或是县革委某部门的普通工作人员，甚或只是附近公社里卫生院的计生用品管理员。那个年代，靠有数的工资维持一家人的生活，谁的光景也谈不上宽裕。

虽说思念如同扯住风筝的那根线，但回乡并不单是为了抚慰自己的思念，更是一种表演——一种儿行千里不愿父母担忧的表演。还乡的锦衣于他们而言，成为一件尽管艰难也需筹划的大事。印象中有很多次，"在外面"的人夜晚带着卡车回来。锦衣而夜行，多半是这锦衣白天轮不上他，晚上才可以暂借一下。但夜行的锦衣毕竟也是锦衣，旁人看不到，至少还有老母亲的微笑。

那个计生用品管理员，论辈分我叫姑姑。那年她回村，看热闹的小孩子都分到了数量不等的气球。当时就有些疑惑，为啥跟电影里五彩斑斓的样子不同？所有的气球都是白色，前面带个小嘴,还有一种说不出的怪味,好的一点是可以吹到很大而不破,质量不错。

几年前到吕梁山某县拍片子,听说了当地一位大人物回乡的盛况:村口下车后,人在前面走着,"霸道"在后面跟着,遇到乡亲,抽烟的每人一包"中华",小孩每人一大包糖,高级的那种。听着听着便走了神,想起了这个当计生员的姑姑,想起了那天满村飞舞的"白气球",想起了那一张张黝黑透红、笑容绽放的沧桑面孔,如今他们多半已经不在人间。

成功者才有资格拥有家乡并表达对它的热爱,而成功意味着获得某种姿势——被认可、欣赏甚至羡慕的姿势。长大后读到吉奥乔·阿甘本的姿势理论,经常不由自主地误读,认为生而为人就是为了某种姿势。而对这种姿势期待的背后,是显而易见的对家乡的自卑。这自卑如空气一般无可逃避,并曾深刻地塑造了我,它像一只看不见的手,无所不在地左右着我。我朴实的虚荣、傲慢的谦卑、察言观色的真诚、伪装义气的狡诈,以及脚踏实地的不切实际,无不与此有关。它们看似自相矛盾,其实高度统一,如同一枚硬币的正反两面。

贫穷的滋味

谭坪塬上千沟万壑，贫穷是最深的那道皱纹。

晋商没留下脚印，李自成过黄河、红军东征、八路军入晋抗战也绕开了这里。离黄河不远有个名叫掷沙的小村，传说李自成曾在此掷沙渡河。但传说归传说，李闯王如果选了这条道，命都保不齐丢在这里，更别说拿下北京城了。这里是名副其实的峡谷，两岸连山，河在深沟，做坟场还行，做战场差点意思。

北面的吉县，南面的河津，过黄河不是有桥就是有渡。刚出谭坪塬，下游不远处就有个师家滩，据说春秋时的音乐家师旷在此隐居过，现在虽已冷落，但明清时确曾热闹过一阵，留下了师、杜两家大院。唯独这谭坪塬，大路小路，一到河边就成了断头路。

商旅不行，兵家不争，官差偶至，自然难比通都大邑，但勉强算是个世外桃源。除了偶尔有之的婆媳拌嘴、妯娌争执、兄弟阋墙之外，平常连打架闹事都难得一见。村里偶尔有个疯子发起病来，大家伙都要当新闻说好几天。喧嚣不闻，机会自然也很少路过，塬上人享受着与生俱来的宁静，也承受着命里注定的贫穷。

我有个故事，与贫穷有关。

那年应该是七岁，记大不清，推算出来的——因为大妹至少得有四岁，才能在剧中担纲女主角，而她小我三岁。家里的煤油瓶快见底了，油熬完，灯就得瞎。虽说庄稼户不是非点灯不行，但总得有个亮气才像是在过日子，所以这个东西还挺重要。煤油不能以物易物，只能到供销社买，两毛多钱一斤。家里却没钱，两毛多也没有。母亲无奈，拾掇出一笸箩宝贝——破布头、烂鞋子、断成截的麻绳，诸如此类的乱七八糟，拿到公社收购站能换几个钱。

任务落在我和大妹头上，卖破烂，换煤油。供销社和收购站都在公社，公社在谭坪村，所以叫谭坪公社。乔眼村和谭坪毗邻，有二三里的样子。兄妹俩一前一后抬着去，扁担闪着，笸箩晃着，四只小脚越扭越沉，一路歇了好几次——两个人年龄加起来才刚十岁出头，远路没有轻担子。

歇脚的时候，扁担扔在路边，瞅着一笸箩破烂，两人相对默然。没啥抱怨，打生下来就是这样的世界；也不憧憬，因为不知道除此之外还能有什么样的生活。这场景像一幅画，四十多年来长在脑子里撵不走。画上没有背景，只有空荡荡一纸苍白，绿岭青坡的色彩，槐花或荞麦的香甜，路旁的鸟叫和蝉鸣，统统被删除。这里不是陶潜的东篱和南山，不是王维的终南和辋川，这是我的谭坪我的乔眼，我的故事里没有诗也没有酒，只有摆在眼前的这堆破烂。一样的风景，不同的心情，所以我一直厌恶田园诗，觉得寒碜了庄稼人。而我空荡荡的苍白中，

身后及远方 019

一筲箩破烂、一条扁担、一大一小两个孩子，两双眼睛也是一片空荡荡的茫然。这是一幅写意画，真的是太写意了——写意但不夸张。

龇牙咧嘴抬去了，收购站却没人。那时不比现在，不兴投诉什么的。站柜台的跟公社干部们一样，都是塬上的头面人物，身上没土，脚上没泥，气宇轩昂的样子，动不动扯着嗓门吼人。人家不在，只能乖乖回去，隔天再来。

再去，门还是关着。

又去，还是关着门。

第四次看到大门上不讲理的铁锁时，持久的忍耐终于在刹那崩塌。就像《水浒传》里洪太尉揭开龙虎山上清宫镇妖的封条和石板，沮丧、愤怒、屈辱、羞耻一齐涌出，火一样在心里翻滚。七八岁的小人如一根细柴棒，人在熊熊烈火中扭曲变形，全部能量都化为满满的恶意，下一个瞬间就将不管不顾地倾泻而出。

这是一种要裂开的感觉。我能记得当时的怂样，但最终什么都没有发生。贫穷更有力量。

我想把这堆破烂扔到沟里，但挂在扁担上的空油瓶警告我不可造次。扭身低头，还有一个比我更委屈的，已经开始歪着嘴抹泪。保护弱小的责任感瞬间被激起，命令我捂住心中的小火炉，不能让一个火星蹦出来。于是仰头看看天，眨眨眼，让情绪随泪水一起倒流回去，然后牵起更小的那只手说："没事，咱回！"

贫穷的滋味难以下咽，但贫穷的能量超乎想象，随时随地可以让人收敛起任性，面对现实并服从安排。

但就在此时，在我做好心理建设准备妥协的时候，奇迹却出现了。奇迹在正确的时间和正确的地点正确地出现，成功地击退了贫穷，保护了我穷得一文不值的尊严。

来了一个人——一个女人——一个我自小熟悉且非常亲近的女人。她在故事中奇迹般的出场，于我而言是一份刻骨铭心的恩情——虽然几十年来从未回报，但始终深藏肺腑，未曾一刻忘怀。

她姓任名香莲，是母亲的干姊妹，现在的话说叫闺蜜。母亲娘家村里，我有半村姨姨，但母亲并没有亲姊妹，她这个干姐姐就是我们的亲姨姨。姨姨家很远，村名连涧，过了神疙瘩，上一个大坡还有一条梁，但逢年过节经常来往，跟走亲戚没两样。我们管她叫连涧姨，她是谭坪小学的民办教师，那天正好回家，路过公社时无意间闯入了我们的故事，阴差阳错地导致了剧情的反转。

对无助而沮丧的我和大妹而言，连涧姨如同神兵天降，喝退了疯狗一样围着我们狂吠的贫穷。供销社有两个门市，她先到杂货门市把煤油瓶灌满，又到百货门市给我们买了两毛钱的糖，一毛钱七个，两毛钱十四个，水果糖，硬的那种，裹着花花绿绿的糖纸。

我吃了一个，剩下的归大妹。她才刚四岁，前前后后辛苦了四个来回，再麻木的人也该心有不忍。至于我，即使没有糖，心里已经够甜。

那笸箩破烂又被我和大妹原路抬回家，交给父母处理，这是属于我们的贫穷。

连涧姨只是路过,安顿完我们就得离开。她是独女,母亲年迈,父亲常年有病,下面三个孩子:大我一岁的瑞泽哥,小我一岁的瑞龙弟弟,还有跟大妹同岁的瑞枝妹妹。她要继续赶路,脚步一样的沉重。

而贫穷很快追来,包围我们,继续着疯狗一样的狂吠。

这个故事只能草草收场,因为还有更多的故事在候场。其实所有与贫穷有关的故事都涉嫌相互抄袭,只是情节略有改动而已。每个故事也都同样的草率,草率得像谭坪塬的那个年代。

徒步年代

现在的人们以车为腿，过去只能以腿为车。遥远的二十世纪七八十年代，我老家谭坪塬上的交通格局基本保持着前现代时期的原始状态。

汽车只有一辆，公社书记乔奋才的座驾，那辆绿色的小吉普。乔书记也许应该叫乔顺才，但塬上方言排斥这个音，所以下笔是"顺"，出口却成了"奋"。书记是外乡人，碰巧姓乔而已，与我并无半点瓜葛，就像他的吉普车跟塬上百姓没什么关系一样。而且这辆车只是印象中有，并不肯定。

公社的拖拉机站有两台拖拉机，洛阳一拖出产的"东方红"，一台五十五马力，一台三十马力。拖拉机的主要优势是嗓门高，百米速度估计还不如人跑得快。我们村的来江叔就是公社的拖拉机手，我从县城回谭坪坐过一次，感觉不如走路舒服。来江叔后来死了，和他的拖拉机一起翻进沟里，记不清是在南塬坡还是庄子坡，反正这两个地方都很险，塬上为数不多的交通事故都跟它们有关。尤其南塬坡，顶上是谭坪塬，坡底是鄂河川，七八里的陡坡带拐弯，刹车一旦失灵，紧急避险的地方根本没有——两边全是深沟。

还有自行车,塬上人管它叫"洋车",当时很稀罕,是一般人不敢想的奢侈品。村里的民办教师王宝玉有一辆,他家在宽井,来回都要过南塬坡,因为家里有地要种,所以差不多每周回一次。当年的民办教师,想想也真不容易。

各生产队一般会有数量不等的马车,马很少,拉车的任务一般交给驴来完成。但公社的供销社有一辆真正的马车,像班车一样三两天跑一次县里,去的时候拉收购站的药材、柿饼之类,回来时满载化肥农资、日用百货,是当时城乡物资交流的主要渠道。赶车的是我邻居的邻居,论辈分叫老爷爷,名字不好听——粪狗,但那马车实在威武。马铃一响,我就朝院里奔,记忆中的粪狗老爷爷是个神气的将军。跟他那枣红色的高头大马相比,生产队里垂头丧气的灰毛驴应该统统扔掉。

再要说的话就是小平车,人力驱动,打窑洞时出土或地里送肥时用的那种,除了名字叫车,按任何标准都不能算作交通工具。但对孩子来说似乎是不错的玩具:一两个娃坐着,两三个娃推着,玩得很嗨。但经常也乐极生悲,从门前的土坡上就推下去了,所以大人见了就骂。

除此之外,真没别的了。那是一个徒步前行的时代,塬上的所谓交通,说白了就是难交难通。

包产到户之后开始有了变化,家家养牲口,驴车也因此普及。对千千万万类似谭坪塬的山区农村而言,规模化使用的畜力有着毫不夸张的历史意义,不仅标志着代步工具的第一次普及,而且作为田间作业的主要驱动,在改革之初激发了农业生产前所未有的活力。可以说，在广大的华北和西北地区，亿万农民正是赶着这种毫不起眼的木质胶轮畜力车，把他们世代生息的土地艰难地拖出了"种地靠手，出行靠走"的前现代时期，一步一步走进了今天的机械化时代——先是摩托车和三轮车取代了骑驴和赶车，现在则升级到家用汽车和各种农业机具。今天的谭坪塬，找个牛或驴可能比抓个特务都难，逢会赶集开始堵车，红白喜事，停车也成了难题。过去的四十年，变化真是天翻地覆。

以蚂蚁的速度，则咫尺远似天涯；以光的速度，则时间停止、空间缩成一点。速度和空间之间的关系是万物之理，也是人心之理。徒步时代的谭坪塬上，出远门是一件相当隆重的事情。比如办喜事，当时最少需要三天，第一天叫"来人"，路远者朝发夕至，要在路上走一天，所以这天除了为陆续赶来的亲朋接风之外，主家不安排其他议程；第二天"过事"，也就是办正事；第三天叫"厚待"，专门留出一天，好吃好喝送宾客返程。现在塬上差不多家家有车，速度在手，克服距离的时间消耗自然减少，所以"来人"掐头，"厚待"去尾，只剩下"过事"一个环节。曾经乡土社会最重要的公共空间，如今演变成单纯吃饭喝酒的婚礼现场，效率提高的同时，也少了当年郑重其事的热烈，少了一些乡间情谊的密切。

我频繁出入谭坪塬的时期，正是徒步年代将了未了之时。从小学、中学到大学，在谭坪塬和乡宁城之间往来穿梭了整整十三年。六十里路，现在不过一顿饭时间、一脚油门的事情，当年却是典型的远距离跋涉，两条短腿差不多要倒腾一整天。

026　故乡有此

由此练就了一副铁脚板，也养成了几十年来对走路的心理依赖。

走路，动作周而复始，体能均匀输出，机械一样的运动无需全神贯注。但生而为人，一定是有神的，是神总要有所贯注。如果是"驴友"，全神可以贯注于美景；如果结伴，可以部分贯注于他人。但如果都不是呢，比如我，老走路，走老路，老是一个人走路，怎么办？脚下不必留神，闭上眼睛都走不错。眼前的也分不了神，早就审美疲劳了。神没处安放，只能自己折腾自己。那些年一个人在路上，我差不多把整个世界都思考了一遍，做过的白日梦数不胜数。

由此，内心世界几乎成了我的全部，而任何来自外部世界的认同都难以持久地支撑我的价值期许，除了自我认同。因此，我看起来与世界"格格都入"，实际上它们只是看腻了的风景，不屑与之争论而已。我活在自己的内心深处，每天定时出来放放风，底线性地处理一些外部世界里推脱不了的杂事，然后再回去找自己。"尔来四万八千岁，不与秦塞通人烟……"

不现实的人必然被现实教训，这就认了。但更糟糕的是，随着时间的推移，我发现自己的大脑好像必须靠走路产生的摩擦力才能驱动，否则无法进入最佳状态。文章思路堵住了，出去走走，走一段总能捡到一个点子，捡够了需要的点子，返回来再写。用腿写文章，这种依赖让我觉得可怕：如果有一天腿废了，写作生涯也就随之完蛋了。

逃学惊魂

逃学的经历，此生有且仅有一次。那年十岁刚出头，为"越狱"竟跋山涉水百余里。惊心动魄的长途奔袭中，"肖申克"险些变成"狼吃羊"。事实最终证明我不是安迪——安迪的救赎之路是"逃出去"，我的救赎之路却是"再回来"。

父辈在他们的少年时代，曾犯下不被饶恕的错误：他们是我爷爷的孩子。同样的年龄，我却得到了一件意料之外的礼物：我是我爷爷的孙子。爷爷没什么了不起，但于我而言，他在一个正确的时刻重新走到了阳光下，而这阳光恰好路过我的春天。草草人生中的煦煦春阳，错过了就是一生，赶上了则是另一种人生。

一九七九年，我爷爷告别"反革命"历史，再次被体制接纳。第二年，我从谭坪塬上的乔眼村小学转到了乡宁县城的东街小学。准确地说不是转学，而是一次生于幽谷、迁于乔木的换土移栽。父辈们遇到的是倒春寒，好时光让我赶上了。

小公鸡般的胸脯挺着，土布缝制的蓝书包背着，改革开放的小风吹着，出谭坪塬、下南塬坡、沿鄂河向东，解放牌卡车滚滚向前，眼里和心里的万千红紫，潮水般扑面而来，又潮水般向后退去。被速度压缩的空间里，我头晕目眩。

那天起，我的人生之路变成了一条逐渐延伸的射线，射线的端点是谭坪塬，乡宁县城则是它的第一个落点，然后临汾，然后太原。那些年，我像一枚可以重复使用的炮弹，时而被填回炮膛，时而又被射向落点，在谭坪塬和乡宁城之间的这条路上，不停地打磨着脚板。

第一次放寒假，父亲来接我，所谓接，就是陪我一起走。那是一个徒步前行的年代，除了拖拉机，全县的大小车辆加起来大概超不过两位数。我们一早出发，午后才到家，六十里路走了八个小时。当时没感觉，睡了一夜，两条腿就像刚装上的假肢一样死活不听话，在炕上整整躺了一天才勉强能下地。

我的徒步生涯就此开始。起初是父亲陪着走，体力适应之后与塬上进城的人们结伴，再后来自己能找到路了，便开始独行。寒暑假各一个来回是标配，特殊情况也时时有之，比如父母要给我过十二，比如我二舅娶媳妇，便又是一个来回。我中学时才长到一米五八，大学时体重也不足一百二十斤，那时没有柏油路，而且我的运气总也不好，夏天多半被雨淋且没有伞，冬天八成能碰到下雪且鞋不防滑，所以难度系数中的小数点还需前移一位。

好的一点是，南塬坡下过鄂河，印象中从未遇到发洪水。那河上确有个像桥一样的东西，但一涨水就看不见了，一发大水就再也看不见了。人们一般都是踩着踏石走，或者卷起裤腿硬过。

独自跋涉的旅途也不全是寂寞，看到过野兔横穿道路冲向另一边的草丛，但我不追，因为不确定它是否正在被另一个东西追捕，更不确定自己是不是那追捕者的对手。看到过树林里成群的野鸡被惊起，扑腾着好看的雉尾，像一片彩云落进对面的深沟里，但我不停，谁知道是什么东西惊着了它们？春天满山芳菲，秋来层林尽染，拐个弯回头看，山下的河水如玉带蜿蜒，但谁会在意呢，再美的风景那个时候也抵不过一个白面馍。倒是路边的野果酸枣之类有时会摘一些，咸菜一样就着馍吃。喝水是不愁的，多一半的路都在鄂河边，哪条沟口有山泉汇成的小潭，哪个山下有常年滴水的石缝，狐兔鸟雀知道的我也知道。

从未和狼打过照面，否则活不到今天。塬上没有虎豹，狼的天敌只有人。除非饿到失去理智，一般不会光天化日出来招摇。所谓九州道路无豺虎，阳光下的世界属于人类。但有一次，差点就走了夜路。

县城再好，却总是亲不起来，因为没有自己的娘。想家是我在那段日子里最主要的事情，分散注意力的好办法则是埋头学习，孤独和寂寞让我渐渐成为学霸。但有一天，竟一发不可收拾地萌生了逃离的念头，而且挑了个好时间——下午。这个时间出发，黄昏时正好到南塬坡下。说是坡，其实就是一座山，歪歪扭扭的山路足有七八里长，两旁沟深林密，没有一户人家。我一般是早上出发，中午打这里经过，槐树林里撕心裂肺的蝉鸣听着有点瘆人——太静了，心里反倒不安，担心身边会有埋伏。走夜路上山，就算狼不来叼，自己也能把魂丢在坡上。说实话，我现在也没这胆子，那时倒也不傻，关键还是太想家了。

但最终没有冒失地闯入月亮下面的另一个世界。

离南塬坡还有五六里的时候,心里已经开始发慌,连走带跑,恨不得两脚离地往前飞。恰在这时,一辆路过的卡车竟在前面不远处停了下来。

司机摇下车窗,扭头喊:"这娃,你去哪?"

"谭坪!"我应该不是喊,是吼。

"哪村?"

"乔眼!"

对过暗号,司机让我上了车,而且坐驾驶室——上次我爷爷坐这里,我在马槽上,这是我平生第二次坐车。一路上司机没话,我也没有。他是懒得理我,我本来话就少,又吓得不轻。在村口下车,进门时天已经擦黑。

我开小差的消息,第一个知道的是我小姑,我俩同岁,她在隔壁班。然后是我爷爷,他第一时间就吃准了我的去向,放下工作就往街上跑,见车就问,还真问到一辆去谭坪塬的车。交待好司机,又回去上他的班,再不问这事——他确定我不会被狼吃,也只负责狼不来吃我,至于活罪,那就活该吧。这老乔,年轻时曾带兵打仗,遇事既准又狠,而且非常狡猾。

回到家,我想转学再回乔眼村来,我妈不依,三四天后又六十里路乖乖滚回到县城。爷爷也没有责备,静静地看我吃完饭,隔桌递过来一句话:"你将来,要么不犯错,犯了就是大错,所以最好别错!"说这话时他没有表情,但那眼神,现在都在我眼跟前。

此后再未动过逃跑的念头,想家了忍着,忍着忍着也就不

032　故乡有此

怎么想了。我父亲常说：只有享不了的福，没有受不了的罪。

而且也看清自己就是个怂货，与其越了狱再回来，不如老实待着，免去一百二十里路来回瞎折腾。

他乡虽好，不是久留之地；家乡再好，却非出息之地。这个我懂，谭坪塬嘛，只能做射线的原点。留在塬上，一辈子原地打转。

这就是我的"肖申克救赎"，开头还有点那个意思，结尾却患上了斯德哥尔摩综合征。

相由心生

相由心生,吃相亦然。我的吃相是个问题。

平常人的吃法,轻夹、慢送、入口、关门、咀嚼、吞咽,一路斯文。我则不然。

两根木棍刚探出时倒也无他,一俟盘中之物被捕获,则食指瞬间离队且直指前方,运输兵秒变巡逻兵,赳赳雄姿,仿佛在警告周边各方势力:此物有主,勿生他念,保持距离,以防误判。这德性,有点像狗护食。

夹起来,还要盘中凌空一抖,确认"猎物"是否捆扎严实,以防中途逃逸。

抖完接着往嘴边送。前半程定速巡航,无话。快到嘴边时突然变轨,取消巡航,加速向唇边靠拢。那情形,如导弹低空突防时躲避拦截,自下而上电光火石般划出一道弧线。如果给一个反打镜头,此时从对面看到的轨迹,应该类似于一记下勾拳。

手上忙,嘴也不能闲,只见伸颈探首,下颌已急急前出接应,其状如饿狼叼食。

猎物入口,瞬间关门。所谓到嘴的肉怕飞,差不多是这个意思。

至于咀嚼,一言以蔽之曰"狠",凶狠的狠。但见眉拧目锁,肃肃然如临百万之敌,唇开齿合,沉沉然若负千钧之力。面色之凝重,神情之肃敛,仿佛嚼在嘴里的不是美妙的食物,而是不共戴天的寇仇。

嚼碎吞下,终于深出了一口恶气。

狼奔豕突的凶狠吃相,起初并不自知,经人指点才发现如此与众不同。一指禅,下勾拳,狗护食,狼叼肉,苦了这些年与我同桌用餐的人们。

相由心生,心由何生?静夜自思,八成是焦虑使然。七零后如我,虽不曾有严格意义上的饥饿体验,但毕竟踩着短缺年代的尾巴来到世间。

那时的谭坪塬,农业、农村、农民,一切都围着粮食转。砍柴为烧火,烧火为做饭,做饭得有粮。割草喂牲口,牲口耕地,地里打粮。让人活的是粮,要人死的也是粮。生生死死的父老,像粮食一样从土里长出,在土里过活,最后变成土,再长出粮食来养活后人。土里生,土里长,土就是命,土里不光埋着先人,土本身就是先人。对土地和粮食,他们像牛一样劳苦,像狗一样忠诚,但干涸贫瘠的土地,注定他们辈辈世世都要在最底层的需求层次上挣扎,岁月流转,生死疲劳。

我爷爷的爷爷,死在六零年。我父亲的爷爷,掉在炕上的馍渣渣一定拈回嘴边。我爷爷,险些把刚出生的儿子送人。我父亲十二岁上扛重活,没来得及长高就被硬生生压回。我母亲用半饥半饱的肚子孕育我。我自己的童年,瓜菜半年粮,白馍梦中想。一切都拜粮食所赐。刘恒一句"狗日的粮食",听着过瘾。

苦中亦有乐,不然怎么活?那时尚小,一群孩子除了砍柴、放牛、割草,最快乐的买卖莫过于拾麦穗和净玉荄。拾麦穗不必说,净玉荄的意思也差不多,在收过的玉米地里一捆一捆地翻腾,找寻残存在秸秆上的漏网之鱼。

生产队时代,总有麦穗和玉米棒子躺在地里等我们,割麦收秋的人们心不在焉当然是重点,故意给小娃们留一点的心思也不排除。但后来土地下户,这些漏网之鱼就绝了迹。仅此两点,足证此前缺衣少食的必然和之后承包单干的必要。

捡来的麦穗和玉米,通常是小孩子可以自由处置的私产,所以格外有热情。麦穗搓出麦粒,玉米脱去瓤子,小心翼翼收着,竖起耳朵,等那换瓜的一声吆喝。塬上西瓜、甜瓜那时不兴用钱,都拿粮食换,而且谁家也没什么钱,粮食就是等价交换物。换瓜的进村,年长的先谈妥一斤换几斤,娃们便四散回家,提着自己的小布袋飞奔而来。这是一年中最甜的时节,夏收时的黄杏吃多了牙根发软,中秋后的柿子后味总带点涩巴,但儿时吃瓜的笑脸,现在想起来都甜。

所以粮食真好——这念头带着当年的爱恨交加和苦辣酸甜,出自肺腑,入于骨髓,却是一种说不清的滋味。

十岁转学到县城,书读得多了,开始胡思乱想。觉得活着就得吃饭、吃饭才能活着是上天造人时故意留的软肋。离家远,所以中午不吃饭,想试试软肋到底有多软。结果发现真的很软。

上高中到临汾,一心想着青云之志穷且弥坚,于是把猪吃了都不长膘的伙食当作天降大任前的考验。结果是两年之后,每天吃罢午饭便不敢乱走乱动，躺在床上等待腹痛强烈且准时的召唤。最后屈服，放弃补习一年的执念，卷起铺盖乖乖到太原上山大。留下老根的肠胃炎，害我此后几十年吃啥都不长膘，每每望猪兴叹。

大一暑假没回谭坪塬，在一家建筑工地和泥搬砖，想证明如有一天走了霉运，靠体力仍可免于饥寒。这次终于成功——一个白馍二两重，早饭吃两个，午晚各五个，一个月工钱除果腹外节余近百元，够在学校活一个多月。从此不再杞人忧天，但对粮食的焦虑已经无法根除，只能缓解而已——心疼粮食貌似美德，但过了头就是病。

毕业当记者，常在外面吃饭，满桌鱼肉的浪费不管，但眼前这碗面必须吃完。虽说鸡鸭牛羊和人一样都由粮食转化，但有病如我，在乎的只是小麦磨成的白面。

某年跟同事到文水采访，疏忽了吕梁英雄的雄豪之气，酒菜过后竟然点了大碗，谁料碗比盆大、面比脸宽，只好硬着头皮当一次好汉，嗓子眼里最后那根面，落实到胃里时已是第二天。

某次饭局，一女，美不美已无记忆，一碗面掇了两筷子便推开。我踌躇再三，说我替你吃吧。一番不好意思之后，隔座递来的碗里盛着的谢意感觉有点复杂。想解释误会，又怕解释出误会，最终没说出口的是：不是不嫌弃你，只是那碗面扔了有点可惜。

曾是农民，永为农民。连假装不是农民的样子都像极了农民。怎么说呢？土里长出来的人，总是不容易金贵吧。

发　烧

农历的十一月，对应《周易》十二消息卦中的"复"卦。卦象为地中有雷，六爻中五阴在上而一阳生于下，代表物极之反，阳气开始复苏，也就是人们常说的一元复始。此后阳气日盛而阴气渐衰，腊月二阳为"临"，正月三阳为"泰"，二月四阳为"大壮"，三月五阳为"夬"，四月六阳为"乾"，然后阳至极而阴生于内。

疫情管控放开后，身边很多人，以及网上看到的更多人，都赶上了"一阳复始"。本想多"阴"些时日，等待人间四月天的纯阳之"乾"，可惜天不遂愿。冬至，《易经》中一阳之复的正日子，被我逮着了。

第一天没事，体温37.5℃以内。第二天依旧，心想所谓新冠，原来不过如此。第三天便爬不起来了，白天脚踩棉花，入夜辗转床榻，五到十分钟疼醒一次。"布洛芬"劲道一过，体温"噌噌噌"直奔39℃，整体感觉像是火化。活着体验死，这辈子还是头一回。

抱病之人无聊，容易胡思瞎想。阴阳不辨的高烧中，忽然忆起多年前的一次发烧。幸亏那时年少,有纯阳之气护体,否则可能真就烧化了。

事情的起因是中指关节上的一点小伤,怎么伤着的,左手还是右手,都不记得了。二十世纪八十年代末九十年代初,印象中没有"创可贴"这种东西,也不知道小小关节竟有兴风作浪的神通。因为不影响啥,所以啥都没影响,它该化脓就化脓,我该干啥还干啥。但无知者的无畏绝非勇敢,阴邪之气一刻不停地积蓄着力量,等待一跃而起将我扑倒在地的时机。

很快便是寒假,先是几个舍友相约,一起去了老大的家乡沁县。几日后返回太原,与"猴子"约好一同回家。"猴子"是高中同学,高考时与我同遭滑铁卢,我流离山大,他落魄财院。中学时曾一起组织过文学社,名字记得叫"金秋",他组稿,我刻蜡版。此时天涯沦落,更少不了一起厮混,诗酒情怀,天下道义,如今回头看,没几句着调的。

记得那天他从太原站上车,说好我在北营站上车后找他会合。左等右等不来,他只好挨个车厢找我,找到时发现我靠在座椅上昏昏欲睡,一摸额头,滚烫。其实早上出门时就感觉身上软绵绵的没力气,走路时脚下有点发飘,当时不知道怎么回事,所以没当回事。

我从记事起,得过的病都跟常人不同,中耳炎、痢疾、粗脖子、疥疮,个个都是奇葩。所以自小羡慕同学两样事:一是近视,二是感冒。近视可以戴眼镜,挺神气的样子;感冒,令人感动的冒犯,光名字就足够有魅力。可惜直到大学毕业都未能如愿,因为不感冒,所以不知道啥是发烧。

真摊上了才知道厉害。印象中这是第一次发烧，也是最凶最险的一次。从宿舍到北营火车站也就一个小时，感觉浑身上下的筋都被抽掉，骨头也被悉数剔除，十八九岁的后生，瞬间就软成一摊泥。而且这病也来得够阴够损，让你起床吃饭，让你背包出门，一上火车就放倒你，让你没有退路也无处寻医，如此掐算拿捏，摆明了就是要在运动中将我一举消灭。

太原到临汾，绿皮火车走七八个小时，我像一团燃烧的火，迷离中不知身在阴间阳间的哪一间。"猴子"除了摸额头，能做且有用的事情，一是打水，二是不停地讲笑话，像是用这种方式跟索命的黑白无常拔河，看谁能把我赢到手。他虽是个粗手笨脚的家伙，但聊胜于无，用他的话说，快死的时候至少有人替我喊救命。

车到临汾，我该下了。因为身体出了状况，我临时决定先到二姑家，自从二姑一家迁到广州，爷爷奶奶一般在那里过冬，先去把身体养好再回乡宁也不迟。"猴子"不放心我，拎着东西一直送到出站口，才又返回去坐车，他的终点是两站之外的侯马。

火车站在临汾东关，二姑家在西城墙下的地委大院。上过三年高中的临汾，三公里不到的路程，感觉像走了一个多世纪。脚下的柏油马路像棉花一样，踩上去深一脚浅一脚，每挪一步，都必须用意志召唤起全身的力量。

本想着坚持就是胜利，谁知道考验才刚刚开始。到了地委大院，发现爷爷奶奶已经回了乡宁。绝望了，而且我很清楚，此时只要一屁股坐下去，再想站起来就很难了。理智告诉我，胜利需要继续坚持，如果不想死在这个举目无亲的地方的话，唯一的办法是尽快赶到长途汽车站，坐最后一趟班车回乡宁。

之前讲到这里，总会有人打断，问我为什么不在临汾住一晚，捎带上医院看个病。这事问我没用，得问我的钱包。其实当时的学生娃大多没有钱包，仅有的几块零钱往出一掏，衣兜比脸都干净。而招待所的一间房，差不多是一个月的生活费，住店这事，当时连编故事的都不敢这么离谱。看看现在的大学城，俨然一幅《清明上河图》，我的学生们经常在朋友圈里晒美食、玫瑰、礼物，晒这个丰盈和富足的时代，而我们那时，人手一个饭盆叫吃饭，六个饭盆摆一起就叫聚餐，顶多加一瓶两块四毛钱的高粱白。老六赵伟在校队打球，能给自己的特殊营养是每天一瓶酸奶，那根破吸管每次吱溜吱溜好半天，恨不得长条狗舌头伸进去舔。要让现在的孩子理解当年的窘迫，恐怕只有理论上的可能性。

汽车站挨着火车站，这意味着我要从西往东再次穿越临汾城。像一团火球踉踉跄跄沿街滚，奇怪的是竟比来时少了一些艰难——人的求生欲，关键时刻会激发出自己无法想象的惊人能量。

坐上班车的那一刻起便彻底瘫了。四个多小时的行程，一路翻山越岭，昏迷中的我毫无知觉。下车时天已昏黑，乡宁是小城，低头抬头都是熟人，言语一声，自行车直接驮上就走。爷爷家门前那条大陡坡，我差不多是被扶上去的。

进家量体温，39℃都不止。爷爷二话没说，把我摁在炕沿上，一支青霉素照屁股直接钉进去。我想他是根据家里不曾有人过敏这个前提,果断做出了我同样无需皮试的判断。这是我第一次打青霉素,吸收不好留下的疙瘩至今还在左边屁股上趴着,天知道他用了多少个单位的剂量。

睡了一宿,烧竟退了。两大碗饭呼噜下去,电量满格。还说啥,书包一背,回谭坪塬。六十里山路朝发夕至,这是从小练就的功夫。

而路上的人,却是越走越少。此事之后十年,爷爷去世。奶奶又活了二十三年,二〇二二年也走了。"猴子"多年前举家迁往澳洲,起初南来北往,差不多还算候鸟,自疫情暴发,已经三年没有音讯。"存者无消息,死者为尘泥",唯老六和老大,尚能偶尔把酒欢言。至于我自己,当年不知为何物的感冒,如今像期中期末的考试一样规律,每次少则十天多至半月,生命之疲态如头顶上的濯濯童山,纵有楚楚衣冠,想掩饰也是枉然。

人在世上走,最好别回头。

隐秘的恐怖叙事

记忆中的工业局大院是一部恐怖片，一段未曾向人提及的隐秘叙事。

晚自习结束的时候，夜幕已经深垂，那时的小学不可思议，竟然还有晚自习。出门下坡是乔沟老院，逼仄的胡同通往乡宁人民礼堂，爷爷家就在乔沟老院，但我不回那里。家太小，爷爷、奶奶还有三个姑姑，实在挤不下。

县城其实就一条街，习惯上以大礼堂为界，分别叫东街和西街，工业局大院在西街方向。过去三叔住在那里，一年前他上大学去了太原，现在我住，那是爷爷的办公室。

当时十岁出头。黑暗像一个可耻的霸凌者，每天守在放学路上，狰狞的面孔下仿佛藏着不可告人的阴谋。

邮电局门口是转折点，右手一条大坡，很长而且很陡，拐上去，街灯昏暗的光便开始后退。前方是一片暗夜，深一脚浅一脚，踩不碎的黑暗越来越暗。扭头看，最后的一点光仍在街道拐角处茕茕孑立，像送别的伙伴一样，在身后为我壮着胆。

但千里相送，终有一别，上到坡顶是个高台，身后的微光已被暗夜吞没。向左或向右，黑暗是镶了边的——远处的城市辐射出一点可怜的背景光，还有天上的星星和月亮。那不是我的路，我的路比黑暗更黑暗。向前，二三十个台阶之上是个没有门的门洞，如同巨兽张开的大嘴。进去是个不大的院子，杵着阴森森的一个庞然大物——县城里有名的小礼堂，据说以前批斗时死过人。城市被高墙拦在了外面，松柏隐天蔽日，星星和月亮也看不见，大树和小礼堂几乎霸占了整个院落，一条狭窄的小径沿着礼堂的外窗向左、向前、向右，最后绕到背后。

小礼堂的黑暗我形容不了。路是不用看的，因为根本看不见。两脚擦地摸索着往前探，又害怕沙沙的响动会惊着什么，还是悄悄地来、悄悄地走吧，就当是没有来过。但风却在黑暗中乱闯，穿过门洞，呜呜地怪叫一阵；又跳上窗台，把窗门晃得咯吱响，像是在哭，又像是在笑；力气大的索性攀到树上，如泣如诉的，不知有多少委屈要说。

风声成鹤唳，草木亦惊心。我蹩脚的鼓膜不怀好意，压低沙哑的嗓门，鬼鬼祟祟地向我翻译风的语言："我——来——了！"

有个"它"在尾随，我瞬间头皮发麻，紧张到几乎要窒息。

绝望的是小礼堂并非终点，背后还有一道陡坡，左右高墙死死夹着，中间只容一个人通过。七拐八拐，风也迷了路，小礼堂背后死一样的安静中，我的脑子里似有一万个声音在狂呼或窃语。坡并不长，心里的路却是熬不到头的漫长。快走也许可以摆脱，但没有用，前面是更深的黑暗；放慢脚步或者索性

身后及远方　　045

停下,更不敢,害怕后面的手伸过来,一把搭在肩上;扭头跑,更不敢,等于在说:来吧,我很害怕!我的虚弱会激发它的狩猎本能,然后乡下的狗一样追上来。

越害怕,越要强作镇定:世上哪有什么鬼,肯定没有,鬼都是人想出来吓唬自己的,我是吓唬不住的,对,吓唬我……不住的……吓唬我……

"吱呀"一声,两扇门被推开,眼前仍是一片黑暗,但我知道这是工业局大院,最后的时刻到了。我闪电一样反身插门,仿佛晚一步就会有什么东西跟在身后挤进来。又闪电一样扭头飞奔,一个、两个、三个,第六个就是我的门。

"咔嚓"一声,电灯亮了,步步惊心的恐怖片散场。

天亮之前我不会再出去——也许它没有走远,也许就在门前。大院足有十几亩,除了我这一盏孤灯,四下漆黑,两排房子靠边摆放,剩下的全是菜地,西红柿、豆角长得跟人一样高,黑黢黢的,也许藏着点啥呢。

第二天一大早上学,路上仍是异样的安静,但是不怕,太阳是我的胆量。问题是太阳总要落下,它落下之后我才能回来,穿过层层黑暗找到工业局大院六号房间的电灯开关。天天如此。

黑暗并不是一种简单的颜色,它像一件大到无边的黑色外套,魑魅魍魉藏在里面,毒蛇一样吐着邪恶的信子,瞅准机会就会扑上来舔人的脸。那段日子,我在日复一日的黑暗中把自己交给运气,心里住着一个赶不走的"它"。

但"它"未曾出现,一直到我离开工业局大院都不曾出现。

"它"的耐心无疑加剧了我的恐惧,如同赌命的俄罗斯轮盘,左轮手枪里的那颗子弹一次没有射出,不代表永远不会射出,这次不出现,只会加剧下次的危险。工业局的夜晚令我如此胆寒。

提心吊胆的日子,养成了我开灯睡觉的坏习惯——避免因恐惧而失眠,确保一睁眼就能看清眼前,害怕午夜梦回时被压在黑暗的外套下面。

提心吊胆的日子里,总有现实的问题需要面对,比如尿尿。那时没暖气,每个办公室都有砖砌的火炉,炉膛下挖一方坑,露在地面的坑口用木板盖住。火杵一捅,炉灰自动落入"地下室",既省去时时清理之苦,也解决了飞灰扬尘之弊。我一般情况下是能忍则忍的,由此练就了一手憋尿的绝技,忍无可忍的时候,就在"地下室"寻个小方便。春秋还好,"童子尿"没什么味道,入冬一生火就麻烦了,炉灰余热蒸腾,地气袅袅上升,浓烈的气息在室内尽情发挥,置身其间,如在茅厕。

于是只好硬着头皮到户外解决,厕所决然不去,那里如果有鬼,必定既脏且臭。出门三步就是菜地,一顿狂射之后扭头便回。久而久之,工业局的大师傅又不依了,这家伙既是火头军,也管菜园子,非说我尿尿烧死了他的这秧子那苗子。那时不懂化学,心里只怪老头多事:咋烧的,难不成我尿的不是水而是火?再说不就几棵秧苗子吗,比起小爷我偷吃你的黄瓜、西红柿,这才哪到哪?一天价丢西瓜捡芝麻,你啥也不是啥!

除了提心吊胆,还有冬夜的严寒。早上生起炉火,晚上一堆死灰——爷爷如果出差,火炉就一整天没人伺候,而他经常出差;晚上我不敢动火,怕被煤烟熏死,这是燃煤年代必须警惕的风险。小命要紧，宁可受冻，于是养成了穿衣服睡觉的坏习惯。二十四小时不脱、十天半月不洗的衣物自然是小动物们的乐园，所以遥想在下当年，也是颇有扪虱而谈的魏晋风范。实在无法和平共处，就烧一壶滚水将其全窝烫死，然后接着养下一窝。

　　好在这样的日子并没有持续太久，不久之后我便有了伴。

匆匆那年追梦人

青春受谢，白日昭只。春阳萌动的二十世纪八十年代，希望在每一个可以落脚的地方蓬勃生长。改革的杠杆撬开体制的樊篱，人口流动的"滚筒效应"从甩干模式切换为注水模式。曾经越多越反动的知识，此时成为改变命运的决定性力量。

隐于吕梁深处的乡宁，"山里娃"们被大学之梦所感召，四面八方涌向县城。而地狭人密的小城显然没有做好迎接的准备，仓促间，各个机关大院成了父兄拉扯子弟进城的"五十一号兵站"。对优质教育资源如饥似渴的远途奔赴，织成了改革之初动人的社会图景，工业局大院是这长卷里的一个细节。

细节的起势之笔是我三叔，工业局一众子弟，他第一个考上大学。三叔先在谭坪公社的中学念高中，临近高考时随爷爷进城，第一年落榜，第二年考中。他的经历让我坚定地认为，七七到八一这几届学生，更大程度上不是靠师资而是凭天赋优势跃过龙门的，师资队伍的元气那时尚在恢复之中，至少乡宁如此。这里是山区，教育水平难比山下的汾河川，高考"剃光头"的时候常有，谭坪塬在乡宁西山，是山上的山上，那年却一口气放了三颗"卫星",建廷叔上了南开,我三叔上了山大,向前叔上了师大——建廷和向前跟我家是老亲,所以这样称呼。那时高考发榜,大街上红纸一贴,人群里三层外三层就围上去了,大学、大专、中专,每个名字都是爆炸性新闻,前互联网时代的人肉搜索虽手段原始,却不难在数日之内起底金榜上的每个人名。于是西山的学生娃,此后渐渐开始被城里人平视。

转户口、干部身份、分配工作——那时就算你有个县长爸,离了大学文凭也难一步登上这三重高天,而考场上每年都有平步青云的奇迹在流传。虽然当时百分之六七的录取率,与现在的百分之八十几不是一个可以同日而语的问题,但概率这个东西,对具体的每个人而言就跟运气一样,不试一试哪知道有没有。

命运之门已经开启,志在龙门的赶考者络绎于道,由此引发的"羊群效应",不出工业局的大门即可尝鼎之一脔。

我三叔之后,第一个来的人是师砚田。此人年龄比我爸小得多,但攀老亲的话我得叫爷。他从黄河边上的师家滩来,相传那里是古代音乐家师旷的隐居地,师姓因此高贵,而砚田这个名字,听上去也很不得了。这个爷事实上也令我无比佩服——他补习的时候我还在上小学,我到临汾去读高中的时候,他刚考进对门的山西师大不久,七八年间屡败屡战,凭坚强的意志拿到了录取通知。砚田到来之前,工业局漆黑的夜晚于我而言像一部恐怖片,自从有了他,六号宿舍的灯光便不再孤单。

接着来的是会明叔,这正经是个叔——我二老姑的儿子,也就是我爷爷的亲外甥,他来县城上初中,学校宿舍紧张,便到工业局和我搭伴。这个小老叔幽默达观,喜欢说笑,经常学着老师的样子摇头晃脑地吟诵"铁马秋风大散关"什么的，我跟着也听了不少。自打他来，冬天便不再冷，伺候火炉对他而言不在话下。

会明叔来了，文喜叔也成了工业局的常客。文喜是爷爷的另一个外甥——我小老姑的儿子，平时住在老姑父的单位交通局。他俩是同学，见不得又离不得的一对，听他们斗嘴是我那时难得的娱乐。文喜叔性子倔，话不多，慢条斯理的模样非常可爱。

写到这里突然很想念文喜叔，顺手拨通了他的电话。问近况，他说五十五岁一刀切，昨天宣布，今天一帮山大校友正在为他庆祝，二十多个人，坐了满满两桌！放下电话，我一时有些怅然。这两个小老叔当年学习都了得，会明从乡宁一中考到了山西农大，文喜从临汾一中考到了山大数学系，我拿到山大录取通知书时，他过来亲手画路线图，指示我下了火车怎么坐3路电车到学校。毕业后他们都回了乡宁，文喜叔最后的职务是县档案局局长，会明叔现在还在发改局当他的副局长。往事如在昨天，而他们的职业生涯已经接近终点，一转眼，都老了。

还有沈局长家的儿子沈建堂，经常给我讲故事，考没考上大学不记得了。张会计家的张银科，我的初中同学，中学上完后就了业。还有一个长头发的姐姐，姓啥叫啥，谁家的女子，印象全无，只记得她常来串门，看到我有难题，总会俯下身来指点，刚洗过的头发带着好闻的味道。

几年后爷爷生了大病，同时他所属部队属于起义的性质也得以确认，于是办了离休，在城外的前西坡村买下一处较大的窑洞院子，我也就跟着离开了工业局大院。

几十年过去，工业局大院早被夷为平地，但时间并未磨平记忆，发生在那里的许多往事，经常点点滴滴浮于眼前。比如大冬天把嘴就到院里的水龙头上，结果水没喝上，上下嘴唇两片皮却被齐齐留下，会明叔用毛巾捂热后小心取下，企图再给我安回去，后面就不必说了。还有晚上睡觉，总把被子卷成筒钻进去，半夜跌到床下，被筒裹在身上，人却酣睡不醒，会明叔叫了好半天我才极不情愿地上了床。还有一次，会明叔刚封好火炉准备睡觉，突然浓烟滚滚而出，我俩同在一屋，彼此几乎要看不清对方，情急之下，一壶冷水把火浇灭，敞开门窗散烟走味，寒风呼啸着夺门而入，叔侄两人大眼瞪着小眼，冷得直打哆嗦，活像一对二傻子。第二天才发现是烟囱堵了，处理好烟囱，火还是生不着，因为炉膛里全是泥水，于是继续冻着。

不久前，我曾梦见一次工业局大院的六号房间，屋内布满蛛网，但桌椅、文件柜、火炉和两张单人床一应如旧，抽屉里甚至还放着我当年的课本。醒来后沉思良久：人类总是以挣脱当下的姿态生存于每时每刻，而记忆则顽强地拖着过往，一路尾随我们前行的脚步。所以人世虽然看起来匆匆无痕，但其实，曾经的存在都不会消失，比如我，梦一样的时空里依旧回荡着那时的青春。苔花如米小，但那是诗史一般的、浪潮奔涌的、一代人心中神圣的八十年代，今天的一切，包括我们及我们的时代，都从那时步步而来。今天若是开元，那时便是贞观。

城市的历史记取笑容，也请记下时代大潮中的每一朵浪花，记下工业局大院匆匆那年追梦的人们。

风物志

人高水低的日子里

人往高、水往低,这是古理。而谭坪塬的问题是人太高、水太低。如油的说法有点夸张,水贵却是从来的事实。

前些日子跟老家的兄弟们在群里闲聊,话题绕到了吃水上。十块一吨的价格,东西南北的任何一个城市怕都少见,但这不是重点。年轻一辈如今大多在城里谋生,后方留守的老家伙们,眼瞅着身手一天不如一天利索,大伙的心病是水而不是价。三五天跑回来一次,人误工,车喝油。好歹管子通到了院里,水龙头一拧,过去克服上千米海拔才能解决的难题,现在三岁小孩都能搞定,上冻前存上半井水,一冬也不用发愁了。五块十块的不必计较,一年的水费,撑死也就十天半个月的收入,按可比价格计算,有史以来都没这么低过。

沟里挑水的年代,水是生活成本中的支出大项,痛苦指数不次于土里刨食。草原上有那达慕,摔跤、赛马、射箭,村里的后生们也有自己的那达慕,庄子沟挑一担水回来,看谁快。有人曾创下四十五分钟往返的纪录,神话一样无人能破,但那需要下坡像跳沟、上坡不歇腿、平地脚生烟的速度和耐力,一般人，挑两担水需要一个多小时。

早上起来舀小半盆水，全家人轮着洗脸。洗过脸的水依然是水，倒在泔水桶里留着喂猪。我们这群小脏鬼经常三两天洗一次脸，大人们也懒得理会，睁只眼闭只眼装没看见，洗了也是个脏，不如省点水。那时塬上的计量单位，粮食按粒，水得按滴。

脸可以不洗，耍水的机会心里却门清。说起这事，有一点至今不懂，庄户人家的娃，饭里没油水，又成天野在外面撒欢，肚皮一个赛一个的瘪，而长辈们逗娃们耍笑，总是揉捏揉捏肚皮，说"看看瓜熟了没有"。西瓜一样滚圆的肚皮也许是短缺年代的美好愿望，耍水因此也被叫作"洗瓜"。夏天池塘里聚了雨水，小不点们就在黄泥汤里扑腾，大一点的难为情，于是打起了歪主意，成群结伙谎称割草，出了村便直奔沟里去洗瓜。

乔眼村可怜，三条沟的命名权都归沟对面的村子。东面的庄子沟只有一口自流井，没有积水潭可以洗他们的瓜。西面的谭坪沟里有水潭，却没人敢去，说是谭坪村有两个娃，洗瓜时被潭底的淤泥吸住溺死，变成枕头般粗的两条大蛇藏在水里，逮着人就拖进去吃掉。洗瓜的去处，只有南面的孟涧沟，我跟着去过两次，因为胆小蠢笨，深处不敢去，浅处跟村里池塘一样是黄泥汤，去过两次便兴味索然。

有一年在这条沟里，一群洗瓜的孩子差点儿捅出天大的乱子，我弟也在其中。洗到半截，突然大雨倾盆，千米深沟里，陡坡上的雨水两面夹击，瞬间便是万马千军。傻小子们穿上衣服仓皇逃跑，但这边坡上水流如瀑，退路已被截断。万幸的是，对面坡上一处石崖下，孟涧村有个放牛的正在躲雨，见势不妙，吆喝着让朝他跟前跑，下面的孩子攀着梭草爬，上面放牛的用鞭杆拽，刚上来不久，恶浪奔涌的孟涧沟已成汪洋。

这边死里逃得一生，大雨中的村子却炸了窝，找不到孩子的人们得知去向，哭叫吼喊着往南沟方向奔去。跟我大妹要好的一个女娃，边跑边哭边说：你家两个娃，我家就这一个，这可咋闹呀？大妹一听毛了：我家两个，该死一个啊，往一边滚。一群人赶到沟畔，看清了对面坡上那群讨债的鬼，这才放下心来，诅骂着开始折返：死不了就行，活罪慢慢受去吧。

一群狼狈不堪的洗瓜孩子爬上坡，绕孟涧、神底、东庄、西庄四个村，半下午回来时已经溃不成军。我那弟弟脚上只剩一只鞋，另一只陷在烂泥窝里没拔出来，躲在院门外探头探脑，傻笑着不敢进来。村里那天并无此起彼伏的"鬼哭狼嚎"传出，娘老子们经此一吓，早已浑身发软，心也跟着软下来了。

后来才知道，洗瓜溺死的两个娃，还有枕头粗的大蛇，都是大人编排出来吓唬孩子的。孩子长大后并不戳穿，继续吓唬自己的孩子。这个故事不知道传了几辈子、哄过多少人。而缺水的谭坪塬，要像大城市一样修个可以安全洗瓜的游泳池，恐怕还需不少时日，人畜的吃水都是费了死劲才解决的。

生产队时期，村里打过一口旱井，几千米铁管子从井口顺坡铺到谭坪沟底的水潭里，沟里有柴油机和水泵，大队派的抽水员隔两三天下去一次，向公社的水库和我们村的水井泵水。但好景不长，据说因为费用问题，村里的水井便断了水。于是人们重新挑起水桶，离公社近的去公社，离沟近的去沟里，这

058　故乡有此

样的光景持续了多年。

　　土地下户,各家有了大牲口,我寒暑假回来,每隔几天便赶着驴车到公社拉水,车上一个大汽油桶,一次能装五六担水。说实话,那水闭上眼睛是水,睁开眼睛也不知道是啥,水池敞着口,底下沉着砖头瓦块,上面浮着蒿草柴棒,水浅的时候,铁桶下去抄底捞,吊上一桶黄泥糊,拉回家在水缸里沉淀过才能用。过一阵子清洗一次水缸,黑泥黄泥能掏出半脸盆来。就这也不能保证供应,经常赶着车去了,发现池底的稀泥糊糊都已龟裂,只好一根扁担两只桶,钻进沟里去找水。

　　从我记事起,吃水问题就没让人省过心,家家户户各想各的办法,毛驴驮的,平车拉的,肩膀挑的,夏秋收下的雨水,平时饮牲口、洗衣服,着急了人也吃。我家是在院里浅浅地打了一口井,里面抹上水泥,小舅的拖拉机拉着大水包,十几里地送来,一次够吃三四个月。我妈因此经常"扫兴"我爹:谁家把女子嫁到你这村,可算倒下霉了,光这陪嫁的水,一般人就吃架不住!

　　还好都过去了。水龙头一拧,哗哗的,多美。五块十块的,说它做啥,不如划计划计①洗瓜的事!

---

① 划计,方言,谋划的意思。

远去的声音

像我这样，二十世纪八十年代初从山里动身，九十年代抵达城市并落脚的一代，出发时农村改革才刚破晓，安顿下来时市场经济已经体制化。一路跋涉，仿佛从原始部落直插现代社会，几十年来，二元世界的落差时时要将人撕扯到几乎分裂。幸运的一点是，我们似乎拥有一个更完整的世界——比乡下人多了一座城市，与城里人相比，又多了一个泥土里长出来的童年。

谭坪塬上缺水，还好村里有个波池。所谓波池，就是池塘。久居城市，老来思乡，耳畔时常回荡着早已远去的声音。这些城里听不到的声音，印象中多半是在波池边集散的。

黄土地貌，除了人们熟知的墚、沟、峁、砭之外，还有一种塬上人称之为"要险"的所在。一般是指两个宽阔处中间的细长连接部，因其险要，故称"要险"。乔眼村的"要险"北高南低，夏秋两季，雨水从北面顺势而下，合流之后结队涌过"要险"，最后被人们在南边掘出的一个波池收留。村里若排八景，"百川归海"得算一个。

虽是一池泥汤,总归是有些水波粼粼的气象,加上水边几棵柳树如此这般一番婀娜,还颇有点天光云影的旖旎。入暑后,波池便是全村的公共空间。

抱着脸盆来洗衣服的女人,多的时候能把本就不大的波池团团围了。家里的清水金贵,从沟里往回挑,快要累断男人们的腰,所以轻易舍不得使。小孩子们自然要跟过来的,男娃脱得精光,在泥水里扑腾,懂事的女娃帮着母亲一起把洗好的衣服拧干,搭在波池边的灌木或蒿草上晾晒。

晌午前后,波池边上人声鼎沸。水里的娃在欢闹,水边则是此起彼伏的捣衣声。老嫂子逗姑,婆家长短或是未来的女婿如何,被戳着要害的羞红了脸,一旁看热闹的哄然大笑。淘气鬼的耳朵,如同高音喇叭的开关,被母亲一顿拧巴,放出鬼哭狼嚎的怪叫。要好的女人们挥舞着棒槌,也忘不了互相咬耳朵,闲言碎语在这里集合,然后散入家家户户。

夕阳西下的时候,波池旁就另换了一番动静。那年代,夕阳都跟现在不一样,真就是一团大火,在西面的天空熊熊地烧着,村庄像一张被火光映红的脸庞,在四下的幽微中耀眼地亮着。波池再往高处是生产队的打麦场,扛着犁锄的人群还没见影,劳累了一天的耕牛已在坡顶露出了头。老远看到波池,"哞——哞——"的吼叫一声赶不及一声,脚步也失去了常日的沉稳,"哒哒哒"一阵蹄声过后,十多个牛头早已扎进了池水中。

放羊人的皮鞭,爆竹一样在远处炸响,然后才是越来越近的"咩咩"声,颤抖的腔调,如泣如诉般的哀婉。畜禽的嘶鸣

故乡有此

是村庄里的交响,马的激昂,驴的蛮横,牛的优雅,狗不知天高地厚的狂妄,猪吃饱不饿、活着就好的憨傻;公鸡洋洋得意,打个鸣都要挑高处去站着,仿佛没有它太阳便不会醒来,母鸡下个蛋恨不得全村都知道;最可怜的是羊,啃几根坡上的草,就像欠了世间的债,一辈子恓恓惶惶,叫声都写满"对不起"。据说建安时的王粲喜听驴鸣,东晋孙楚善学驴叫,这些不讲理的爱好,《世说新语》归为名士风度,后世亦津津乐道,我却由此坚信这是中国历史上最不讲理的两个时代——天下溺于深水,文人玩得火热,斯文扫地而尽。我小时多愁善感,很少有理直气壮的时候,所以对羊最有同理心,也最多同情,经常不忍那颤巍巍的咩咩之声。

牛羊归圈,下地的人次第回来,波池边更热闹了。"要险"北边的土崖底下是老汉们的地盘,扯闲篇、拉古话,听上去古今纵横,其实都在谭坪塬上打转转。郝家一个老汉,年轻时曾在外面闯荡,经常绘声绘色地讲他随解放军打太原城的事,似乎有些意思,只是不知道真假。

"要险"的中线,一条甬道纵贯,下面铺着石板,两旁用石头围挡,是向波池里引水用的。生产队收了工,后生们就在石板上画了棋盘,这种名叫"跌方"的棋,我至今都不明就里。玩恼了开吵,吵不出结果,摔一跤来解决。架势一拉开,波池边的孩子立时围过来一圈,坐在石头上说悄悄话的姑娘媳妇们,也一个个扭回头来看热闹,忙碌一天之后的高潮时刻,谁都不想错过。闹够了,说够了,天也快黑了,于是四散回家。

黄昏时候,家家户户掌灯,关鸡的、叫狗的、喂猪的、喊娃的,一阵忙张①之后，村庄在夜幕深垂的山沟里渐渐睡去，休养精神，准备迎接第二天的太阳，迎接又一个辛苦劳作的日子。

　　这时的波池，被青蛙们接管。一夜蛙鸣，仿佛村庄熟睡时的鼾声。鸟儿们停止了叽喳，虫子在草丛中窃窃耳语。偶尔会有夜行的脚步，惊起谁家的犬吠。而村庄依旧在蛙鸣般的鼾声里熟睡，直到雄鸡唤醒又一个清晨。

　　少小离家老大回，几十年后，曾经熟悉的声音早已不知所终。我时常想要从消失的时空里将它们一一召回，重建一个远去的谭坪塬——在自己无所聊赖的心中，在白昼空想时的梦里。

　　十多年前，北岛用文字幻化出声音、色彩和味道，重建记忆里的北京城，读罢恨不能北面事之。不才如我，徒有临渊之意，惜无生花妙笔，所以每看一次《城门开》，便多一次徒唤奈何的叹息。

---

① 忙张，方言，忙乱的意思。

致命危险

　　谭坪塬岸然高居，屼屼而立，北吉县、东乡宁、南河津，到这里来都要翻沟过岭。黄河虽在脚下，但晋陕间沟深流急，两岸峡谷陡峭如壁立，没有像样的渡口，东来西往的商客自然绝了念想。被造化孤立的谭坪塬，千百年来送往者多、迎来者少。吸引力不足，史书上少了几笔自豪，近代以来的中西交往、新社会开辟之后的现代化建设，均未在此留下像模像样的痕迹。但利弊相生，水陆码头熙熙攘攘、打打杀杀的复杂因此远离，农耕时代的种种恬静和安然，亦在关起门来的日子里得以保存。

　　一方水土，此地民风从来朴厚，出入相友的庄户人脸上写满温良。剪径越货、取命夺财的强梁行径，我印象中从未有过，至于浪荡子弟的偷摸勾当，恐怕世间每一个角落都在所难免。从小到大所听闻的，只有抗战时期的土匪黄道龙和疯狂年代的"棍子队"，此外再无其他。而谭坪的"棍子队"虽曾到乡宁城里参与"武斗"，塬上的"反革命分子"和"右派"却不曾有谁被害了命。

　　但即便是乡土社会，生产生活中的非正常死亡总是有的，比如打窑的百子、放牛的耐实，还有开拖拉机的来江。

百　子

去村里打听"百子"，遇到的人都会摇头。因为塬上土话中很少发"bai"这个音，"掰"和"柏"读作 bia，"白"读作 pia，"败"读作 pai，"百"则读作"北"。所以大伙只晓得从前有个叫"北子"的人。

百子姓郝，爹娘立这个名，本意大约是希望他能得长寿，但百子最终英年早逝，打窑洞时土塌下来压死了他。

打窑是个技术活，塬上虽有土工专门干这行，但大部分人家还是父子兄弟自己上手。我爷爷从坐完监狱到摘"帽子"平反，在塬上的时间拢共十几年，打成的和没打成的土窑院，光我知道的就有三处，白天在生产队出工，下地回来带着三个儿子一直干到后半夜。第一处刚立起面子，还没掏窑就放弃了，可能发现土质有问题。第二处打到半截塌了，前功尽弃。第三处打成没几年，他便进城走了，留下父亲和二叔两家。一年深秋，连阴雨半月不歇，窑洞裂了口子，两家人急急火火搬出，没几天窑就塌了。

土里过活的人，不通土性不行。窑洞坍塌之前据说会有土方崩裂的响动，也许几秒，也许几分钟，是留给人的逃生窗口。机警者能感知预兆，从而摆脱致命危险，百子却没能从窗口逃出，许是当时过于投入了。

百子的模样，现在他站在眼前我依然能认出来，人挺壮，看上去很凶，胆小如我者，望之生畏。但这是他沉默时的样子，一开口就暴露了温顺善良的本性，黑黑的脸膛微微一红，嘿嘿笑几声就当打过了招呼，似乎还有点怯我，那我还有什么好怕的。

百子比我父亲大不了几岁，但论辈分我叫爷。郝家是村里大姓，但他这一支人丁不旺，爹娘走得早，哥哥年轻时到塬下招亲，背井离乡给人做了上门女婿，我从来没有见过。百子死后几年，无着无落的媳妇也带着孩子离开了乔眼村。记得那个男娃小名叫燕燕，小我几岁，算来也是快五十的人了。

百子家在村北头，紧挨着公路，我每次回家离家都会路过。取了百子性命的那孔窑原本就是敞口子，另外两孔曾住过人，后来也没了门窗。没有围墙的院落，蒿草长得半人高，黑洞洞的三个窑口像三只瞪大的眼睛，心事重重地望着远处的沟壑梁峁。

再后来，上面有人打新窑，取出的土顺坡而下，橡皮一样擦除了百子一家最后的痕迹。不多时日，三只黑洞洞的眼睛相继闭上，百子的老院被黄土深埋。

光阴荏苒，当年的土窑洞已消失殆尽。年轻一代出门汽车、下地三轮，新盖的砖瓦房，交通便捷成为前置选项，于是今年三家、明年两户，撵着公路一个接一个地搬走了。窑洞层叠的老村，如今只剩三四户人家留守，废弃后的荒芜，仿佛很久前的一个梦。

也好，百子当年的致命伤害不会再有了。

耐　实

百子没有活到半百，但好歹留下了子嗣，耐实更不耐实，少年夭亡了。

关于谭坪塬的回忆,我经常会提到锅子爷,他是生产队的饲养员,分组之后我们这几户人家的组长,耐实是锅子爷的大儿。

他的长相已经有些模糊了,但确定是个仁义的好娃,逢人说话,不笑不开口,笑起来的样子既憨厚又实诚,很招人待见的性情。耐实的个头好像挺高,不过也可能是我的错觉,我那时很低,小孩眼里的大孩子,个个都是高不可攀的伟岸。

父亲是饲养员,放牛成了耐实的日常工作。后来我们这些小放牛,其实都是他事业的后继者——他那时,牲口都归生产队,因此放牛是饲养员的专利,改革后我们各家各户才有了自己的牛。

牛性憨实稳重,轻易不会乱跑,群牛更是如此,边走边吃,悠悠哉哉。牛脖子上有铃铛,听响声就知道在哪里,铃铛声远了,赶过去撵一下,汽车掉头一样再往回吃。这活并不苦重,所以放牛娃不光放牛。耐实出事的那天,牛在洋槐地里放着,他自己不是在砍柴就是在割草。那时塬上,针线、浆洗和做饭是女娃们的必修,割草、喂猪、砍柴则是男娃们的套餐。

如果站在天上往下看,谭坪塬由一座座形状不规则的平顶山组成,每座平顶山其实就是一个微型的塬。塬顶是上好的平地,四围的坡地则分三种,有的在"农业学大寨"时修成了梯田,有的在植树造林时栽上了洋槐,有的还是原样,小麦不能种,便种些杂粮油料什么的。坡地往下,是更陡的坡,陡到牛羊都站不住,顺坡扔块石头,能一直滚到底下的深沟里,有的索性不是坡,就是直上直下的崖。这种地方人迹罕至,只能留给狐狼鼠兔。塬上骂人"栽沟贼"，是比较毒的诅咒，嫌弃人的时候，会说"你快去跳崖吧"，当妈的被惹烦了，常吓唬孩子："再闹，我跳沟呀！"

耐实从洋槐林的畔畔上失足滑落，顺坡滚了下去。村里去抬的人说坡并不陡，按理不该出人命，但耐实滚下去便一动不再动，许是滚落的时候硬东西伤着了要害。总之好端端一个娃就这么没了。

这条沟隔着乔眼和谭坪两个村，对面坡上的人最先看到，隔沟吼叫乔眼村人。这边接到报信赶到时，洋槐林地里牛铃叮当，坡下的耐实早没气了。所以耐实是一个人走的，那年他十大几岁，过几年就能娶媳妇了。

塬上习俗，人死了便不能进村。记得我爷爷临走前一两年，感觉不对劲的时候不是上医院，而是马上找车回谭坪塬。人终有一死，怕的是不能死在自家炕上。所以后来索性住在村里，图个临死不慌。耐实死在村外，所以遗体被安顿在村口打麦场附近，我打小不怕死人，也跟过去看，但脸上已被红布遮盖，阴阳两隔了。

再长大点，我们这茬孩子也开始放牛割草，但一般都成群结伙。偶尔放单，大人总要叮嘱：远离崖畔、莫下深沟、不要跑远。我有一次不听劝，大中午跑到沟里割草，沟深林密，蝉鸣一声接着一声，四下里的安静让人心慌，仿佛看不透的每一个暗处都藏着不怀好意的目光。割了几镰，扛不住内心的崩溃，屁滚尿流地爬了上来。

恐惧让人远离危险，耐实的不幸就这样保护了我们很多年。

来 江

来江是公社的拖拉机手，跟耐实一样没娶媳妇就走了，在一个名叫塬上要险的地方，连人带车翻到沟里。

来江的长相，现在的话叫阳光帅气。颀长的身形，斯文但绝不瘦弱，顺顺溜溜的一个小伙，浑身充满活力。我家苜蓿地就在来江家附近，割苜蓿路过，大门口经常能看见他，仁义的眼神，目光带着灵动的秀气，那时乡下难得有这样玉树临风的人。长大后听莫文蔚唱《这世界那么多人》，"远光中走来，你一身晴朗"这一句，总会让我想到村里的来江。

来江爹曾经是大队干部，家里成分也好，他到公社开拖拉机不排除这方面的原因。即便如此，我觉得来江的拖拉机手也当之无愧——全公社就两台拖拉机，经常出入塬上，来往于县城，找个谁出来，敢说比我村的来江更能给谭坪公社"装人"？

公社粮站往城里送粮，县上拨给谭坪的化肥、农药，其他种种需要负重行远的差事，都是来江开着他的"东方红"去支应。谭坪塬、南塬坡、鄂河川，三十马力的柴油拖拉机喷着黑烟，握着方向盘的来江前簸后颠，车轮扬起一路尘土，阳光照耀下的脸庞，越发英气逼人。

在电影演员和流星歌手尚不被塬上人所知的年代，年轻的拖拉机手来江是村里见多识广的人，也是全公社的名人。"哒哒哒"的轰鸣声响起，不用说，乔眼的来江，或是某某村的那个谁谁谁。途中邂逅，停下车扭头，招呼一声兄弟姐妹、叔伯婶子，顺道的话捎一截，回来后就着烟袋锅和饭碗能当好几天谈资。如若有幸，享受一下司机旁边护泥板上就座的待遇，顶得上进城赶一次四月八庙会。全村两个生产队，当年牛、驴加起来不够三十头，驾驶三十马力拖拉机的来江，像是一个人赶着三十匹高头大马，走到哪里都是最受欢迎的人。

从乡宁县城到谭坪塬有两条公路，一条顺鄂河走，在宽井村上南塬坡，一条沿着去河津的国道，在岭上村拐弯。岭上是俯瞰谭坪塬的制高点，当年日军曾以此为据点，威胁河津、乡宁，控制沿黄一带。从这里驶出国道，一路下坡就到谭坪，路是当年黄委会修的，起点寨子村，所以叫寨谭线。寨子村再往下就是塬上要险，既陡又窄，左右两侧空无所依，刹车一旦失灵，连个一头撞上去的地方都找不着，出事的概率几乎是百分之百。

我曾坐来江叔的拖拉机从县城回过一次谭坪塬，下陡坡的时候，感觉心里都发颤。而来江的生命最终在这里画上了句号，人和车一起翻进了深沟。准确的时间记不清楚了，大概一九八二年，也可能是一九八三年。那时家里已经给他说下了媳妇，不多久便要成亲。

拖拉机从沟里吊上来修好，换个人继续开。来江被装进棺材，去了另一个世界。他父亲一定后悔，后悔这样的结局，后悔为他争取了这个机会。假如没有当年的拖拉机手来江，不难设想他此后四十年的风雨沧桑和儿孙绕膝的晚年。但机会恰恰到了他手里，而这个车恰恰就翻了。

四十年往事如在昨日，记忆中的来江一身晴朗！如果命运真的可以注定什么，来江的结局，我愿意理解为天妒英才。

池塘边的柳树下

池塘边一排柳树，柳树下一片池塘，这是我们村当年的模样。池塘先开还是柳树先来，没人知道。我小的时候，柳树已成"合抱之木"的样子，我因此无缘一睹。至于是先人手植，还是造化所赐，我猜多半是后者。

夫子所谓的"君子不器"，是"志于道"者的不屑，言外之意，小人才是器。而柳树则连小人都不如——娶媳妇做不成家具，埋死人做不了棺材，打窑洞做不得门窗，不耐腐蚀且容易变形的柳树，不是不屑于"器"，而是成不了器。既如此，无心插柳就可想而知了。

许是某日，一队柳絮随风流落到谭坪塬，行经乔眼村时，喜见此地高天厚土，又有雨水殷勤挽留，天赐生机，却之不恭，而且生来就是随处可安的本性，于是作别一路相送的好风，在此扎下根来。之后的岁月里，割草的镰刀来过，砍柴的利斧来过，泼皮的孩童和贪吃的牛羊来过，但总有幸运者得以苟全，光天化日，遂一路茁壮。

天地大德曰生，勃勃之气无穷，世事并非都要仰仗人类拙劣的插手和贪婪的染指。物竞天择，是强者终会出头，所以山自木、水自鱼。就像我们这村，这池塘，没人喂养的青蛙呱呱地叫着，没人料理的柳枝自有春风染绿，婀娜的腰身年年在池边顾影自怜，圆满了一个年轮，接着走下一个。及至上可参天、粗至合抱，又因无所用处而免于斧斤加身。"山中之木，以不材得终其天年"，庄周就此得着了乱世求存的智慧，我的童年也因此多了一份难忘的美好。

关于池塘和柳树，先容我表示一下惭愧。我们这个小村，这是唯一的池塘和仅有的柳树。黄土地上的谭坪塬，不比处处烟柳画桥的江南，柳荫下的池塘，像是一个移栽的盆景。

惭愧而已，却不羡慕。世间但凡菱歌羌管、箫鼓烟霞的所在，必有千骑高牙的豪者奢者高居万户兆民之上，"长安居、大不易"的千古浩叹因此而生，就连那个姓白名居易的，眼中的杨柳也是"青青一树伤心色"，想必那柳树看他，亦是如此吧。而我们这个不为人所知的小村，却有世外桃源一样的自在和自得，没有俯视，也不必仰视，"黄发垂髫并怡然自乐"，众人在日出日落的劳作中打发着基本无差别的日子，盆景般的小池塘和老柳树，也无差别地属于所有人。于我而言，这个小小的盆景挂满了记忆的风铃，春天的童话叮当作响，几十年后仍温暖如初。

原谅我总是站在谭坪塬上怜悯全世界。我不知道这份自信从何而来，但坚信不是自卑者扭曲的存在感作祟——我虽自卑，却非事事自卑，至少我的柳树很幸福，不敢说是"夕阳中的新娘"，却远胜那"一树伤心色"。

当此起彼伏的柳笛响起时，属于我们这帮小孩子的春天就来了。折一截柳枝，放在手中仔细揉搓，感觉到"骨肉分离"时，小心地抽去"骨头"，留下完整的柳皮。柳皮分两层，将皮管的一端捏扁，再用牙齿或指甲轻轻剥去外皮，留下里层的黄皮——没有这个薄薄的吹口，再怎么费劲也吹不响。

看似简单，其实还是有点小复杂，主要是长短粗细的拿捏。短者嘹亮而已，长度足够，才能悠长绵远。细者尖厉而已，嗓门粗一些，方有雄浑的内涵。嘹亮尖厉的不能叫柳笛，那是体育老师胸前的口哨。要想吹出"边声连角起"的威武苍凉，或是黄钟大吕的庄严高妙，首先要讲究选材。站在地上就能够着的纤弱者难当大任，高处才有既粗且匀的好柳枝。但对一般孩子而言，这是不可能完成的任务。

村里有个与我年龄相仿的长辈，名叫东会，在一群孩子中力气最大、身子最灵活，双手不能合围的大柳树，他像猴子一样出溜出溜就上去了。那时他居高临下，脚底是无数央求的眼神和一声声热切的呼喊，心里指定有说不出的美气。我属于树下的那一群，但做梦都想爬到俯视同侪的高度，为此曾在家门口的槐树上苦苦修炼，槐树虽不粗，但我终因绝望而放弃。

东会后来当了兵，为一身力气找到了正经地方。复员回乡后做了农电工，擅长攀爬的本领也不白费。人生一世，多大的脚就穿多大的鞋，有什么用处就派什么用场，争也徒劳。所以我听从槐树的劝告，放过了池塘边的柳树，放下了与能力不匹配的野心，也放过了我自己。

还有一个叫伟子的，就没有这么幸运。有一次他爬到树上，

风物志 075

碰巧他爹下地回来，打麦场畔远远瞭见，一声怒喝惊着了树上的伟子，伟子应声而落，一时人事不省。说是被吓丢了魂，还请了法师来扫魂。我长大后读《叫魂》，一边感慨孔飞力这老洋贼编排历史的本领，一边想着当年的伟子和他鲁莽的父亲。

伟子长大后下煤窑，死于一次事故。那时塬上的苹果还不成气候，年轻人娶媳妇的钱大多从煤窑里挖出。伟子走后，兄弟伟龙继承了他留在世上的一切责任，包括他的媳妇。有没有孩子，我实在是记不清了。讲出这事，肯定有人不信。其实世界很大，人人都是有限认知者。

收夏时节，割回来还没碾或是碾出来还没扬的麦子，就在场上堆着。小孩子此时最乐意效劳的是晚上看场，说是为家分忧，但防偷只不过是借口。全村就这几苗人，龙口夺食的节骨眼上，自家的事还忙不过来，谁偷谁？但山里长下的野娃，大人也就由着他们去了。于是怀着逃脱束缚的喜悦，呕哑啁唧的柳笛一阵乱吹，麦秸堆里横七竖八地躺着，对一天繁星，在终夜不息的蛙声里渐渐入梦。

柳笛，蛙声，满天星光。一年又一年，做梦的少年渐渐长大。

然后，牛一样拴在地里，驴一样套在车上，与脚下的黄土至死不渝地相依、至死方休地搏斗，一生一世，一如从前的生生世世。一茬人像麦子一样被收走，新的一茬则继之而起，四季轮转，日月相替，鸡鸣犬吠，生死歌哭，黄土地上的生命草率如斯，顽强亦如斯。

而池塘边的老柳树，也在某年走到了气运的尽头。学校里的课桌东倒西歪，不换已是不行了。村里思来想去，柿子树是不能砍的，而能砍的除了柿子树就是柳树。最后，学生换上了新课桌，池塘边没了大柳树。

人是原则动物。人世间的原则多至无穷，但一切以利害为指归。利害是原则的原则，所以人说到底是利害动物。《庄子》用"砍树原则"解释了山中之木的侥幸——为了利益最大化，人砍伐更有用的树，不材者因此幸免。而"杀雁原则"则不同，为了损失最小化，主人留下会叫的雁，让不会叫的去死，所以"主人之雁，以不材死"。可怜的柳树只晓得不材可保天年，没想到不材也会送命，最终在生存竞争中输给了柿子树。

山中之木，是"取"的原则；主人之雁，是"舍"的原则。原则一变，则生死殊途，果然是伴君如伴虎。也怪柳树才疏学浅，没把庄子的全套本领学到手。

没有柳树相伴的池塘，像是丢了魂。

春风如约而至，再也找不到熟悉的枝头。

柳笛成为绝响，夜半蛙鸣，凄凉如思念。

几年后村办小学撤并，柳木做的课桌不知所终。

最后池塘也被填平。当年水中的倒影、池畔的喧嚣，被沙石和沥青所覆盖，脚踏车碾中，与过往的岁月一起沉沉睡去。

三十多年，池边的柳树，树下的池塘，不知曾在谁的梦里。

帽壳里，那三个苹果……

苹果是个好东西，向人体输送营养，在修辞学上也占一席之地——过去曾为小妹妹的脸蛋代言，后来大众"审脸"发生改变，又肩负起祝福平安的使命。而在没有营养学和平安夜的年代，苹果的主要功能就是解馋。

谭坪塬现在是个大果园，百里绵延，举目望断，但小时候，我们村满共只有两株苹果树。一株"国光"，结下的果子个头小、口感差。皮却牛厚，一口咬下去，牙齿打个滑，"牛皮"无损，徒留数个牙印，这老品种现在偶尔也见，堆在街上五毛钱一斤没人问的那种。另一株的果子倒是又大又甜，可惜每年挂不住多少果子，长在敞锅爷家的院里，四周用刺棘团团围护着。

敞锅爷跟我父亲要好，那年秋后来串门，破旧的草帽壳里兜着三个苹果。这位爷姓李，三兄弟中的老小，因为穷，娶的女人身体不大利落，婚后生了一个女娃，也是多病，记得有一年还请了神婆神汉来做法。但孩子最终没保住，没几年女人也死了，留下他和老父亲两个光棍将就过日子。敞锅爷这个人面恶嘴冷、性子极嘎，见到他，村里的恶狗都吊着尾巴溜边走，别说龇牙,大声喧哗都不敢。我自小怕狗,所以视他为奇人。这是个热闹人,大到白胡子老汉,小到穿开裆裤的娃娃,跟谁都没大没小地说要,生产队集体出工,喊一声"敞锅叔"没人应,地里的气氛都会变凉。

三个苹果,我分得一个大的,两个小的归大妹。爸妈不爱吃,那时我们爱吃的东西他俩似乎都不喜欢。大妹嘴馋,两个苹果几天就不见了,然后我俩再分大的。啥味道不记得了,唯一记得的是苹果这东西咱小时候也是吃过的,还记下了喜欢孩子的敞锅爷,和他那神奇的破草帽。

苹果很娇气,不像桃、杏,平地更好,坡地也行,更不比枣树,栽在沟里一样长得欢实。对塬上百姓而言,世世代代的麦地、玉米地统统都栽上苹果树,这绝对是一个划时代的理念革新。土地刚下户那些年,大伙竞争攀比的核心指标是谁家攒下多少粮。都饿怕了,顿顿吃白面都不敢想,还苹什么果!

最近突然忆起当年未曾留意的一个细节,上大学或是刚毕业吧,总之九十年代初,每次回来都会发现家里的柴垛子上多出几捆树秧子,直溜溜的,不像平时烧的槐树枝张牙舞爪,所以一眼就能看出异常。问父亲,说是上面发的果树苗,家家都有,"哪个栽它,都烧火了!"

后来发生的事情,我猜逻辑关系是这样的:吃白馍的梦想变成了现实,新现实里又长出新的梦想——梦是活着的证据,人有梦,所以心无尽。吃饱不成问题了,但几毛钱一斤的小麦,价格竞争力却成了问题。粒粒辛苦只能变出白馍、臊子面,想要活得更好,得拿钱去换。于是有人承包了大队的公地,栽了一园苹果,亩产一千大几百斤,一斤两块多钱,性价比是小麦的十几倍!于是心眼活泛的人坐不住了,起而行之,成为典型。典型引路,没几年塬上麦地都成了果园。从前把酒话桑麻,现在路上打照面,总少不了一句"今年果子咋说"。

谭坪塬到壶口,直线距离不过十几公里。果商大车小车收了,有时就用"吉县苹果"的纸箱子包装,吉县人自己都吃不出两样。咋说呢,同样的黄河边,同样的气候和海拔,同样的土质、光照和生长期,谭坪塬上的苹果只会更好,因为化肥、农药得花钱买,用农家肥的话,只要舍得吃苦就行。塬上人别的本事没有,吃苦的本事用不完。

当时乡宁县十几个公社,没有煤矿的大概只有谭坪,标准的穷乡。但一举成名的苹果,却带领塬上父老一步跨过"部分人先富",直奔"共同富裕",而且绕开了先污染再治理的老路,起步就是青山绿水。那些年,塬上没有煤老板,但却遍地"中产",苹果种植与生俱来的绿色属性和共享特征,塑造了我称之为"富农社会"的谭坪塬。

感谢"红富士"的强大气场,让我心中的谭坪塬从此充满豪迈之气、自带骄傲光环,也让我对家乡的热爱渐渐摆脱了感念生身之地和父母之乡的局限。有几年,我甚至认为"富农社会"应该成为新农村建设的样板,"谭坪模式"应该被树为继大寨、小岗、华西、南街之后的又一面旗帜,苹果花应该成为乡宁的"县花"。

那时的我,是个典型的"家乡牛逼症"患者。后来苹果有点郁闷了,我的烧也渐渐退下。

十九世纪才传到中国的苹果，说来有点生不逢时。写唐诗的李白、杜甫，作宋词的东坡、稼轩，那时已经死去了几百上千年。错过了风云际会，也就错过了那些写"梨花一枝春带雨"的人、写"深巷明朝卖杏花"的人、写"桃花尽日随流水"的人。所以苹果虽满树繁花，却不曾被正经人看见，如同幽居空谷的绝代佳人，长得再好也白搭。似乎有几首写柰子的诗传了下来，有人说那是古代的苹果，简直瞎扯。柰子这东西，其实就是尽人皆知的沙果，拿它当苹果，如同指猫为虎。猫虎虽属一科，但科员毕竟不是科长。在这种事情上"为国争光"，最后都是徒增笑料。

　　当然，少了李杜苏辛的锦绣文章，大不了咱这个"县花"不当。而困扰苹果的却非这些花里胡哨的东西，它的困境十分现实。

　　"富农社会"持续的那些年，塬上的砖房瓦舍噌噌往外冒，曾经的土窑洞很快成为历史，年轻人从摩托车到小汽车，步步紧跟时代。回家跟堂弟表弟们坐在一起，不开车的我俨然成为"土老帽"。但问题跟着就来了：塬上人只管种，销售全仗外地果商，随着产量攀升，卖方市场转到了买方，果商们手握定价权，年成一好就集体压价，于是种植面积不断扩大，边际效益却逐年递减，收入总是突不破天花板。谷贱伤农之外，还有防不胜防的风雹霜冻，遇到倒霉年景，有的人连本钱都收不回来。

　　产业链的下游往往是价值链的上游，销售网这个木桶短板，最终成了塬上果农的限高杆，辛苦一年，到头来是帮果商赚钱。这些年来，塬上父老忍着一块五六的地头价，我在城里啃着五六块钱一斤的苹果，嘴上心里真是滋味不同。还是那个理，谁也不可能挣到认知之外的钱，包括谭坪塬。

顺带交待一下敞锅爷吧。他后来到山下招亲，给人当了上门老女婿，此后再未谋面。这些年回家，偶尔会听人说起，每次都少不了一番唏嘘。他若健在，当已年过七十，晚岁盛世，也算有福之人。碰巧能看到这篇文章的话，我想对他说一句：草帽壳里的三个苹果，我一直没有忘记。

其实过去的辛酸并不是哪一个人的专利，敞锅爷只是碰巧被我想起而已。但若将来修村史的话，我还是建议单开一篇"李敞锅外传"，也算是人民公社时代的一份共同记忆吧。

人·文·大地

谭坪塬绝非天选之地,论载物之德,它资质平平。除了高天厚土和土地上的生民,过往的岁月不曾在这里留下任何特殊的人文印记。平凡是它唯一的特殊。

但无论如何,生命才是大地最深刻的美,生命与土地的关系才是人文之真谛。所谓大道隐于伦常,百姓日用不知。在此意义上,也许最低层次的需求满足,而非更高层次的文化追求,才是人文的本色。

金 针

这是记忆中的一个清晨。太阳憋得满脸通红,还差一点就要爬到山顶。小小的我挎着藤编的筐,一路碎步踩过草丛,惊落点点露珠。

薄薄的水雾四面笼罩,刚被衣袖拨开,湿漉漉的又贴上脸来,如冰凉的唇。黑狗在身后撒欢,一会儿撵上,一会儿停下来,偶尔一阵汪汪声,也被湿漉漉的空气凝滞。

拐两道弯,攀着旁边的蒿草,下一个既窄且陡的小坡,半崖上一块巴掌大的台地，两天没采的金针又开出了满眼黄花。没有百合貌似高贵的香水味，羞答答的模样却好过十倍。

挂着露珠的黄花，松松散散地装了半筐。黎明级的鲜度，忍不住想扑上去咬一口。崖畔藏着几株马奶果，照例要扒拉开蒿草检视一番，挑成熟的摘一把，放一颗在嘴里甜甜地嚼着，剩下的塞进衣兜。

留下金针们重整旗鼓，继续新一轮的努力。无耻的黑狗早就野到不知什么地方了。村庄已经醒来，太阳在回家的路上洒下耀眼的金光。远远看见炊烟，母亲已在灶锅上开始了一天的忙碌。

端一盘雪白的馍，盛一碗现炒的黄花，庄户人家的炕桌，土地赐予简单的香甜。记忆中挂着露珠的清晨，火红或金黄的日头下，有很多这样的温暖。

含羞的金针，甘甜的马奶果，黑狗及少年的我，生命的律动是大地上最美的纹理。而城市盛装的舞台上，景观一样的演出，提线木偶般的生存，久之不免生厌。回首真实的阳光下，窑洞里的灶锅及屋顶的炊烟，才是生命本应的姿态。

一切本来简单，并非复杂才好。近取诸身，远取诸物，天地之心，何需远求。

人以天地为法，最原始的道理其实最讲人话。

伤　牛

公社时期，有一年的夏天，生产队一头耕牛掉进沟里摔断了腿。队里出动若干精壮，费死劲儿才抬回来。请兽医站的人来看，摇摇头说是没治了。

那天，伤牛跪卧在马房院里，折断的前腿已经不属于自己，靠一层薄皮连着躯干。饲养员端着半盆黑豆，哄孩子般的声调里带着哭腔。院子里、窑顶上、柴垛旁，闻讯赶来的男女老少，眼里写满了愕然。牛圈边的石槽上，老队长一口一口吸着旱烟。众人如石雕的群像，马房院里的沉默令人紧张，只有伤牛间或抬起头一声悲鸣，仿佛在询问命运的归宿。

良久，老队长站起身，在石槽上艰难地磕着烟锅，看看地上的伤牛，转过身去长叹一声。

尖刀穿透心脏，终结了伤牛的痛苦。炊烟升起时，诱人的香味从家家户户的灶台飘出，弥漫着整个村庄。

村里宰牛分肉，我印象中仅此一回。

农耕社会，牛的地位极为尊崇，儒家以礼设教，朝廷法令昭昭，释道两家一体附和，私宰耕牛者，德亏、罪重、孽深。那时的牛酒雄豪者，不是强梁就是反贼，水泊梁山可作典型，动不动就是切两斤牛肉。新社会涤荡旧物，其势摧枯拉朽，但有功之臣不付刀俎的理念一仍其旧。

遗憾的是，塬上没几个读书的人，也没有宫观寺庙的香火供奉，原生态的人文环境中，纸上的教化并无市场，人们认可的只是一种朴素情感。守王法、交皇粮，此外的一切唯天地自然之理是从，身上之衣、口中之食、心中所思，都从脚下的黄土里长出。礼法在或不在，人与牛的相依之情只是土地的意志。

"老牛老牛，家中一口！"这是辈辈世世传下来的训诫：杀牛者，下辈子变牛、吃草、耕地、住牛圈。

而重伤的耕牛,利刃穿心的解脱之后被剥皮食肉,同样无悖于天道——生存的重压之下,温情只是弱者的想象,人和牛,以及土地本身,共享极限付出的义务,彼此拖累的余地却并没有。

烟袋锅"砰砰"磕着石槽,老队长的痛心与决绝是人对土地的服从。无力自存的伤牛,其血肉之躯贡献于人,转化而成的能量,最终又悉数交给了土地。土地是至高法则,残酷与温情,是一种生存的两个名称。此中的人文之理,不是无边风月的吟弄,而是关乎生死之道的抉择。

献 爷

每个时代都有得宠者的意外闯入,也有失意者无奈退场。农业产业化剥夺了许多作物的生存空间,金针只是其中之一。机械替代让耕牛成为历史,如今的乡村"Z世代"已不知其为何物。但纵然地覆天翻,很多东西却未曾离席,比如献爷。

四方神祇,塬上统称为爷。惊呼一声"好我的爷",喊的并非炕上的爷,而是天上那位。献爷,就是祀神。

过去每逢大事必献爷,除夕献,中秋献,阳历年献,清明、端午献,娶媳妇、过满月、打窑、搬家、远行,样样向爷报备、求爷关照。隆重的奉上猪头,简单的杀只鸡,实在不济,白馍、点心也能行。一方水土一方神,塬上的条件,爷的吃食也因陋就简。

那年高考发榜,我情绪低到极点,奶奶一脸庄重,又搭油锅又杀鸡,焚香三炷,大帽子往脑袋上一扣,拉我到院里磕头献爷。当时一百个不情愿，现在真懂了：没考好怨我，能考上还是得谢爷。

献爷这事，说迷信不错，笼统而言封建迷信则不太好。迷信并非封建的特产，封建之前就有，封建之后也未绝迹。人非全知，更不万能，所以世事总有偶然之间和意料之外。迷信作为文化，其实是对偶然和意外的一种含糊解释。如果一切都必须有所解释的话，在更好的解释出现之前，这便是最好的解释。

塬上对爷的态度，可爱至极也略带狡猾。此间百姓，历史上并无佞佛或谄道的传统，所谓四方神祇，只是日常生活的一个功能性板块，这个服务系统由天地老爷统领，之下的各个职能部门都是功能性的，灶锅爷、土地爷、马王爷，只因有用而存在，谁也不是世界的尽头。世界的尽头是人们的生活，生活才是他们真正的信仰。

塬上百姓的精神世界都是三层小楼，头上一层住着四方诸神，脚下一层住着死去的先人，他们因对生活之梦的襄赞而被感激。所谓献爷，不过是向通力合作者表达谢意。而合作的载体，正是脚下这块人文大地，合作的契约则是人不误天时、地不欺五谷、四时不负耕耘。

天地一灶锅

窑洞时代的谭坪塬,以灶锅为中心的室内布局差不多家家如此,说来还真是个有趣的话题。

塬上人说的灶锅,翻译成普通话就是灶台。进深三丈的窑洞,灶锅差不多在丈五处。单人床大小的台面,左右两个灶口并列,靠墙处可以支一个小碗柜,当地人称"板架"。小时候每到除夕,灶锅台上除了柿饼、麻花、馃子之类,我的鞭炮、起火、二踢脚必占一席之地,这里暖和,鞭炮去了潮气才能炸得更响。

灶锅背后留一小块空地,名叫"燎厂",顾名思义,堆放烧柴的地方。"燎厂"旁边是水缸和厨案,案板有四根木桩支撑的,也有专门砌一个方形台子来放置的。灶锅、燎厂、厨案、水缸,组成了庄户人家的"餐厨集成",并作为核心板块辐射室内各处。

往里走,必有一张供奉神主的木桌,材质和形制可以不论,但通神之物需在正位。窑洞坐南朝北,顶头正中即是主位。死去的先人们就在这里注视和护佑着他们的后代,享受着年节的供奉。塬上习俗，生客上门或是逢年过节都要搭油锅，最先炸出的糕饼，总是恭恭敬敬奉于先人。祖先享用过的吃食，家里的媳妇吃得，女儿却吃不得，其间的道理不言自明。除此之外，这个板块并无其他讲究，装粮食的缸囤，盛面粉的瓦瓮，就地堆放的红薯、土豆，一切随意。

转头向外，灶锅前沿是一道低矮的"埝墙"，埝墙连着土炕，土炕连着窗台。灶锅与土炕本就是一体，上面虽然隔着埝墙，下面却有炕洞相通，做饭的炊火同时也是供暖的热源，窑洞虽土气，但绝妙如此。土炕的长度以篾席的数量来论，一般是三页席，也有三页半或四页席的炕，视窑洞进深而定。

侧边，也就是灶锅和土炕的对面，各种家具沿窑壁一线排列。窑洞是圆拱形，所以家具的个头不宜过高，如板柜、扣箱、条桌之类。左右对峙的家具和炕灶，中间夹出一条通道，通道尽头是与窗户连为一体的门扇。

门窗的上方，一般还会有一个小窗，名字很形象——脑窗。有的人家还会在门槛的接地处开一个小洞，虽不是窗，但名字叫窗——猫窗。猫窗的设计，可谓兼具匠心和仁义，功能无需赘言，望文生义即可。

因为门窗的存在，外面的风雨和喧嚣被婉言拒止，唯阳光和主人可以通行。日出日落，门里门外，庄户人家的日子打开合上，合上又打开，一天，一年，一辈子。

北方的土窑洞和南方的吊脚楼，应该是华夏建筑文明的两个源头，作为穴居岩栖的"升级版"，它们不约而同地保存着远古时代的遗风。而乡土中国的文化密码，也许就深藏在黄土高原的窑洞中,果真如此的话,破译密码的锁钥只能是窑洞里的灶锅。

一门之内的小天地里,灶锅是餐厨板块的核心,就现实功能而言,在"足食,足兵,民信之矣"的社会理念之下,灶锅无可比拟的重要性非常合理地解释了它在窑洞中的中心处位。就符号意义而言,它背靠逝者,同时也温暖着老婆孩子的热炕头,人神同处而无碍、牵手过往与当下的格局,深含着慎终追远,深含着生生不息,也有着原典儒学中"未知生、焉知死"的质朴坦率的生命观,这一切,何尝不是一种积极乐观的文化取向和价值追求?

通道尽头是门外的世界,那里有"三十亩地一头牛",有清早打鸣的、白天下蛋的、晚上护院的,还有信仰世界里的四方神祇,这些看似相互离散的场域,经由灶锅和炊烟的整合,形成了一个不言而喻的体统,这个体统既是功能性的,也深含着符号的象征意义。

跳出一家一户的视野,每个灶锅是一个伙食单位,而无数伙食单位以其不同层次的联合,形成了宗、族、家、户的血缘网络,乡、村、里、邻的地域层级,从而编织着乡土社会结构复杂而层次清晰的广阔世界,并支撑着千年以来互保连坐的什伍制度。"天听自我民听",灶锅的呼吸是人间烟火的节奏,更牵动着江山的气色、社稷的脉象。

所谓文化,想来不过如此。

城市的单元住宅,以居住和社交为核心理念,餐厨空间之边缘化,几与卫浴等同,空间紧张时经常在阳台安身,仿佛不被重视的乡下穷亲戚，犄角旮旯打个地铺就能将就。而乡下的窑洞则主要满足饮食男女等人之大欲，及祖先崇拜等信仰功能，空间紧张时，甚至耕牛都可与人同处，唯社交功能极少予以考虑。万家灯火与袅袅炊烟，貌似的城乡差别，其实隔着两种文化，甚至两种文明，而非简单的经济问题。

所谓灶锅，因此不仅是灶锅。

女人叹息自己的命运，或旁人感叹女人的命运，总会说一辈子围着灶锅转。看起来是这个理，但显然不全。当然必须有一个女人，因为灶锅不能自转。但光有女人，灶锅空转，也转不出茶饭。所以说灶锅不仅是灶锅，燎厂里要有柴，水缸里要有水，囤里要有粮，女人的灶锅才转得动一年四季的日头，转得出全家老小的光景。

嫁鸡随鸡，嫁狗随狗，所以女人围着灶锅转。嫁汉嫁汉，穿衣吃饭，所以男人围着女人和她的灶锅，转着更大的圆圈——上山砍柴、下沟挑水，和牛一起、像牛一样，在"三十亩地"一生挥汗，直到最后被土地榨干。

而那些圈里、窝里养着的，牌位、神主供着的，塬上、沟里种着的，全都围着男人和女人转。乡土社会，一切的一切都以灶锅为中介才能彼此相关。费孝通所谓的"差序格局"固然在理，但差序的确定，说到底还是以距离灶锅的远近为依据。

据说乡下人都没什么文化。我想说这话的人，可能把挂在嘴边的文化太过当真了。所谓文化，以文明化成天下，而古往今来的天下苍生，所要的不过是支一口做饭的锅、端一个吃饭的碗，因此真正的文化并不写在纸上，而是长在地里。谭坪塬上方言，运气不好不说倒霉，而是"倒灶"；责备不正干、不成器的子弟，也是咬牙切齿说一句"倒灶鬼"，骂得那叫一个酣畅淋漓。人生天地间，灶锅是底线，就这一句，相当有文化！

装腔作势的文化、涂脂抹粉的文化、故弄玄虚的文化，一触即溃，落地即碎，到头来都是笑话。过去总说文化下乡，其实文化进城的事情也应认真考虑考虑。

挖药材

东风纵然浩荡，各处的春天也容有个先来后到，这边芳菲已尽，那边桃花才开，并非刻意要针对谁，只是道路的曲直远近不同而已。谭坪塬偏乡僻壤，沟深坡陡，所以总踩着慢悠悠的节奏，事事不为人先。

国家搞活农村的改革，二十世纪八十年代之前就已开张，但塬上百姓来钱的门路仍然少之又少，虽然用钱的地方也不很多。公社的收购站在各大队都有代销点，人家收什么，大伙就拿什么去换点钱，舍此再无渠道。

供销社门口五日一集，换下的钱，再到供销社或集市上买点日用的零碎。集上摆摊的很多，听口音便知所来何自，河津、吉县、南塬坡下的宽井一带都有，唯独本塬人，几乎没有。

世上的事就是这么怪，缺钱的人往往都是纯消费者，或许正因为纯消费，所以总是没钱。原因当然是脑瓜不够活络，但不活络的原因，却不能简单粗暴地推给思想的解放与否。人是天地之气生成，所以关键问题还在一方水土。

拿我来说，离开塬上已经四十年，从未跟做生意沾过边，想一想都怯火①,还是感觉挣工资踏实,跟种地差不多。偶尔代人捉刀,人家问劳务费,也是一句"你看吧"。点灯熬油写出来了,还真就有一个大子儿都不给的人,没办法也只能作罢。对钱如此不友好的人,不穷没有天理。硬要说是思想不解放,我觉得四十年都解放不了的思想,怕是再无解放的可能了。

说到底,我其实一直都没有走出塬上,或者说,不管走到哪里,都带着儿时的谭坪塬。

话说那时的收购站,都收些什么呢?最值钱的是生猪,卖一头足够娶媳妇时过彩礼。还有鸡蛋,除非家里有久病的、怀娃的、坐月子的,一般谁舍得吃,都拿去换了钱。再就是花椒、柿饼之类的土产,破布烂麻之类的杂物。对了,还有药材。

我曾经问过父亲一个问题,愚蠢至极,却也闪闪发光:为啥不多养点猪和鸡,或者多种几棵花椒、柿子树,种地热水汗脸的多累?得到的回答是:鸡和猪都长着嘴,粮食都让它们吃了,把你饿死?地都种了树,去哪打粮食?我那时的智商还不如个头高,只想着如何既省力又能活下去,所以经此反驳,便自觉愚不可及。但后来塬上大势,还真应了当时的痴人之梦,至少没啥人种粮了,方圆几十里整个一花椒、苹果园,所以我的策划不能不说是金光闪闪。

但那时的人哪敢朝这儿想,猪多不过两头,鸡也就是十几只,再多了养不起,花椒、柿饼每年眼见就那么一点,破布烂麻更是小姨子生娃——指靠不上,唯一与农本思维不冲突的就

---

① 怯火,方言,害怕、胆怯的意思。

是挖药材。药材不与粮食争地,顶多费点人力,而人力那时最不值钱。

村庄儿女各当家。那时村里的半大小子,没有不挖药材的。但世上的事吧,就是这么奇怪,有病的地方才有药,病少的地方往往药材也少。塬上水土温和,百姓良善,稀奇古怪的灾病平素很少见,所以药材就那几样。

最贵的叫芯芯草,学名远志,采回来去心留皮晒干,一斤能卖两块四毛钱。其次是柴胡,七八毛钱一斤。还有一种叫叶子蔓,学名是啥我不懂,崖畔荒坡上都有,不劳下沟去挖,但极不值钱,跟卖干草差不多。酸枣和枸杞有时也收,但一般都是女孩子做的营生。可以入药的草本,我断定塬上还有,但收购站只认这几样,八成也只认识这几样。收购站不收的,就算灵芝、人参,也跟一把臭蒿差不多。

学校那时不收学费,但书本总得自己花钱,开一次学两三块,在乡下人眼里不是个小数,得空挖点药材,权当是学生娃给娘老子减负。但采药不比割草,草在眼皮底下长着,薅住一条坡,半晌能割一大捆回来,而世间的珍稀之物,总是小心翼翼地躲避着人类的贪婪。塬上没有云深不知的处所,药材的藏身之地一般都在荆棘齐肩的深沟里,而且分散隐蔽者多,扎堆聚集者少,挖药材的人经常是晌午从一条沟里下去,天黑时却绕到另一条沟出来,所以辛苦之外,多少总有点危险。

孟浩然当年在鹿门山上怀古,曾念叨"昔闻庞德公,采药遂不返",我觉得庞老汉被山里的神仙请去喝茶的可能性并不大,许是遇到虎豹豺狼被祸害了也未可知。塬上那时有狼出没,饿得急眼了敢逼到村口来跟人叫板，所以出去挖药材的孩子，通常都是三三两两结个伴。

我那时虽小，"也傍桑阴学种瓜"。下不得深沟，就扛个小镢头在附近的小沟小坡上瞎趸摸。只认得芯芯草，找见了一棵，便如获至宝，全须全尾地挖出，回家用石头轻轻砸扁，抽了芯，取下皮，放在一个小铁盒里晾着。如此日积月累，竟有了些规模，最后拿到收购站换回几张毛票。放牛割草之外，挖药材和拾麦穗是我那时最重要的两项副业。

论挖药材的本领，当年一般一辈的孩子中，我三叔是公认的好手。他后来考了大学，一身本领随之荒废。去年奶奶过世，我们回乡奔丧，当年与他结伴挖药材的后生小子们，一个个已是半老白头翁，饭桌上闲聊，不免回忆起那时。都说每次一起出去，他的斩获总比旁人要多一些，还有一次，竟捉回一只松鼠。

这事我记得清楚，那天他回来，见着我便神秘一笑，说："过来，给你看个好东西。"上衣在筐子里卷着，空手伸进去，出来时竟捏着一只松鼠，塬上方言叫"猫圪狸"。问咋逮住的，只是嘿嘿一笑。三叔平素就这性情，长得面善，话也不怎么多，嘿嘿的笑声里却总透着机灵，现在依然如此，除非酒喝到位。他的职业是教师，从毕业一直干到退休，关于不爱说话这个事，不知道他的学生是怎么看的。

古时隐居不出的名士，背篓和药锄几乎是其标配。渔樵的营生，这些人手上来不了，心里更是看不上，偶有陶渊明那样甘做农夫的，辛苦到"戴月荷锄归"，终究还是"草盛豆苗稀"，弄不成样子。鲍照设计的"遁迹俱浮海，采药共还山"，杜荀鹤向往的"煮茶窗底水，采药屋头山"，才是真正的人生格局。所谓"不为良相，便为良医"，治不了天下的病，就去治天下人的病，哪像我们，心里只想着公社收购站毛毛块块的钞票。

帝制时代的士，前推若干代可能也是农，而一旦跃入"四民"之首，便与农工商划清了界限。文化是一条制度的鸿沟，隔开了劳心与劳力、治人和治于人。

田园诗人很多，有的索性便住在乡下，但跟乡下人其实并不一心。他们的心很大，或曾装过天下，或曾有此企图，现在老了、累了，或是被人欺负了，城里住不下去或是不愿住了，这才到乡下来。因为心里有过太多复杂，他们眼里的美丽乡村，其实不同于乡下人"出生入死"的乡村，而是一个疗养院，可以化简心中的复杂。农家日出日入的劳作，不过是四时风光里的点缀，汗滴禾下，粒粒辛苦，统统与他们无关，他们吃穿不愁，纯粹看景。

悯农的也不乏其人，但这些人心在乡下，关系却不在，户籍关系、粮食关系、人事关系，全都不在。他们心向着乡下人，自己却并不是乡下人，而是友善的来客。扶贫的心意应该感激感谢感动感念，但要他们感同身受，却是不切实际的奢求。

这些年塬上退耕还林还草，药材想必是更多了。而后生们当年采药的锄头却早被闲置，想必已是锈迹斑斑。曾经的田园风光，真该像孟夫子和王摩诘一样多看几眼来着，惜乎当时已惘然，如今怀旧闻笛，更成烂柯之人。

油灯记

二十世纪七十年代的谭坪塬，电像传说一样远在天边，人们压根没有概念。雷雨天里闪出的电，那时都管它叫"闪火"。县里的电影队来了，也是柴油机伺候，海娃和张嘎子的豪情壮举，《南征北战》和《车轮滚滚》里的硝烟战火，那时都被柴油机粗重的喘气声淹没。照明就更不用说了，白天太阳光，晚上煤油灯，连人民公社也是如此。

庄户人家，不晚睡也不懒睡。鸡叫三遍时，门外便响起上中学的孩子们呼朋唤伴的吼喊，三三五五聚集后奔公社方向去了。在村里念书的娃娃路虽不远，也是五更刚过就摸黑出门，上完早自习回家，吃罢饭再去。塬上人敬太阳为"爷"，早自习时"爷"还没有出来，照明只能靠煤油灯。

家用的油灯形制极简，一根金属细管里穿入灯捻，细管中部有挡片可以架在瓶口，下头伸到瓶里吸油，上头举着火照明。

高级一点的是罩子灯，由灯座、灯头、灯罩三部分组成。灯座形如葫芦，细腰处方便手握，腰以下是支撑灯体的底座，腰以上是盛装煤油的容器。灯座之上，灯头像一只张嘴的蛤蟆，侧边装有调节亮度的旋钮。灯头再往上是玻璃灯罩，防风的同时还可以阻挡油烟熏散。这种灯价格不菲且费油，教师和干部才会用，普通人家很少使唤。

更高端的是马灯，跟《红灯记》里李玉和用的灯略有不同，但都属于"重型装甲灯"。铁制的筒架是其支护系统，结实程度超拔同侪。底部的油皿也是铁制，且以螺丝盖封闭，可保滴油不漏。中间是全封闭的玻璃罩，阻挡风雨堪比N95口罩防病毒。灯罩上方有双层铁盖，中间的夹层是它的呼吸系统，风进不来，雨进不来，空气却可以进来。还配有铁制的提手，骑马可以挂在鞍上，赶车可以挂在车前，夜间给牲口添草料，来回提着也方便。"山药蛋派"作家马烽的小说《三年早知道》中，合作社饲养员赵满囤用的就是这种灯。

说来说去都是白费口舌，学堂里的孩子，这三种灯统统没有。笨重的马灯只适合"越野"，半张课桌给了它，人和书咋办？长腿细腰的罩子灯重心太高，不稳当，且娇贵易碎，落在毛手毛脚的孩子手里，三天不到准成一地碎渣。再说这两种灯，谁家买得起？而普通的那种，挡片和油瓶之间无法固定，摇头晃脑的也不安全。

要轻巧，要结实，要便携，我们那时，油灯都是自己做。一个墨水瓶，一根自行车的气门桩，一条棉线搓成的灯芯，足够。比照气门桩的粗细，在墨水瓶盖上钻个眼儿，气门桩由下面穿进、从上面伸出，用自带的螺丝固定在瓶盖上，然后穿入灯芯、灌上煤油，OK。气门桩顶头的气门嘴是可以拧动的，向下拧则灯芯探头，火苗变大；向上拧则灯芯缩头，火苗变小。如此调节亮度,真是妙不可言的创意。关键是体小而密封,上学时装在口袋里就能带走。

墨水瓶家家都有,最好是"熊猫"墨水的瓶子,方正厚实,窑洞学堂的地面不曾硬化,掉下去都碎不了。唯一的麻烦是气门桩,那时自行车并不普及,弄个气门桩比《51号兵站》里的"小老大"搞无缝钢管都难。

山坳里的小村庄,五更时四下漆黑。学堂的土窑洞里,盏盏油灯凿开夜幕,一个个小脑瓜从昏暗中探出。点点微光中,嘈杂的书声如奔浪相激,一张张奋力开合的小嘴,浪花一样在汹涌中争抢着潮头。吼一般扯圆了嗓门,犹恐自己的声音被淹没,一个个摇头晃脑的样子,仿佛在用身体阻拦着四面涌上来的挑战者,寻找机会把他们挤下去。

那时的乡下孩子,学业未必能成,苦却并不少吃。十冬腊月,长毛老风呜呜吼着,顶得人倒不过气来。晚秋早春再加一冬,风刀霜剑日复一日地划过脸蛋,留下的皴裂像陶瓷的开片。塬上如今红富士当家,颜色有片红、有条红,而那条红的苹果,总让我想起那时孩子们的脸蛋。那饱经风霜的娇嫩和水灵,在煤油灯的光晕里飘闪,过去的岁月若隐若现。

一九九三年,我大学毕业,家里依旧油灯一盏。又过了好几年,村里终于通电,但新的世纪已在眼前,城里人憧憬着互联网时代的信息社会,告别了煤油灯的谭坪塬才开始了步履蹒跚的追赶,而上学的路却是越来越远。

先是公社高中停办,塬上孩子们初中毕业,几十里地追到县城才能找到高中。后来,各自然村的五年制小学被取消,村

风物志 101

里上两年，然后到大队的五校接着上，路虽不过五七八里，但毕竟都是十岁上下的娃娃。读完小学到公社上初中，路远的学生要跑二十多里。三两天往返一趟，回家去背干粮，学校的灶房不做饭，只负责加热。将就读完初中，许多孩子便提前长大成人，有的回家务农，有的外出打工。

那些年，农村人口开始向城镇集中，四面八方的人流涌来，县城像气球一样快速扩张。村里脑子活泛的年轻人纷纷把家安到县城，孩子就近上学，大人两头跑着，农忙时回来收种，事罢又去城里打工。究竟是空村化导致了学校的生源流失，还是荒芜的学校把人们撵到了城里，谁也说不清楚，总之塬上的初中生越来越少。谭坪后来并入枣岭，不再单独设乡。塬上难以为继的初中，最终也被撤并。上学的路继续延伸，从黄河沿岸到枣岭的初中，最大半径可达五六十里，到县城就更远了。但城里的学校管吃住，村里家家有汽车，距离已不再是问题。

当年摇头晃脑的小伙伴，如今已成半老白头翁，学校的窑洞弃置多年，也已破败不堪。"曾日月之几何，而江山不可复识"，唯有嘈杂而悦耳的早读，依旧温暖着儿时的记忆，点点油灯，琅琅书声，数十年后如在眼前。

布履记

　　谭坪塬上水缺石头少,但那时庄户人家的土窑洞前,总倚着一块抿骨子的大石板。

　　话说当初地辟天开,狂飙自千里之外搬来黄土,将水石灵秀覆掩其下。此后洪荒万世,悠悠岁月,天雨聚作滔滔洪水,犁开塬上千沟万壑。水落处乃见石出,于是有石匠荷錾携锤而来,万凿千击,劈石成板。又有壮汉负重于陡峭,出其于深沟,终得重见天日。天玄地黄的谭坪塬上,区区一块石板,得之颇费周折。

　　有了大石板,就能抿骨子了。这个动宾词组,说来颇有意思。单一个"抿"字,就用得极为讲究,其义与抚、抹、刷、拭相同,《说文解字》里有,但久已失传,口语和书面语中都很少见,喝酒时候的"抿两口"已是引申而非本义。而在谭坪塬上,却像传家宝一样沿用至今,除了抿骨子,老辈人用梳子"抿头发"也是此义。只是辈辈世世知道骨子怎么抿,十之八九却不知道"抿"字咋写,日用而不知的背后,是不问究竟的久远传承,吕梁山作为古汉语的活化石,抿骨子可为旁证。

"骨子"这个说法也极为贴切，千层底的布鞋，全凭它支撑骨架。三伏天日头毒辣，抿骨子最是时候。大石板放倒，白面或黄面发成的糨糊，用小刷小帚之类匀匀抿一层在上头，将平日攒下的布头，一块接一块拼贴上去。待稍干，再抿，再贴。如此者三四，始告功成。毒晒一整天，干透之后取下，一团碎软便成了一张张硬骨子。现在网上教人做鞋，竟用整块棉布抿骨子，几十年前没有人如此造孽，都是用裁衣服剩下的边角料，或是破到不能再穿的衣衫。

　　母亲们的针线笸箩里存着全家老小的鞋样，依样剪裁骨子即可。鞋面用条绒布或黑粗布，内包一两层骨子。鞋底则须五六层骨子，白洋布蒙了，再用麻绳或白线绳密密实实地纳好，千层底、踢倒山的说法虽然夸张，但大致上并不走样。

　　老汉们穿的做成圆口，跟脚且舒适。地里干活的人穿方口鞋，穿脱方便，鞋里面进了土，脱下鞋来用指头轻轻挑起，不劳弯腰上手，就地磕几下，鞋窝里的绵土就倒出来了。小孩子一天到晚不消停，一不留神鞋和脚便各在一方，所以鞋面上左右各嵌一块松紧布，像鞋带一样紧在脚上，这种鞋貌似驴脸，所以就叫驴脸鞋。

　　记忆中的塬上妇女，顶针是戒指，纳鞋即休闲，一年到头，犄角旮旯里的碎片时间都被手里的鞋底填满。门口老树下的邻里闲话、雨雪天时闭户独处、傍晚油灯旁夫妻家常，通常都在穿针引线中度过。

　　乡下人心实嘴笨，表情达意的事情也在针头线脑上寻解决。高兴了便纳鞋底，神采飞扬的气场里，针飞线走的舒畅是一种享受。生气了也是纳鞋底，一锥一锥用力扎下，一把一把将针脚抽紧，心绪渐渐便放松下来。烦乱了，憋闷了，还是纳鞋底，纵然心事如一团乱麻，搓成绳、认上针、穿过千层骨子底，乱麻也就整齐了。有首歌怎么唱着来：生活是一团麻，那也是麻绳拧成的花。穿鞋走路不硌脚，怕他世间什么坑坑洼洼。

远行的人出门，一双新鞋悄悄塞进行囊。逢年过节，孝敬公婆一双。回去住娘家，少不了给自家爹妈也带上。一双新鞋奉上，心意啥的都在里头。

娃淘气了，盯住狠狠剜两眼，扬起手里的针锥子作势要扎，一般便唬住了。实在是看也看不下、忍也忍不住，硬邦邦的新鞋底抄起来照屁股来一下，准就老实了。塬上的"三娘教子"，道具往往也是手中的鞋底子。

那个年代，买鞋这种事情是比年节之外割肉吃都要过分的。定了亲的女子，过门之前由婆家供给四季衣裳，供销社柜台里的塑料底布鞋，那时管叫"皮底鞋"，已是人们想象中的浪漫边界。当兵的小伙子偶尔回来探亲，脚下一双帆布胶底的解放鞋，神气到不得了。正儿八经的皮鞋，印象中是没有的，包括公社里的干部们。

记得大妹三四岁上，爷爷从西安带回一双红条绒带花的"皮底鞋"，全家稀罕得跟天外之物似的。一次公社唱戏，大妹归途中趴在父亲背上熟睡，到家时心爱的"皮底鞋"竟少了一只，原路返回找寻，结果是没有结果。大妹哭天抹泪一场号啕，家人也为此懊恼了好些日子。几十年匆匆而过，如今买鞋的人早已作古，丢鞋的也年过半百，一家人偶尔围坐闲话时，当年的"皮底鞋"风波还会浮出记忆，回首那时光景，说不清是甜蜜还是苦涩。

我从开始学走路一直到上完大学，风雨泥泞的二十多年，一路踩着母亲手做的布鞋走过。小学时，六一节的演出或运动会开幕通常要求穿白球鞋，我总是临上场时借同学脚上的鞋子一用。高中时有过一双牛鼻子旅游鞋，雨雪天才拿出来穿，日常还是"千层底"当家。大学四年亦然，临毕业时为了找工作，斥资购买了平生第一双皮鞋，说实话感觉不咋地。直到上班挣上工资，才基本告别了素履以往的青春岁月。

"素履之往，独行愿也。"多年后读《周易》，才发现朴素的布鞋里竟藏着如此古老的人生智慧。"凡心所向，素履以往。"八零后作家七堇年写在《尘曲》里的这一句，更将素履而行的姿态演绎成信仰一般纯洁的生命美感。惜乎愚不可及的我，当年却只有"人比人"之后的自卑。如此格局，注定了既凡且俗的一生。

前些年回家，母亲总问：还想不想穿布鞋？我说一句想呢，她便高兴得孩子似的，麻利地从板柜里拾翻出两双来塞进我的背包，那神情，仿佛城里上班的娃穿家里做的土布鞋是她多么大的荣耀。七十多岁的母亲如今早已降不动沤麻、批麻、拧绳、合线、纳底、上鞋的粗重营生，抿骨子的大石板不知所终，拧绳合线的铁砣也早已弃置，而尘封的记忆里永远亮着那时昏暗的油灯，灯下是她忙碌的身影。

我十岁离家，此后便离多聚少，母亲几十年如一日地守在塬上，一次次送我离家，一天天地等我回家。我读书、工作、

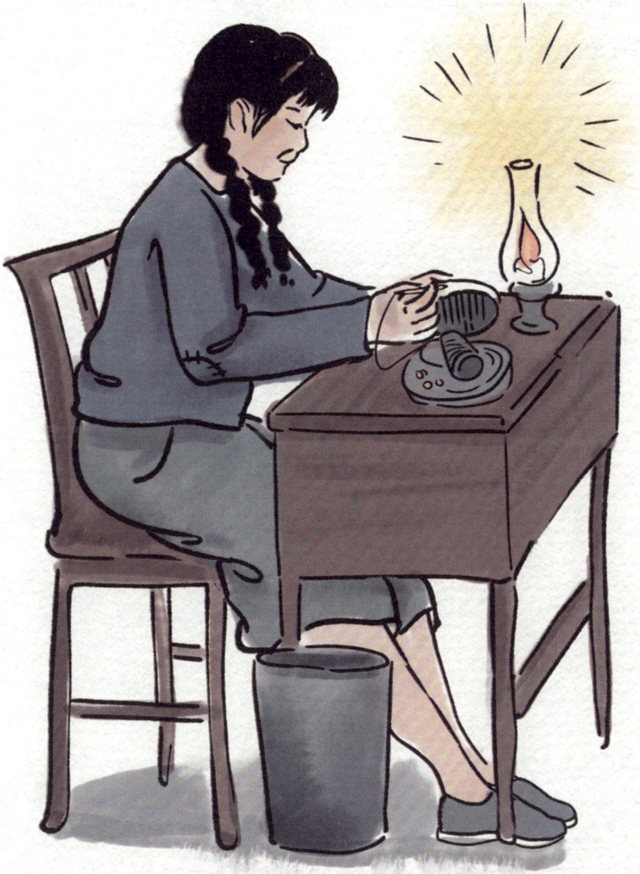

生活的地方,她来过的次数屈指可数,而她一针一线的辛苦,却支撑着我脚下一步一步的踏实。一双布履,足之所依,踩过塬上的尘土,踏过城里的马路,上过台阶,栽过跟头,几十年风雨过后,终于修得几分素履而往的淡然。回首来时路,白发苍苍的老娘,依旧在出发的地方为我守护着曾经的温暖。

"履道坦坦,幽人贞吉。"

那时的年

说起过年，想起的总是小时候。倒不是因为怀旧，而是因为过年的快乐只属于盼望长大的孩子。于他们而言，未知的明天意味着美好。

我是一九七一年生人，家在晋西南的谭坪塬。吕梁山最南端、晋陕峡谷的东岸、地图上找不到的那个小村，离黄河其实不足五公里远，而我却在多年之后才知道，那条伟大的河就在脚下不远处日夜奔涌。偏远的所在，闭塞的年代，儿时的记忆被时间反复过滤，剩下的只有一个穷字。不光是自己家穷，家家都穷。

良心话，贫穷也非一无是处。清贫清苦自有清趣，比如过年。

一百响的浏阳鞭炮，记得是三毛钱一挂。炒好的花生，散打的烧酒，肥膘五指厚的猪肉一斤块儿八毛钱。水果糖，一块钱七八十颗，准确地说是一毛钱七八颗，按块论钱在那时略显夸张。备齐这些，乡下人的年就算色香味俱全了。

当时的生产队里，一个全劳力一天的工分只值三毛钱，豁出五块十块过个年，并不是家家户户都能做到的。劳力少而人口多的家户，割一斤肉过年也是有的。我们一帮小孩子，花生、糖块、鞭炮、肥肉，不到过年哪敢想，想也白想，除了口水啥都不会有。

年前最后一个大集，我们这些满村疯跑的野孩子肯定是不去的，但一看到背着褡裢的大人从集上回来，指定一溜烟奔回家，那心情，比电视上的鉴宝节目激动多了。好吃的、好玩的，嘴里馋、心里痒，恨不得今夕便是除夕。

鞭炮要放在热乎乎的锅台上暖着，那样响声才脆。而且绝不敢噼里啪啦一口气痛快完了，皴得裂口子、黑得掉渣渣的小脏手，小心翼翼地从鞭炮上拆下十几二十个，留着正月里慢慢乐。那年我爷爷平反，摘了帽子恢复工作，过年时放了一千响的鞭炮，竟成了全村的头条新闻，满院子红纸屑踩上去，那家伙，比奥斯卡的红地毯还来劲。

除夕夜，给财神、土地、灶王、马王和天上地下各路神仙及自家八代祖宗磕完头，放了鞭炮，就该好吃好喝了。母亲包饺子，父亲热一壶散酒，不出意外的话，一般会有一只烧鸡，还有花生和糖疙瘩。那时还没有小妹和弟弟，鸡腿是我和大妹各一个，那个香啊。大学毕业后，干了吃百家饭的营生，大大小小的饭局成百上千，天南海北的鸡、五花八门的做法，却再也没吃出过那时的滋味。

说起糖块和花生，有个"秘方"是父亲传给我的：剥开糖纸，嘎嘣一声咬下半块，再放两粒花生一起嚼，妙不可言。后来我终于弄清了其方之所秘：家里的零嘴就只有这两样。而我也因此落下了爱吃花生的"毛病"，长大后出落成酒鬼，更是不可一日无此君。说到这里，想起了金圣叹被砍头前给儿子的遗书："盐菜与黄豆同吃，大有胡桃滋味，此法一传，吾死无恨焉。"这个配方应该说与我父亲的秘诀有异曲同工之妙，只是金圣叹的儿子拿到秘诀时，他老子已在黄泉路上，而我的父亲至今仍在高堂之上看着他儿子浮沉人生。乱世人、太平犬，我们爷俩比他们强多了。只可惜我那清贫年代的家传"秘方"，怕是不能免于失传的命运了。

这些年，我经常用一个故事戏弄身边的小年轻人，几乎没有一人不中招。我说自己小时候，老家那边啥都缺，唯独不缺糖吃，因为英国人看好那里青山绿水没污染，投资奶牛养殖，兼产牛轧糖，年关给村民发福利，按人头每人至少五斤，我家六口人，可分得三十斤，头一年的没吃完，第二年就又分下来了。其实那时，村里不缺的大概是牛粪，而且是黄牛的，奶牛都不曾见过，别说什么牛轧糖了。而我父亲以糖块配花生"集成创新"的土制牛轧糖虽说少了点洋气，却是我最早吃过的牛轧糖，浓香的年味，在回忆中伴我到如今。

生产队时代，村里许多人都养猪，腊月里杀了猪卖到公社收购站，来年的针头线脑、油盐酱醋、门户差事、添补衣裳，一应开支都在其中，当然也可以让孩子们过个肥年。那时哪舍得全用粮食喂，春夏秋三季，孩子们下学回来，第一件事就是拎着筐子割猪草，傍晚回来剁草、煮食、喂猪，我也一样。而且我小时候特别"横活儿"，虽然个头小力气少，但每次打草都是不满不归，母亲到现在说起来，都是又心疼又欣慰。

到了年跟前，听说谁家杀猪，可村的孩子们都去观战。引刀成一快的大义凛然，猪们自然是不懂的，挣扎、号叫、撕心裂肺、悲痛欲绝，看着鲜红的猪血汩汩汩地流入桌案下面的脸盆里，恐惧与好奇混合成莫可名状的兴奋，小伙伴们大张着嘴，一边气喘吁吁，一边故作镇定，等案板上的猪哥一动不动了，才发现自己满手心都是汗。看杀猪，是那个时代乡下过年的一道大戏，而且是孩子们爱看的武打戏。

五岁那年，我家杀了猪，肉刚进锅，我已淌着口水绕灶台打转。大人心疼，那就可着吃吧，五指厚的肥膘，一口气干掉一小碗，晚上煮出骨头又啃了一大堆。当天夜里就吐了，此后四十多年再不曾吃过猪肉，连味都不能闻。母亲每每说到此事，都后悔不迭。要说，这也算贫困年代留下的旧伤，看到猪肉就想起过年，想起过年，就回到了童年。

长大后外出求学，县城、地区、省城一路走远，毕业后更如罩眼牲口套在了磨子上，寒来暑往，晕头转向，记忆中的陈年往事渐渐淡忘，曾经那个盼着过年的孩子，也日复一日地意气消磨。城里的年本就无味，衣食奔走的劳碌中，越发觉得不过是三百六十五分之一，不过也得过去，过了却如同没过。

不知是那时的自己丢了，还是现在的自己变了，而且是没有量变，只有质变，仿佛一转身就是沧桑，眨眼间少年已白头。

千年变局

"起砖窑!"

踌躇再三、谋划良久之后,爷爷、父亲、二叔他们终于下定了决心。在一九八八年的谭坪塬,这算得上一个壮举,开启了千年未有之变局。

塬上的无水之土,一方百姓苦之久矣。种地缺水,只能挥汗作雨,广种薄收的背后是事倍功半。没水不能种菜,所以干脆少吃,辈辈世世的积久之习,说到底是对环境的被动适应。高屋广厦离不开四梁八柱,干旱的土地养不起参天大树,蒿草灌木都只是点缀,硬说是植被的话,这被子上的破洞委实多了点。烧砖捏瓦的营生也被水卡住了脖子,土里掏个窑,一副门窗一盘炕,就是一家一户的一辈子,砖房瓦舍,梦里都做不出来。

就连人民公社这样的堂皇之地,那时也是土窑一排,除了院子大点、窑口多点,与庄户人家并无不同,仅有的一点"官威"是嵌在窑口上的半圈青砖,单薄得像女孩子的柳叶细眉。拖拉机站、铁木业社、卫生院,描眉画眼的砖也用不起,纯粹的土窑洞。中学、粮站、供销社号称砖瓦房,其实都是土坯子,贴瓷砖一样用砖砌个外立面而已。

再后来，公社终于搬进了砖房，其实不过是楼上楼下两层，比起现在"城中村"的普通家户院落，差的都不是一星半点，但逢集赶会的人们总要来瞻仰一番，赞口啧啧，跟参观天安门似的。那时塬上的人居状况，仍在千年未变之局中，我家的六孔砖窑因此是全村放出的第一颗卫星。

此前六年，因直肠癌提前离休的我爷爷，大约不甘心就此了结一生，腰里挂着手术后留下的便袋开始各种折腾，先开商店，后办焦厂，鄂河当年的黑臭水体，估计也有他一份功劳。此人念过书，打过仗，种过地，当过小官，蹲过大牢，唯独做生意不在行，亏本虽然不至于，起砖窑却只够扛个大头。我猜他的心思，是想把人生的最后一件作品留在塬上，却又担心身体等不起，所以咬咬牙，就这么干吧。

合龙时算账，六孔窑花了两万五。县里的一般干部，那时月工资大几十不到一百元，全家人不吃不喝，二三十年才能攒够这个数。造价如此要命，是因为一应人力物力都不现手，需要方圆几十里往起拼凑。

砖头来自邻近的张马乡，往返一百里拉回来，运费比砖价只多不少。

沙子来自黄河边上的河家岭，我跟车去过几回。也就那时才知道，从小到大一直在赞美的黄河，原来只隔着几个村。脚踩吕梁山的尾巴，头枕着黄河涛声，谭坪塬确乎是个襟山带河的所在。

用水是个开支大项，也要出谭坪塬，用拖拉机从鄂河边上的宽井村往回拉。塬上的沟里有水，却没有车走的路，人担牲口驮不但成本更高，而且供不应求，肯定窝工，所以只能取远水以解近渴。好在那年天公作美，过几天一场雨灌满村里的池塘，池塘快见底的时候又来一场，所以拉水的拖拉机满共没跑过几趟。

工队是翻好几道沟从吉县请来的，工头叫聪明，姓啥记不得了，人高马大的一个精干小伙，手长得比常人的脚都大，一把瓦刀上下翻飞，使得跟耍把戏似的，村里人经常围着他看热闹。那时偌大的谭坪塬竟找不下一个券砖窑的工队，因为没有需求，打土窑只需土工就够了。

施工正好在暑假，那年我上完高二准备升高三，管不了什么学不学习，回到家直接参战。主要任务是赶着毛驴车到池塘去拉水，工地上挖个大坑，水泥一抹，拉回的水倒进池里，工地上随用随取。从早到晚蹄声嘚嘚，我跟着几乎跑断了腿，大太阳下热水汗脸干一天，碗口大小的馍，一顿吃两个都不够，晚上"跌倒糊"，累到连梦都没有。开学返校时小伙伴们都惊呆了：一个假期，身高蹿起十厘米，体重多了二十斤。现在的家长们发愁孩子不长个儿，又是吊单杠，又是补营养，照我的经验不如到工地去当小工，吃得香，睡得甜，纵向延伸，横向也能扩张。

那段日子，父亲在村里管工地，二叔在城里守焦厂，爷爷拖着病躯两头跑，左邻右舍要好亲近的都来帮衬，上上下下的忙乱劲儿，足够娶三回媳妇。但最热闹的却不是我们这些人，而是我家那个老爷爷，拄着拐杖隔三岔五便来叫阵。挖地基时骂：活了八十年，没见过哪一个打窑还在地下扒槽！砌窑腿时骂：好好的土窑不住，来倒这洋灶，王八日的，糟蹋银钱哩！

爷爷是虎，父亲如牛，至于老爷爷，我从来将他比作家里的老黑狗，平生至爱是骂人，水准绝非寻常文字可以形容。但这次并不是路过了捎带骂几句，而是"杖屦无事，一日走千回"的那种，来了便钉在阵前叫骂不休。虽说老汉的德性尽人皆知，但回头再想，我觉得似乎没那么简单。盖房起窑，兹事体大，即使七老八十，也不至于糊涂到拎不清厉害，说到底还是害怕。千百年没有做过的事情，几代人的家底一把扔进去，万一出了岔子，这教训真买不起，他怕儿孙们支开场子收不了摊子，捅下娄子没法补，戳下糊糊一辈子喝不完。

合龙那天，眼见六孔青砖券起的新窑稳稳立住，老爷爷悬着的心放下来了，从此再未叫板。搬家那天不请自到，扛着铺盖卷先把最中间的一孔窑给自己占住，然后老黑狗一样坐在门口，看着满院里坐席吃酒的亲朋傻笑，可爱的山羊胡子一撅一撅，黑黢黢的皱纹里写满了慈祥的无赖。

七八年后，在煤窑里扛活的喜子哥也起了砖窑，千年变局又迈出了一步。

再往后，塬上的苹果种植渐成气候，没有煤老板的谭坪塬，一跃而成共同富裕的"富农社会"。青砖碧瓦的新房，雨后春笋般次第破土。千年未有之变局，至此成为定局。今年两家、明年三家，转眼间旧貌换了新颜。还在住土窑的人家，村里如今屈指可数。

三十多年，后浪汹涌，我家曾经的"开局之作"早已相形见绌。六孔老窑里,曾经的音容笑貌一个一个地消失了,老爷爷、爷爷、奶奶,都从炕头移驾到神主,成了列祖列宗。开放社会,人向高处走,我们这一辈全都飞得没了影,只留下父母叔婶四个老人守着大家伙儿的乡愁。白发雄心的兄弟俩不甘人后,去年重砌了围墙,新装了院门,硬化地面,改造旱厕,更新卫浴,里里外外一番收拾,算是保持了队形、跟紧了节奏。

  遥远的一九八八年如在眼前,恍惚中,不知是时间路过我们,还是人们穿越了时光。

喜乐清明

清明是个生死攸关的节日，国人一向也有慎终追远的传统，因此在很多人眼里，这是一个需要严肃对待的日子。

杜牧说清明是断魂时节，我从不这样认为。我的老家在吕梁山南端的黄河岸边，乡宁西山的谭坪塬，那是个安静的地方，安静到鲜有创意，一切依着祖制代代相传，清明的习俗应该也接续着遥远的过去。

记忆中的清明总是湿漉漉的，但毕竟是阳春，桃红李白，麦苗油绿，一世界的阳光里，连倒霉鬼的脸上都挂着笑容。总之天朗气清，表情不带一点严肃。

清早起来照例是要吃绿豆芽，而且一定是凉拌的。凉拌有些寒食的意思，而绿豆芽在我看来寓有万物生长的含义。豆芽虽不是什么值钱吃食，但也不是随便什么时候都有的吃——倒不是因为粮食稀罕，而是四季劳碌的庄稼人没有多少闲心可以放在嘴上。因此，清明的绿豆芽，端午的荞面凉粉，中秋的空心月饼，阳历年的羊肉饺子，美食总和特定的节日系在一起，织成了童年的点点滴滴。

吃罢豆芽去上坟。以家族为单位，但说爷们，不问老少，成不成丁的都去。虽是祭祖，却无半点齐家治国的肃穆，也看不到愁容惨淡的哀伤，感觉更像一次仪式性的同族集会，而孩子们最盼的是"子福滚坟"。

"子福"是一种大馒头，重量足有三五斤。白面里裹着麦麸，麦麸里藏着核桃，多福多子的意思。这是里子，而面子上说法就更多，五谷丰登、金玉满堂、福禄寿喜、连年有余……检验各家主妇的面塑功夫，清明的"子福"是个演武场。顺带一句，我自大学中文系毕业后，为老家办的最多的事情，就是把许多方言译成了现代汉语。比如"子福"，父老们知音而不知义，而且这个音，非但汉语拼音拼不出来，外乡人连音都发不出来，可能是口腔肌肉构造不允许。不才如我，循音求义找到了"子福"二字作它的官名，雅虽不敢，信达二字还勉强称得上。

祭过先人，修整过墓地，三五岁的小娃们便一个个抱着"子福"上到坟头，踩着自己祖先的脑门，把一个个大馒头从坟头上滚下来。长辈们的目光满怀着期待，如同在万物生长的季节期待着未来。这馒头，只许男娃吃，不许女娃吃，娶回的媳妇可以吃，嫁出去的姑娘不让吃，总之福不外漏。

多年来我一直在想：清明这么阳光的两个字，为啥要和死去的人勾挂在一起？《易经》里，清明节对应夬卦，泽上于天、五阳夬阴的卦象，简直就是"清明"二字的写实：严冬已远，炎夏未至，春阳妩媚，地气升腾，正是一年春好处啊。祭祀祖先为什么选在这样的时候，秋天和冬天不是更肃杀、更冷峻、更合适吗？

后来终于恍然,选在这样的日子和死去的先人沟通,老祖先可谓用心良苦:生者逝者,阴阳两隔,人虽不是草木,但总归要哀而不伤,所以才选了这样一个好时节。凉拌寒食的绿豆芽里,是生生不息的天地大德。而"子福滚坟"的场景中,只要膝下承欢的"他们"在,含饴弄孙的"他们"就不曾离开,因为有人替他们活着。这样的生死观,正是中国文化喜感特征的魅力所在。

人生苦短,但毕竟死生相续,如此则死亦新生,便当喜乐,何悲之有?

人物志

这辈子,像一部默片

我家同堂限于四世,我出生前十年高祖已死,因此无缘一睹,睁开眼时家里胡子最长的人是我老爷爷。澄清一下,"老爷爷"不是形容爷爷有多老,而是说比爷爷还老——那是我爷爷的爹,我爹的爷爷。OK,你晕了就好。

如今老爷爷已经死了三十年,有个问题我一直没整明白:为什么他对骂人如此热爱?从我开口叫他"老爷爷",到七寸洋钉敲进他的棺材盖,不记得他跟人正正常常说过话,哪怕一句。就连大年初一给他磕头,也顶多是胡子一翘,张开嘴似乎准备笑一个,但总是还没准备好就结束了。这种有表情而没有声音的所谓笑脸,是他的慈祥所能达到的极点。

但我还是喜欢跟他纠缠,因为他的板柜里经常有好吃的——老汉三个女婿都干得不错,时不时会有好吃好喝孝敬:老大是教员,老三是县交通局的干部,都吃皇粮;老二虽在塬上,但高小毕业,头脑活络,是个能耐人,谭坪塬到县城的第一辆客车就是这个二老姑父的。老汉的"口才"大家都领教过,能让他保持沉默就算大功告成,所以女婿们上门时都比较讲究,那时也没啥好的,煮饼、糖条、点心、白酒,只要带纸盒子和玻璃瓶的,都是稀罕玩意儿。老汉嘴是很硬,牙却不好,这些东西只能由我们代劳。四五岁上,我拧开了他的酒瓶子,从此迷途不返。唯独这次,他的笑好像有点当真。

老汉极倔,除了沉默,就是爆发,此外再无其他。不得不开口的情况,有且仅有如下几种:一是吃饭或喝酒,不张嘴不行。二是咳嗽,他的气管炎一直很重。老奶奶去世后,但凡我在家,就跟他睡一个屋,他一咳,我感觉整个窑洞都跟着发抖,经常担心他会背过气去,但最终没有。第三种情况是骂人,这是各种功能里最主要的一项。

塬上日头毒,日子更苦,土里刨食的营生一旦将他们榨干,留下的便只有沉默,面对这个孬怂一样的世界,似乎说一句话都嫌多余。我的老爷爷尤其过甚。吃喝咳骂之外,已经老去的他仿佛是一部默片,没有同期声,没有画外音,甚至不再有剧情,一天漫长如一年,一年单调如一天,除了随时可能降临的死亡,不会有任何意外,也没有什么东西值得等待和期盼。就算被我攀上肩膀扯住胡子,忍到不能再忍时,也只是扭一下头挣脱了事,跟我家的老黑狗被我拽住尾巴时的反应一模一样。

一定要说点什么的话,就用骂人来表达。他谁都骂。

老奶奶跟我讲过一件事:日本人在塬上的时候,老爷爷曾被抓到神疙瘩的炮楼里遭受毒打,拉回家里躺了一个多月才下了地,每天早晨起身,被窝里的血痂子能扫成一堆。长大后,我看到鱼就会想到"遍体鳞伤"这个词,看到刮鱼鳞,就会想到老爷爷被窝里一堆一堆的血痂子。我曾无数次想象日军炮楼里的各种恐怖，想象他如何被一群野兽祸害。事情的原因，据说是他拒绝给日本人驮水，估计还把小日本给骂了。塬上地势高，水源都在几里远的沟中，人挑牲口驮均极其费力，这种情况一直持续到我离开谭坪塬之后很久。这杂活，鬼子自然不会亲为，附近各村轮着来，轮到我家就出了这事。

我从此也恨上了日本人。我爷爷自然也是恨得咬牙，高小毕业就去抗日。但家门口没有共产党，最后稀里糊涂进了二战区的军校，怀着一腔热血当了反革命，此后数十年被命运百般捉弄。

接着讲老爷爷骂人吧。话说某年，我家从我舅家借了不少粮食，我姥爷赶着车送来的。收完夏，姥爷又赶着车拉走一车粮。当时父亲不在，我那宝贝老爷爷挂着拐、佝着腰，从院里骂到院外，不解气，又跟着驴车一路骂到村口。看门的老黑狗一向尽职，那天却卧在墙角没动，亲家上门，狗都认得，而我家这先人却不行。姥爷一边赶车一边笑着回头，说"快回去吧叔，不送了"，但还是一路穷追。村里人路过，也只是跟姥爷打招呼，仿佛老汉是空气，骂声只是刮风。婆家爷爷骂娘家爹，我妈眼见也不作声，只是苦笑。唯独乔家老汉，不知道众人都在看戏，嘴上那个来劲儿。父亲下地回来，老黑狗还没反应过来，老爷爷已经迎上去一顿告状，胡子都哆嗦，显然气还没消。父亲回了一句：那会儿人家送粮来，你咋不骂？老汉于是再不吭气，佝着腰挪到墙角，一拐杖撵开黑狗，在阴凉处坐下开始发呆，好像之前的事情根本不曾发生，也不必向谁有所解释，比如自己的孙媳妇。

老汉跟大孙子亲，我印象中有限的几次正常对话，都发生在他和我父亲之间。跟我爷爷都很少说话，一般只有动作和表情，比如我爷爷热好一脸盆水、磨好剃头刀，老汉就知道要干啥，乖乖把脑袋伸过来任由人家摆布。我爷爷手艺不好，经常在他爹头上留下血口子，老汉也从来不带吭气。

在我家，爷爷像虎，父亲像牛，爱骂人的老爷爷充其量是看家护院的老黑狗，拿人家没办法。我妈在他眼里却是外人，除了像老黑狗一样防着孙媳妇吃里爬外，有时竟告恶状。有件事，我大妹讲过的，所以真实性不必怀疑：一次早饭刚过，小老姑来走娘家，进门落座，老汉便告状，说孙媳妇没给他吃早饭。大妹在一边气得跺脚，说你这坏老汉，明明我端饭伺候你吃了，碗刚洗，手都还没干哩，就说你没吃？老姑也跟着数落：宁宁的①，家里狗都吃白馍，缺你一口？我三个老姑，老小一向厉害，就她敢收拾老汉。这边消停了，老姑过来安慰我妈，我妈怕她多想，反过来安慰老姑：想说啥让说吧，都习惯了。

那时老汉确实老得有些糊涂了。爷爷在县城，父亲在矿上，我上学在临汾，家里就我妈和大妹，老爷爷有时上厕所穿脱裤子都成问题，大妹爱干净，这买卖自然不接，都是我妈扶着去，给脱裤子，伺候解手，然后穿好裤子再扶回炕上。孙媳妇伺候爷爷上厕所，全村也就老乔家有此特色。

那时塬上人寿命普遍不高，一般七十多岁就该准备"动身"了。家人早就做好寿衣寿材准备着，老汉嘴上经常说走，但就

---

① 宁宁的，方言，意为悄悄的。

是赖着不走。印象中好几次过生日，大几十口人来贺寿，老汉贪杯却没多少酒量，几口就醉，醉了就穿上他那绫罗彩缎的寿衣满院里转，嘴里吆喝着："瞅，我死了就穿这……"一院子吃席的后辈前俯后仰，该死的黑狗总在这时来凑热闹，寿衣飘到哪里，就追到哪里。要说我家的笑话，还真是不少。二十多年，好好的寿衣就这么给穿旧了，无奈，我奶奶又扯来布料，架着老花镜重新给他做了一身。

老汉八十五岁上走的。那是一九九二年的正月初六，我正上大三。腊月里他的腿被烧伤一次：大白天的说是有鬼，拔出嘴里的铜烟袋杆就是一顿敲打，结果火星子掉在老棉裤上，母亲看到时已在冒烟，老汉不叫疼也不喊人，一手抽着烟袋，另一只手在裤子上胡乱拍打。母亲说，再扇下去白烟该冒火苗了。老人究竟皮实，不吃药，也不说疼，只是没什么精神——他一辈子拒绝吃药，喘的时候喝口酒，咳得厉害了抽袋烟。寒假我回来，照例跟他一个屋。初五那天晚上，觉睡得真香，后来才明白是因为老汉没咳嗽。凌晨时，父母来拍门，问老爷爷咋了，我说稳稳睡着呢。父亲急了，说过了后半夜没再听见咳。果然知爷莫若孙，进来看时，已是有呼没吸。赶紧擦洗身子、穿寿衣，拾掇完，呼吸全停，人已经上路了。

晚上我还跟他一屋，我在炕上，他在地下的床板上。半夜起来想去捋捋他胡子，最终没敢。倒不是怕他会咬我，是怕把脸拽歪了不能复原，全家饶不了我。但这事终究遗憾，他那胡子，我从小到大玩了很多年，当然也不白玩，他腿累的时候，我像小毛驴一样趴在炕上，让他把腿脚放上来舒服一会儿，我俩管这叫"驮脚"。最后一次机会,他无力反抗,而我竟手软了。那年我二十一岁,得到的感悟是死个人原来这么简单。

手机里一直存着他的照片,每次打开看,都想伸出手去,拽一拽他花白的胡子。

三十年过去,老爷爷坟头的洋槐树双臂已经不能合抱。我到底还是弄不明白他为啥总骂人。也许,敢当着刺刀和炮楼的面骂牲口兵的人,配得上孩子一样肆无忌惮的晚年。所以他死后多年,村里人偶尔还会说起爱骂人的乔家老汉。

一代人的命运

谭坪塬上高小生

我的祖父乔鸿儒,一九二八年五月初六日生人。当时乡宁西山的谭坪塬,可能既不叫现在的枣岭乡,也不是之前的谭坪乡,这都是新中国成立后才有的说法。乔眼村坐落在谭坪塬的腹心位置,东乡宁、北吉县、南河津,距离均在三十公里左右。

我祖父就出生在这个地图上找不到名字的小村里。村子确实小,至今人口也不过二三百,但应该是个古老的村落,古老到连"乔眼"二字因何得名,村里的年长者也无人知道。乡土文化靠的是一代又一代人的口口相传,时间太久了,难免会失传。我曾经以为乔眼村名与我们乔姓有关,但在口头文化的历史语境中,考证是无从谈起的。

祖父出生那年,大革命已经失败,国共两党分裂。"宁汉合流"之后的国民党建立了一党训政的"党国体制",正在谋划鼎定全国的二次北伐战争。共产党经历了南昌起义和秋收起义的失败之后,相继在湘、赣、鄂等省建立了根据地,以武装斗争寻求其社会理想的实现途径。而万山深处我的家乡,似乎与这一切无大相关。阎锡山自民国初期即治理晋省，恪守"保晋安民"的方略，少与人争，老百姓的日子，算得上乱世中难得的偏安。

家道不算殷实，但祖父还是念完了高小。二十世纪二三十年代的山西，学龄儿童的入学比例是很高的，阎锡山当局对学校教育的重视，恐怕只有桂系军阀治理下的广西可堪比拟。而那时的高小毕业生，在小地方算得上是知识分子，老人们讲，新中国成立之初的乡宁城里，有一张高小文凭，就能找一份不错的工作，含金量还是蛮高的。祖父是在一个名叫边柴（音）的地方上完高小的，这地方在乡宁，还是在邻近的吉县或河津，我至今搞不清楚。他的大妹夫，也就是我的大老姑父，当时是他的同学，我曾听老姑父说，祖父是个优秀的学生，聪明且勤苦。

关于祖父的少年时代，我的所知都是零星的。那年曾祖父去世发丧，我的曾姑母，也就是祖父的姑姑，坐在我家炕上闲拉家常时，曾提及祖父的少年时代。可能我们家有长寿基因，曾祖父和两个曾姑母，兄妹三人都活到我上大学之后才去世，再晚几年，也许可以五世同堂。他们的父亲，也就是我的高祖父，三年困难时期去世，在饥饿的年代里居然活到近九十岁，那时的中国，虽然经过十多年的努力，人均寿命的提高举世瞩目，但也还未达到七十岁。遗憾的是，我的祖父却是这个长寿家族中的一个例外。曾姑母说，我祖父小时候聪颖而善良，零花钱舍不得用，都给了他的堂弟。他的这个堂弟，也就是我的堂爷爷自幼失怙，对他的关照足可见出祖父的善良。

谭坪塬上春去秋来，长大成人的少年，告别了父母之乡，开始拥抱各自的命运，在纷乱的年代一步步走向未知的明天。

三载从军一梦间

一九四五年，应该是在夏天，读完高小的祖父，走出了谭坪塬，这一步，也许决定了他今后所有的坎坷与磨难。

曾祖父把院里的两棵夏苹果收了，用毛驴驮着，把十七岁的儿子送到了县城，卖掉果子作盘缠，父子二人就此告别。祖父去了吉县，那里有第二战区的军校，管吃管穿管住，且不收学费。祖父说，这是他选择上军校的重要理由，在馒头可以当旗帜挥舞的年代，这个理由的合理性是不容怀疑的。那时，日军已在谭坪塬上祸害百姓多年，我曾祖父是保长，儿子出门的盘缠尚需一驮果子来变现，民生之困顿于此可见一斑。而所谓的革命，所谓的反革命，对具体的个人而言，不过是一步之遥、一念之差。数十年之后的我，是从水果的收获季节，推断出祖父离家的大致时间。

一九四五年是中国近现代史上的一个分水岭，这年秋天日本投降。在晋西南一隅坚守八年之久的第二战区长官部、省政府机关以及各路兵马，开始北上太原，无形的命运之手，牵着祖父越走越远。

地盘大了，军队要扩编，军校的学生自然是骨干，投军不过数月的祖父，手下有了一营人马，而且是技术含量很高的炮营。我小时候曾见过祖父的戎装照，一个很帅气的小伙子，我猜想，拍照时风华正茂的祖父，一定正在憧憬着自己的未来。

但未来却不一定美好。抗战结束之后，国共内战很快爆发，徐向前的华北野战军从太岳出山，自运城、临汾一路向北，其势摧枯拉朽，兵锋直指太原。一九四八年汾孝战役，扫清了太原攻坚战的外围障碍，阎军自此败局已定。这次战役中，祖父和他的一营人马阵前起义，被解放大军就地收编。后来从祖父口中知晓，收编他们的是与华北野战军并肩作战取得汾孝战役胜利的陕甘宁晋绥联防军王震所部。

领到解放军发给的路费后，祖父独自一人踏上了回乡之路。至于原因，他曾对我讲过两个版本：一个是不愿再打打杀杀；第二个是之前跟着阎锡山打徐向前，现在跟徐向前打阎锡山，掉转枪口的事情，没意思。我相信，这两个版本都是他的真心话。革命与否，正义与否，人首先都是人，在我看来，从最基本的人生常理出发所做出的价值判断，与伟大的信仰和坚定的信念一样值得尊重。

从太谷县城到谭坪塬，路途六七百里，现在四五个小时的车程，当年需要徒步大半个月。在临汾涉水过汾河时，背上的行李卷被河水冲走。就这样，三年前只身而去，三年后只身而归，风云变幻，恍若一梦。许是因为途中劳顿，许是因为心绪郁结，祖父回家后一场大病，险些没挺过来。

还好家中尚有父母，尚有苦守寒窑三年的结发妻子，尚有时时牵挂的弟弟妹妹。"宁为太平犬，不做乱世人"，当年一起出去投军的同村三兄弟，一个姓于，加入了解放军，三十多年后从新疆回来探亲，人们才知道其下落，如果我所猜不错的话，应该也是战败后被晋绥解放军收编，随王震的一野一兵团到了新疆。另一个姓李，从此再无音讯，也许早已天人相隔。

苟全性命于乱世，活着总是好的。

我也是少小离家的人，每次从临汾过汾河桥，都会下意识地凝视河中的水流，似乎在努力搜寻祖父当年遗落在激流中的行囊，寻找他丢失在战乱年代的青春梦想。

逝者如斯，不舍昼夜，高天流云的谭坪塬上，时光依旧循着亘古不变的步伐在花谢花开中静静流淌，而我的祖父，长眠于地下已经十又五年，人世间的风云变幻、潮起潮落，一切不再与他有关。一代一代的后来人，则在渐行渐远的遗忘中，迎接着属于自己的明天。

重回西山谋再起

一九四九年，历史展开了新的纪元，似乎一切都可以从头来过。果真这样想的话，那就过于小看了这个世界的复杂。

当年二十一岁的祖父，确实是从头再来了。那年一月，他在离家不远的毛则渠晋华煤矿找到了一个做会计的工作，高小毕业，这点事情完全可以胜任的。

第二年四月，他被调到县手工业局，当上了股长。股长不是什么大官，但如果考虑到这两份工作之间短短一年零三个月的间隔，他的优秀是不容怀疑的，至少我是这样认为的。

其实，一九四八年回乡后不久，管辖谭坪塬的区长（当时县下设区）就曾推荐祖父南下，不断扩大的江南新解放区急需干部，山西的太行和太岳根据地曾组织数千人规模的南下队伍，名叫"长江支队"，对于一个年纪轻、有文化、带过队伍、经见过世面的人而言，这也许是一个不错的机会。奶奶说，区长下乡时经常吃住在我们家,和祖父的祖父,也就是我的高祖父很是惯熟,但对于这样的"机会",我的这位祖宗断然拒绝,并扬言"要我孙子走,先要了我的命",区长也只好作罢。

进了县城,当了股长,祖母带着年幼的我父亲,一家人随祖父迁居到县城。新国家、新社会,一切看上去无比美好。

可惜的是,好景不长。

横祸飞来十七年

一九六一年,祖父再次跌入命运的谷底,这次不但为祸更烈,而且后患无穷,壮岁事业、晚年安康,一生的大好年华和本该拥有的幸福生活,在此次毁灭性打击之后,瞬间荡然无存。

这一年四月,我的祖父因反革命罪被捕入狱,命运再次把他带到省城,但不是去军营带兵,而是太原第一监狱西峪煤矿。在这里,他以阶下之囚的身份度过了五个春秋,从刚过而立的三十四岁,一直到年近不惑的三十九岁。大学毕业后,因为从事新闻工作,我曾多次到这所监狱执行采访任务,每次走进那个神秘而深邃的大门洞,都有一种说不出来的感觉。在我的记忆中,祖父对这段往事很少提及,其中的原因,我想只有一个,那就是不堪回首。

据祖父说,事情的起因是这样的:当年在阎军担任营长时,部队发生了一起投毒事件,上面派人调查,结论是"共党破坏",处理决定是对三名犯人"乱棍打死"。起初我觉得"乱棍打死"作为刑罚实在匪夷所思,所以对祖父的说法半信半疑,长大后读历史,了解到阎政权曾经搞过的"三自传训",才开始相信以棍棒执行死刑，在那时不是有可能，而是确曾发生，且数量非常惊人。祖父说，他最终变通执行，下令对三人处以枪决——军人必须服从命令，他无力保全这三条人命，而且在他看来，向自己的袍泽投毒，罪亦当死；但是，一个战壕里的兄弟，又不忍心让他们死得太惨。

一九六一年，关于此次投毒事件的原始档案被发现，调查的结果是，我的祖父被定性为"反革命"。对于这样的结果，他始终不服：当年曾与解放军兵戎相见，枪炮无情，死伤几何谁能点清，阵前起义之后这些都可既往不咎，但枪决自己手下触犯军法的士兵，却被定性为"反革命"；而且，此三人是因投毒罪被枪决的，至于是否属于"共党破坏"，当时也就那么一说，档案里并无证据表明其共产党身份，新社会以反革命罪判他入狱时，旧社会的死人已经不可能前来证明自己的身份了，所以这三人的共产党身份，其实是以阎军未经调查的"说法"为依据的。

一九六六年，祖父获释后回乡劳动——他的刑期是十八年，前五年收监劳改，后面的十三年监外执行。这一年爆发的政治运动，其势如火如荼，作为"反革命"，监外的生活可想而知。出村必须请假，而且往往得不到允许；冬天下雪，必须和其他"反革命"一起扫雪，自带干粮，扫到几十里地之外，经常两三天才能回来；游乡、批斗是家常便饭，而且三番五次抄家。如此种种，不一而足。我记得直到"文革"结束后，因为成分问题，我三叔仍不被允许上高中。恰在此时，公社办的煤矿需要这个懂行的"反革命"去管理，而祖父提出的唯一条件是让自己的小儿子上高中。最后公社书记特批，我三叔才上了高中，并在高中毕业后，成为村里第一个正牌大学生。

祖父在世的时候，村里一位当年外出招亲的人返村居住，祖父知道后，有一次趁回村的机会，专门带着烟酒吃食上门拜访。他说这个人名叫小生，当年是村里的民兵队长，每次押他游街的时候都格外关照，绳子捆得很松，押的时候不使劲摁脑袋，祖父只需低着头、背着手做做样子就行。当年谭坪塬上"四类分子"的生存条件，可能不如张贤亮的《灵与肉》，但似乎略胜于古华的《芙蓉镇》，"文革"结束后，这两部小说都被导演谢晋搬上了银幕。

监里监外的煎熬就这样持续了十七年之久。再次抬起头看天，已是一九七九年的六月。这一年，祖父五十一岁，年过半百的人了。最大的孙子，也就是我，也已八岁，上小学一年级。

回头想来，这十七年，毁掉的其实是祖父的一生。

春风不念坎坷人

改革开放的春天来了，祖父却倒在了春天的门槛上。从少小离家到年过半百，战场上枪林弹雨、镇反时的牢狱之灾、"文革"中的政治高压，一次次爬起来，一次次被击倒，人的血肉之躯终归是有承受极限的。

一九七九年六月，祖父的冤案平反，被安排到县工业局工作。

十七年狂风骤浪之后，吹落在地的是一纸平反决定。为了这张纸，他曾到省城反映，到北京申诉，知道了中共中央解决历史问题、平反冤假错案的统一部署后，才放下心来回村等待。

又一次回城，七个子女只带回四个，三个年长的已在乡下成了家、扎了根。第三年，祖父决定让我转学到县城，因为城里的教学质量比乡下好。没地方住，我就住在他的办公室里。如果没有祖父当年的这个决定，可能我现在也在乡下务农，因为这茬孩子中，全村就我一个人考上了大学。

恢复工作后的祖父很忙，印象中经常不在家。当时，为了煤炭外销，乡宁县决定与邻近的襄汾县合作，在铁路经过的襄汾办一个铁路运输煤台，祖父是这个工作小组的骨干成员。虽然忙，但是他十足的劲头、脸上的神情以及偶尔来家的同事与他交谈时的敬重，所有这一切都告诉我：祖父的心情是舒畅的，而且，他是一个很了不起的"厉害人"。

三年后的一九八二年，祖父被查出患有癌症，之前的一切努力戛然而止。

那年冬天，祖父在太原市中心医院接受了手术治疗。数十年风雨人生中，多少次行走于生死边缘，多少次风云突变、荣辱浮沉，一路的坎坷造就了他钢铁一般的坚强性格。这一次，不过是无数次中的一次，用他的话说："死过多少次的人了，这算什么！"所以，从知道病情到接受手术的前前后后，祖父以他自始至终的坦然，表现出异于常人的坚强。例外只有一次，当时在医院照料祖父的二姑父事后对我说，收到我小姑写来的信，祖父在病床上一边读着，一边流下了眼泪。"床前小儿女，人间第一情"，再坚强的人心，都有柔软之处。

我的小姑与我同岁，当时才上小学四年级，如果祖父当时不治，意味着年少的她将永失父爱。我至今记得祖父下葬时我小姑的恸哭，那是痛彻肺腑的哀哭与悲伤，多年来时时在耳，思之令人肝肠寸断。当然,这是十七年之后的场景,最可怕的事情当时并未发生。

腊月将尽、新年来临的时候,祖父回来了。我清楚地记得当时的情形,他面色略显苍白,却带着若无其事的微笑,进大门时,他和每个遇到的邻居打招呼,似乎根本没有生病,只是出了一趟差。

两年后的一九八四年,祖父办理了离休手续,从此结束了职业生涯。

因为癌症,他的直肠被切除,腹部安装了人造肛门,处理大便的便袋,一年四季、白天黑夜、吃饭睡觉,时时刻刻都必须挂在腰间。这是多舛的命运给他的最后一击,是一生艰难留给他的最终印记,这个拂之难去的伤痛印记伴随着祖父的余生,直到他生命的最后一息。

病卧夕阳晚岁艰

命运最讨厌人类的坚强,因为人类总是以他的坚强挑战命运。

祖父行伍出身,一生好酒,对消化系统癌症患者,酒是绝对禁止的大忌,但他根本不当回事儿。他对命运的藐视,最后发展成对现代医学的无视,常令小辈和家人心惊胆战,却也无可奈何。他经常以嘲讽的语气对我们说,老年人有三类,每天锻炼身体是怕死的,在太阳下晒暖暖是等死的,像他这样是找死的。三天两瓶酒,一天一包烟,携着一生豪气和暮年余勇,我的祖父带病生存了十七年。大夫说他创造了奇迹。

离休后,他开过商场,经营彩电、自行车,这些从前需要凭号购买的稀缺商品，让当时的许多人大开眼界。

他办过焦厂，往临汾、襄汾、稷山等地送焦炭时，经常亲自跟车。跟着他干的我二叔，虽然年轻力壮，却经常挨训。祖父的精力确实异于常人。

他张罗给村里通电，解决吃水困难问题。惜乎未遂，原因种种。

他不知从哪里设法搞来气枪，带我上山打山鸡、兔子，教我如何端枪、如何瞄准，沟沟坎坎，身手矫健。

我高考那年，祖父专门写信给我：不报军校、不报警校，考师范大学，将来当老师。我明白老人家的意思，他把自己的一生视作教训，希望我的一生平安度过。他的禁令我做到了，他的命令我却没有服从。二十多年后，当我干腻了新闻工作，一心想着拿博士学位、当大学老师时，想想当年那封信，愧悔到无地自容。

生命的最后几年，他体质渐弱，因为病痛需要长期服药，本已脆弱的消化系统难承重负，而且始终拒绝戒酒。

一九九九年七月，几次入院出院的病痛折磨之后，祖父最终不治。在我父亲的怀抱中喝下了此生最后一杯酒，然后就闭上了双眼，结束了与命运不屈的搏斗，带着他一生的苦难、伤痛与不幸，安静地离开了人世。

祖父患病那年，我弟弟出生。他病重的时候，我弟弟十七岁，已经参加完高考，准备上大学。

他留给父辈们的最后一句话是："把你妈照顾好……"对这个为他生养了三男四女七个孩子，陪他担惊受怕、受苦受累几十年的女人，在生命的最后一刻，祖父心里一定有着难言的负疚,虽然他从未说出来过。

尾 声

每次回家,我都对祖母说:"爷爷走得早,你要替他活,把他的、你的都活了。"

祖母说:"等奶奶九十岁的时候,你要好好给我过个生日,让你爷爷也看到。"

爷爷走后二十三年,奶奶也走了。那是二〇二二年的正月,祖母九十五岁。阴阳暌违二十三年之后,他们相见于九泉。祖父坟头的洋槐树,此时已经不容双臂合抱。树犹如此,人何以堪?

那天我下到墓穴,打扫干净,收拾妥当,摆放整齐。然后退出,一袋一袋用沙包封堵墓门,一眼一眼瞅着躺在里面的爷爷和奶奶,直到最后一袋沙土将我们隔绝于两个世界。

爬上地面,父母叔姑一排溜跪在坟前,朦胧泪眼唯见苍苍一片白发。这班龙钟翁妪,转眼已是家族里最长的一辈。人世代谢,往来古今,夫复何言!

几十把铁锹开始飞舞,黄土落,黄尘起,又一辈人的生命画上了句号。

夜色深沉的晚上,骑车下班的路上,耳畔经常回响起《人间第一情》的旋律,每每此时,都会想起祖父,想起他不屈的一生,想起一代人以及他们的命运,在灯火辉煌的繁华都市不觉泪垂。

命运无所不在,作为人,当坚强不屈,当自强不息。

这是祖父留给我的遗产。

三个后生

一九四五年夏收过后，乔眼村的三个孩子结伴下了谭坪塬，渐行渐远的身影把背后不舍的目光拖得很长很长，阳光投下的阴影如命运，一路尾随。

于家的望仓最大，十六岁。李家的怀娃最小，才十四岁。乔家的鸿儒，也就是我爷爷，那年十五岁。现在这个年纪的人，都还在父母的羽翼之下，但乱世之人没那么金贵——父母尚且是亡国奴，命捏在别人手里，又能为孩子遮护住什么。

拿我爷爷来说，爹是保长，却因拒绝支差顶撞了日本兵，险些自己的命都没保住，拉进炮楼一顿毒打，浑身上下鱼鳞一样的伤。走风漏气的羽翼，说实话不如一只护雏的老母鸡。

三人的家道都还算殷实，因此都有书读。于家是不折不扣的地主；李家没有雇长工，后来被定为上中农；乔家虽然雇了一个放羊的，却是自家亲戚，而且老保长抗战期间表现不错，土改时给了照顾，算成了富农。

一九三八年临汾失守，日本人蜂拥而来，从谭坪塬最东边的制高点岭上，沿神疙瘩、谭坪村一路打到黄河边，与对岸的中央军、北边吉县的二战区部队沿着吕梁山脉你来我往地拉锯。三个孩子随学校东躲西藏，将就熬完了高小。

毕业了，在塬上伺候日本人，还是找寻打小日本的队伍？不知深浅的少年想都没想，说个走便开始了背井离乡。从此前途茫茫，归期渺渺，爹娘老子纵是牵挂，却连个死活的音讯都没处问询，更别说冷暖和饥饱。

而三个后生的运气，竟无一例外地欠佳。一到吉县就换上了二战区的军装，我爷爷进军校学炮兵，屁股还没坐热，日本人降了，于是跟着二战区回太原打起了内战。汾孝战役，参战的阎军被王震和陈赓两家围起来一顿好打，我爷爷带着他的炮营放下武器，领了路费，光杆一条回到谭坪塬。回来正赶上土改，谭坪塬解放了，想跟工作队南下，却被他爷爷泼上命拦住——再一次生离也许真的就是死别，说啥也不行，除非先要了他这老命。于是在附近煤矿当了会计，几年后升到县里手工业局当局长。一九六〇年再次到太原，顶着反革命的帽子去坐牢。五年后又一次回到谭坪塬，继续十三年的监外刑期。然后是平反、恢复工作、得癌症、离休、死。

其他两人的遭遇我是听说的。李家的怀娃最终下落不明，据说太原解放前有人在城里见过他，想必是死于太原战役。还有人说怀娃去了台湾，不愿接受死讯的人大多接受这样的剧情。但这显然是无稽之谈，阎老西连他五妹子都没有带走，怀娃算老几？

望仓再次出现在塬上，已是新中国成立之后多年，他打新疆来。有人说他参加过远征军，对此我深疑不信。且不说二战区并未派兵出国作战，即便有，即便望仓就在其中，即便他一九四四年穿上军装就奔缅甸，估计连云南都到不了，远征军的仗就打完了。最大的可能是，他的部队也起义了，或是他自己被俘了，但没有领路费而是换了军装，跟着晋绥部队一路打到新疆。

最后一次听人说起望仓，是那年爷爷大病住院，正好他从新疆回来。那应该是他们的最后一面，还在乡宁电影院门前拍了照片。不知是否聊起当年的怀娃，也许吧。那时我在省城，无缘向望仓求证此前几十年的履历。不几年爷爷也走了，一段陈年往事，至此再无可问之人。

小人物在时代洪流中的浮沉荣辱，本不是什么了不起的大事。人世如江河浩荡，每一朵浪花的身世都是无解之谜。比如望仓和怀娃的故事，自己带来，又被自己带走。其间纵有千种委婉、万般曲折，一旦花落随流水，便如折戟沉沙再无消息。而时间就像塬上的风，裹挟着四季风沙，不断掩盖历史现场，直到他们曾经顽强的足迹最终消弭于无形。

那些年，我曾像一个好奇的窃贼，奋力潜入时间隐秘的年轮，打捞他们沉没在水底的命运，复原那些被风吹散的逻辑。比如怀娃、望仓和我爷爷他们，怎么就成了反革命？长大后读的书多了，才知道抗战开始那会儿，八路军第一一五师打完平型关就到了晋西南，还有决死二纵队和新军政治保卫旅，北方局、八路军总部、晋西南省委，那时都在乡宁周边活动，但后来都走了。八路军第一一五师去了山东，总部和北方局从吕梁转移到太行，一九三九年晋西事变，决死队和晋西南省委也撤走了。我爷爷他们要参加革命，只有两条路可走：要么从吕梁山的南头一直走到北头，沿着壶口和碛口，过了临县才是八路军的地盘。要么从山西的最西头走到最东头，到汾河和同蒲铁路另一边的太行山。毕竟十四五六岁的少年，两条路都远在天边。

家门口没有革命，只有反革命。革命和反革命，那时都在抗日。统一战线的年代，谁也无法预见日后的内战，更不用说胜负。于是稀里糊涂中，怀着一腔热血走上了反革命道路。其实我爷爷本想找几个日本人，也整他个遍体鳞伤，给自己的爹出口恶气，哪想日本鬼子没逮着，却跟反动派鬼扯在了一起。至于怀娃和望仓，应该也八九不离十，不是家仇就是国恨。

一样的国仇家恨，造就了太行、太岳、晋绥、晋察冀数不清的老革命。唯独晋西南，简直就是反革命的渊薮。要说这事，还得怪阎老西，把老窝扎在我们家附近，祸害了晋西南多少好后生。碰巧哪只鸟，衔来了哪颗籽，落在哪座山，长成了哪棵树，无人能知，知也徒然，因为命运终究不在自己手中，一切都是际遇而已，遇到啥就是啥。

那时的三个少年，如今已不在人间，而一九四四年的场景时时如在我眼前：夏收时节的谭坪塬，放眼一片翠绿和金黄，三个孩子出了乔眼村，往东过了西庄和东庄，再往前就是神疙瘩；那天日头毒辣，晒蔫了炮楼上的膏药旗，但日本兵黑洞洞的枪口，仍像毒蛇吐出的信子，在太阳下发着刺目的凶光。东去岭上的大路太冒险，他们转头向北，出谭坪塬，下南塬坡，过宽井河，一路翻沟过峁，消失在吉县塬的梁畔上。

如影相随的命运，像一个喝醉酒的邮差，不知道手中的信从哪里发出，又将发往何处。

我奶奶

傍晚小雨，想必该是清明了，山西的节气一向很准。打开日历看，发现已经过去多日，"禁足"防疫的日子里，时间仿佛也被叫停。

这个时节的谭坪塬，满世界都是苹果花，看着眼晕，闻着醉人，走在路上都感觉踉踉跄跄。往常坐在院里果树下的奶奶，今年却没了。

去年底重病一次，手机上跟我视频。红绸彩缎的寿衣已经上了身，脸也浮肿，人在炕上坐，堂弟在身后半撑半抱，姑姑叔叔们在身边围着。堂弟说：想再看你一眼。

奶奶看着我，却只是看着，人已经不会说话了。平日里靠说话过活的我，只觉得喉咙紧、声带发抖，话却说不出来，眼前一片模糊。

一夜辗转，等待一个可怕的电话。

横下心没回家。五年前说好要过一百大寿的，我不回，指定她不能走的。

此后她果然转危为安，心想上天眷顾老乔家，这个年过得舒坦。

现在想来是误判了。老人家只是不想搅害全家近百口过不好这个年，所以一直撑着。其实腊月里她就跟父亲说过：不想在了，走呀。

真当世界是你家的，要走要留自己说了就算？但这就是我奶奶。

晋南春早，正月末已是气清天明，勃勃生机开始在塬上涌动。老人家择了一个吉日自己走了。是个早晨，一路上都是阳光，温暖而明亮。

二十三年前我爷爷去世，奶奶跟我说：你爷爷一生多难，未得高寿，他走了，我要替他好好活着。面对死亡，她的从容、镇定和坚强给我力量。我不信来世和轮回，却并不因此惧怕死亡和永恒的黑暗，当是祖父母身教之故。

"今年花落颜色改，明年花开复谁在？"这是我奶奶看到的第九十五个春天。

同事和朋友都羡慕我，羡慕五十多岁的人还有奶奶。大家都知道人活着不易，其实活久了更难。

奶奶生于一九二八年，那时整个山西都被战争波及，先是二次北伐，后有中原大战，晋南似乎都未曾幸免。

日本人来的那年，奶奶十岁。战争持续了数年，她在颠沛流离中长大。"跑贼"两字，一生都刻在记忆中。奶奶娘家靠近王勃老家，吕梁山和运城盆地的交界，我们管那叫"前山"，但有战乱，必当其冲。"跑反"一般是朝我们家这边，"前山"人称为"后塬"。

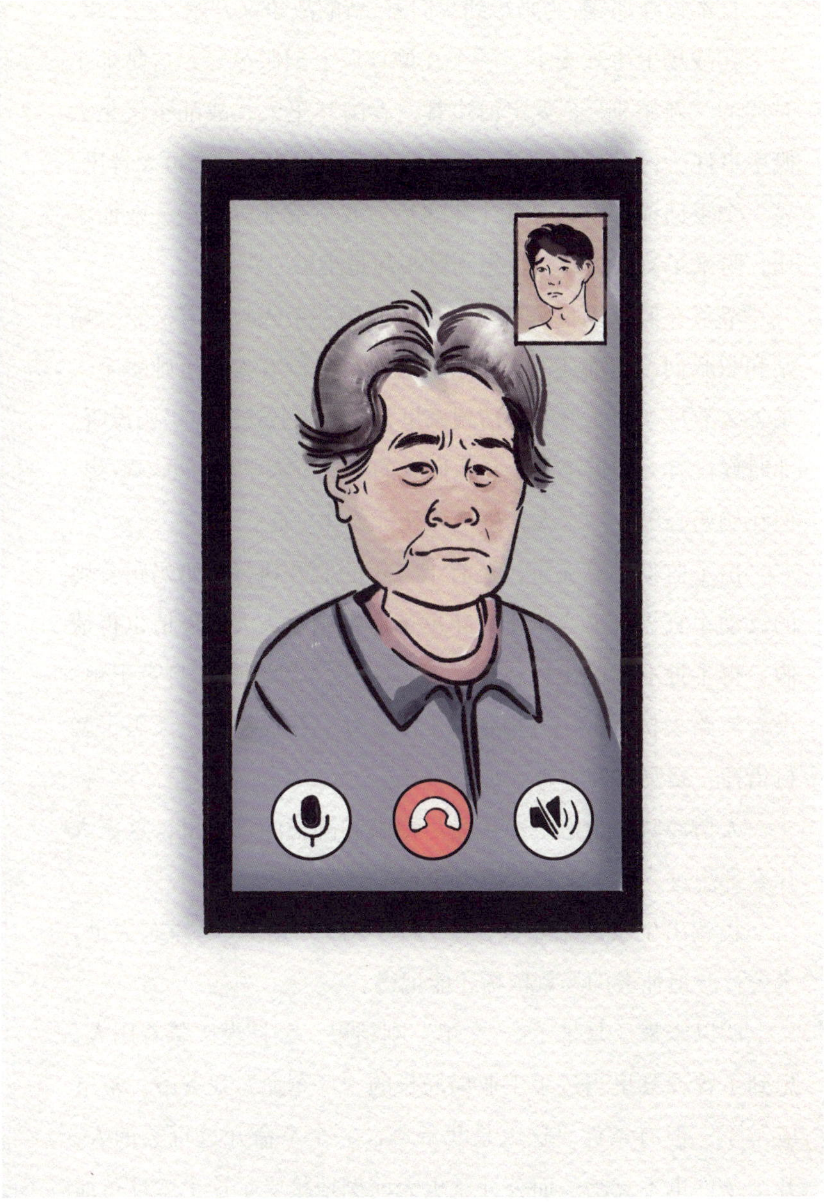

日本投降那年，奶奶嫁到我们家，新的战争又开始了。三年，一个在战场上生死未卜，一个在谭坪塬上望眼欲穿，这是那个时代的"新婚别"。无定河边骨，春闺梦里人，战乱年代是大概率事件。村里和我爷爷一起离开的三个后生，一个再无音讯，另一个重回谭坪塬已是几十年之后。我爷爷还算幸运，败而不死，盼来了铸剑为犁，没想到劈头却是牢狱之灾。

爷爷在监狱里一蹲就是五年，奶奶一个人拉扯着父亲、姑姑和叔叔们，上面还有老爷爷、老奶奶，没有人知道她一个人是怎么熬过来的。爷爷捎信到家里，让把小叔送人，奶奶没听。那时候没有人知道小叔会是我们家的第一个大学生，也不敢想。但在奶奶心里，一家人，生生死死都要在一起。

出了监狱不算完事，还有十三年的监外执行。奶奶跟着她的反动军官男人又当了十三年反革命家属。天大的事情也得请假，得了批准才能出村。冬天下雪，"反革命分子"自带干粮，沿着汽路去扫雪，一直扫到三十里之外。往返数日，天黑了就村借宿，猪窝狗窝不嫌。

人情冷暖、世态炎凉，受尽白眼和鄙薄的日子里，这家人什么都想过，除了未来。因为没有。

我就出生于那个年代，一九七六年一代伟人毛泽东去世，全公社开追悼会的场景依稀还能记得。

所以未来还是来了。"文革"刚结束，公社煤矿急着用人，想到了曾在县里当过手工业局局长的"反革命"我爷爷。爷爷应承了，但有条件。这就是我爷爷，一个拿命开过玩笑的人，开个条件也不算啥。而公社竟史无前例地接受了这个"反革命分子"的条件，于是我三叔作为"反革命"家属，被特许进入公社的高中读书。现在的年轻人可能连公社是啥都有点懵，顺带补一句：就是乡镇，那时全称人民公社。而我三叔后来之所以考上大学，显然是因为他"反革命"父亲的眼力和远见。

天晴了，但爷爷恢复工作没几年就得了癌症，奶奶伺候了整整十七年。生病的人脾气都不好，我小时候跟他们一起生活，没听过奶奶一句怨言，大多数时候是沉默。一九九九年爷爷去世，奶奶常对我说，要不是"文化大革命"，你爷爷可不是一般的人。一般不一般吧，谁也没有三头六臂，但至少在奶奶眼里，自己的男人是条好汉。

此后二十三年，是奶奶一生中最安静的岁月，其实她很孤独。老伴先走了，儿孙们花落四方，天南海北各自打拼。每次回家，看到奶奶坐在门前的树下，不说我也知道她心里有期盼、有想念，但她从来没有说过。我奶奶从来不是个慈祥的人，生活也没有给过她慈祥的机会。但若无这份硬铮气①，她活不到九十五岁。唯一的一次是她临走前，电话里跟我说：都好久没有见了。

当你心慈的时候，命运决不会手软。现在想来，这可能就是预兆，只是当时已惘然。一生不曾向命运低头的我奶奶，大约知道自己不久于人世，终于丢掉刀枪难入的铠甲，不再掩饰内心深处脆弱的温柔——如果想念儿孙也算示弱的话。

---

① 硬铮，意为某人为人或做事果断、爽快，此外还有非常硬朗、结实的意思。

九十岁过寿时,我说向老天再借十年。遗憾的是只借来五年。其实我应该高兴,奶奶活到九十五岁,已经是我们家最长寿的老人。

壬寅虎年,属龙的我奶奶,一个泰山压顶仍凛然的坚强女人,拂去九十五年的人世尘埃,从我们家的人,变成了我们家的神。

生前未尽孝,才有死后的伤心。我父亲就不曾流泪,爹娘都是在他怀里走的。而我,灵前三拜九叩,已是泣不成声。

我请乐队奏一曲《百鸟朝凤》,人歌人哭中,送老人安然上路。我们家的老凤凰从此涅槃。世上没有乐土,愿天上亦有人间。

霄壤九重,此后必是阴阳永睽违,但人生不过百年,总有相见的那一天。

然而,只要在世为人,千辛万苦也只能往前走。千难万难,即便低下头也没啥鸟用。

所以奶奶,从今往后我替你活着,就照你的样子活。

小镇做题家

我们家，从我往上数三代，一狗、一虎、一牛。

老爷爷是狗，看家护院。年轻时当保长，咬日本人，几乎被打死。老了变成糊涂狗，不分眉眼，逮谁都咬。死到临头却不曾打扰谁，自己悄悄走了，到底是一只忠犬。

爷爷是虎，受伤的老虎。几次三番扑腾着起身，次次都被命运迎头一棒打回来，最后拖着老病之身，化成谭坪塬上一抔黄土。

狗和虎都有点小传奇，而父亲是牛，一生劳作。除了心中的喜怒哀乐，他的一生简单得像一天。

当然也有婉转曲折。他原本，用现在流行的话来说，是个小镇做题家。二十世纪八十年代，我转学到县城时，距离他辍学已经二十年，几位年长的老师，比如教语文的武金花、教数学的雷秀珍，还时常跟我提起父亲，惋惜政治运动耽误了他。

那是一九六一年，父亲十二岁，小学还没上完，爷爷被查出"反革命"问题，小镇做题的历史便戛然而止。爷爷的事出得突然，临走只托人给他留下一句话：回村里找你妈和你爷。

那是我们家的命运发生历史性转折的一天。爷爷自一九四八年打完仗回到谭坪塬，十多年来的奋斗成果在这一天被现实彻底粉碎。路过西街的饭铺，他说要吃一碗油糕，带他走的人给了面子——县城很小，彼此都熟，他那时是个局长，多少有点头脸。

"反革命"不是一句玩笑话，罪名如果坐实，是要被镇压的。当过反动兵的我爷爷，估计自己八成难逃一死，所以贵巴巴的油糕，竟狠心要了一大碗。他那年三十出头，除了我的父亲、大姑、二叔、二姑之外，奶奶肚子里还怀着三叔。嚼着香甜的油糕，没有人知道他在想什么，只说他是死人堆里爬出来的，命看得轻。

那一天，我父亲和他的父亲相背而行，一个去监狱，一个回乡下。出了城，顺鄂河一直往西，这条路我后来走过无数遍，一边走一边想象十二岁的我父亲，当年如何一步一步地走完了这跋山涉水的六十里路，从充满希望的县城，返回到他人生的原点。过大石头、冷泉、张马、上宽井、下宽井，在鄂河拐弯的地方爬完好长好长的南塬坡就上了谭坪塬，然后大小武春、神疙瘩、东西庄，就到了乔眼村。

父亲进门的时候已过晌午，奶奶一把搂他到怀里，母子二人相拥良久，却不曾流泪。那时天崩地裂，落石如雨，雨脚如麻，而弱妇幼子唯沉默以示坚强，相拥无泣，痛而不哭。

奶奶是我家最长寿的人，一直活到九十五岁。她给我当了五十一年奶奶，我只在三姑少亡的时候见她哭过一次。大概因为属龙的缘故，从不轻易示弱，有泪在心里，不哭给人看，我父亲似乎得了这个遗传。

他从此没有再上学。发生在一九六一年的那场变故如同一次倒春寒,把少年人心中春花一样的希望永远留在了冬天。人若真有前世,我觉得在转世投胎这个事关重大的问题上,父亲明显是草率了。

十年后,这个家迎来了我的降生,在令人窒息的气氛中开启了四世同堂的格局。黑狗渐入风烛衰年,驼背似弓,倚杖如弦,好像随时准备着将自己射出人间;老虎虽然出了牢笼,仍在管控之中,未获允许不能擅自离村,还得经常出席公社和大队的各种批斗会,戴着纸糊的高帽,五花大绑,由荷枪的民兵押着,接受革命群众山呼海啸般的怒火喷射;当初的小牛犊我父亲,在凄风苦雨的十年之后,身旁也有了自己的小牛犊。天地生民,自来坚韧如斯,用我奶奶的话说,只要辈辈世世不断线,丢了今天还有明天。

关于这十年,母亲嘴里总是来抄家的"造反派",人手一根铁棍,撅得那叫一个地动山摇、心惊肉跳。奶奶的记忆里是如何与红卫兵斗智斗勇地周旋,保护了爷爷的一只怀表。唯独父亲,不曾有片语只言,除了日复一日的苦累,剩下的时间都交给了读书。仿佛劫难之后的幸存者小心翼翼地保护着自己的伤疤,一揭开,就是不堪回首的从前。

我开始记事的时候,"文革"已近尾声,父亲大约二十五六岁,晚上睡觉前总是卷一根纸烟,趴在被窝里翻半天《古文观止》,雨天不下地时也如此。这本书他看了很多年,一旁凑热闹的我也捎带记下了"太史公牛马走司马迁再拜言""臣密言:

臣以险衅"。那时不知人间有万苦千辛，等到终于读懂《报任安书》和《陈情表》时，我在两行热泪中刹那读懂了当年的父亲。唯苦难可以抚慰苦难，替父亲谢一声苦难深重的司马迁、李密和任安。

我相信书中的很多东西他也是一知半解，毕竟他连小学都不曾上完，毕竟那是一个知识像粮食一样匮乏，甚至比粮食更短缺的年代，上无家学，旁无师资，最近的书店远在六十里之外的县城，漫说没钱，即使有，哪家书店敢贩卖这些"封建余毒"？

但那是一种姿态。被翻烂的《古文观止》，油灯的微光下专注的神情，散发着呛人味道的旱烟，年轻而朝气的我父亲，以这样的姿态站立在那个时代的贫穷和苦累中。

四十多年后的今天，我的知识储备应该早已超过了他，但在那时，小学都没有读完的父亲，以这样的姿态向我示范了生而为人的一种存在方式。

求知而不为贫穷所扰，我至今奉为信条。

四年级时，他送我一本《唐宋律诗选讲》。"风急天高猿啸哀，渚清沙白鸟飞回"，对杜甫的喜爱始于那时。四十年后，在八百里外的他乡，以写字为生而不得不时时读书的我，觉得自己其实活成了那时的他。但愿他能认为我替他实现了曾经的梦想，拥有了他自己未能如愿因而希望我能拥有的生活，尽管这样的生活其实一点都谈不上如意。

而他自己，渐渐不再像年轻时那样爱读书。地里的营生之外，看看电视，喝喝小酒，跟母亲说说话、拌拌嘴，如此而已。

那年县里老干局约我写一篇关于爷爷的文章，打出草稿给他，本想请他提个意见，谁知看了没几行就被啥事给岔开了，于是再没有拿起来。我自己写的书拿回家，他像看孙子一样，一顿摩挲、一番打量、一阵端详，然后找个显要位置摆放妥当，书里写了啥却不曾在意。我其实很乐意他这样的——心结打开了，心事放下了，过往的一切不再来纠缠了，才是平心静气的晚年。

总体来讲，他这一生并不顺当。早年生不逢时，襟抱未开，可惜了天赐的一份灵光。四个孩子，三个跟他一样的小镇做题家，最后一个不落都飞得没了影。别人夸他的娃会念书，他呵呵笑，而老来的孤独却没有谁可以替他品尝。

我年轻时不怎么想家，这些年，有时真的很想念他。

天末凉风

母亲的人生没什么情节,只那点点滴滴的细节,已令我的感觉沉重到无力提笔。所以几十年以写字为生的我,不曾有一字一句提及她。

一九六九年,母亲骑着一头小毛驴嫁到我们家,那毛驴小到母亲的脚都接着地气。再小的毛驴终归是毛驴,只是母亲的个头比较高。上大学时听老师讲冯骥才的《高女人和她的矮丈夫》,总感觉这个标题是在说我的父母。

母亲十四岁没了爹,那时大舅九岁,小舅尚不满周岁。我姥爷当时在供销社工作,从县城回谭坪塬的路上,骑自行车跌下了悬崖。而且她家成分不好,"文革"开始后,她奶奶,一个守寡多年的小脚老太,曾被"造反派"逼问,说她藏着银圆,其实根本没有。爹没了,她和娘一起下地挣工分,出嫁之前曾在农中帮忙做过几年饭,农中是啥我至今不清楚,总之这就是我母亲的基本履历,她是个苦命人。

她家如此,我家更不用多说,刚出监狱没几年的爷爷还戴着"现行反革命"的帽子监外服刑,"地富反坏右"快被这两家人占全了。所以父母那时并没有什么爱情,顶多顶多,只是彼此之间的同情而已。

婚后不久,他们从大家庭里析出,除老爷爷、老奶奶让出的一间窑洞之外,小两口分得半瓦瓮面粉和几副碗筷,苦多乐少的光景就此开始。

母亲属虎,但这老虎只知道吃苦,而且只在吃苦的时候才像老虎。

二十世纪七十年代,农业会战是家常便饭,修路、筑坝、水保,一有会战就是全公社动员,甚至远赴其他公社参加县里的会战,父亲经常一走一个多月,留下最大的问题就是挑水。塬上地势高,人畜吃水都在沟里,我们村和邻村之间夹着一条深沟,叫庄子沟,二三里深,坡陡得牲口都站不住,上到坡顶,转过一道砭,走完一条梁,才算进了村。一个重要的细节是,二三里长的陡坡,中途是无法歇脚的,因为没有一块平地可以安放两只水桶。这营生,十几二十岁的后生都发愁,但母亲没有选择,我还小,挑水的扁担只能压在她肩上。一去一回一个多小时,挑进家门,来不及倒进水缸,便歪在炕沿上喘气,脸色苍白,说话的力气都没有,感觉整个人都要瘫软了。这张照片藏在我心里,几十年来不曾泛黄。

当时的谭坪塬,除了一年中的四季和天上的风雨可以自来,其他一切都要用苦力去换,吃水问题就这样折磨了我们很多年。后来公社有了水库,爬陡坡变成了走平路。再后来包产到户,牲口替换了人力,毛驴车上放个汽油桶,一次能灌满一水缸。直到前些年新农村建设,自来水管才铺到院里,而我父母已是

158　故乡有此

奔七十的老人了。

也有很多活我可以打下手，比如磨面。头天晚上向生产队的饲养员问好牲口，第二天一早套驴上磨，我跟着驴转，看到磨眼空了，就把磨盘上的粮食往窟窿眼里搋一搋。整个磨盘都空了，就喊一声母亲，磨坊离得不远，她两头跑，这头箩完面，那头又回家蒸馍做饭。磨完一遍，再来一遍，等磨完第五遍，一上午差不多就过去了。我再大一些时，看磨、箩面都能独立操作，这才省下母亲两头忙活。

我那时太小，技术活干不了，主要任务是放牛割草，吃过晚饭便和母亲一起铡草。铡刀在牲口圈里，她搋，我铡。搋草就是往铡刀下喂草，活虽轻省，但从不让我上手，铡刀伤手是那个年代常有的生产事故，所以都是她自己来。这是一天中最温柔的时光，马灯昏暗的光亮中，牛驴安详地嚼着草料，铡刀一声一声地咔嚓着，青草的气息混合着牛粪的味道，弥漫出五谷丰登的希冀，所谓田园，大约如此。陶渊明、王维、孟浩然们笔下的悠然和旖旎只不过是皮毛，说到底还是生活体验不够。陶渊明虽曾种豆南山，但一句"草盛豆苗稀"足见其能力和态度都成问题。这些封建时代的干部，下乡只为躲清闲，年成的丰歉都跟他们无关。

还有水保，就是在坡上打土堰、造梯田。爷爷平反后，父亲到煤矿当了工人，农忙时才回来收种，每年暑假公社派下来的水保任务都由我和母亲来完成。留下大妹在家照顾小妹和弟弟，我和母亲带上干粮，在日头下一干就是一整天。坡上的土取高垫低做平了，再打一条光整结实的土堰护着。每隔两三米一条堰,一块坡地就变成了道道梯田。一天干下来,手心起泡,浑身灌铅,一进家便沉沉睡死,耳畔是母亲做饭的叮当声和炉膛里柴火的噼啪声。

那一年,爷爷上西安时买回一台标准牌缝纫机,应该是全村的第二台吧。母亲从此除了割麦收秋、种地锄地、挑水磨面、铡草喂牲口之外又多了一样营生。公社里逢五赶集,她把缝纫机支在路边,做一身衣服赚三五毛钱。一进腊月,活多到做不完,缝纫机的嗒嗒声不到年三十肯定停不下来。母亲日夜不停地脚蹬手摇,转出了全家那时的柴米油盐,至于裁缝的手艺,也不知道她从哪里学的。

她自己出嫁时没有像样的嫁妆,做嫁衣却是一把好手。村里嫁姑娘,绣花的鞋子、绸子缎子的衣裳都来请她做,因此四十头上眼睛就老花了。直到老式的嫁衣不再时兴,她才放下了手里的绣花针线。

她的吃苦,全村都有名。那年秋天收芝麻,死沉死沉的东西,她又不自量力,结果落下了子宫脱垂的病根,此后多年备受折磨。她跟苦,要么有深仇,要么有大恩,总之一生撕扯不完。

其实塬上的百姓世代如此,生来便为了吃苦,最后被土地榨干,回到土里变成土。如果说母亲稍异于常人的话,那就是她坚信自己的孩子可以从书本里讨得另一种生活。她从来不是自大的人,但我真的不知道她的信心从何而来。

我在县城上小学时,好几次想转回村里来。说不出口的原因是太想她,没人的时候经常流泪。能说出口的理由是她太累,我回来可以搭把手。而她的回应很坚决:回来种地是拿短处比别人的长处,你的出路就是念书,念书就得在城里,其他莫管,你赢了,我和你爸才不输。

从谭坪塬走到今天,我们四个孩子的人生,是她和父亲铁了倾家荡产的心,死扛硬受支撑下来的。《金刚川》里的人桥,靠着几百副铁打的肩膀,而我们的人桥下只有父亲和母亲两个血肉之躯。这个家庭的翻身仗,看似波澜不惊,实则惨烈无比。

来到城市的屋檐下,才发现这里并非天堂,只不过是另一种衣食奔走和生计劳碌。日复一日的奔忙中,渐渐忽略了身后的家和家里的她。也许成熟的标志就是心变得更硬。

某年深秋,独行过漪汾桥。凉风从河上阵阵吹来,凌乱的心中浮现出母亲的身影。如果哪天她走了,我可怎么办?可怕的念头一路纠缠,不知不觉中泪流满面。世上没有不死的父母,但你得等我做好准备啊。

风中流下的眼泪,最终被风吹干。华灯初上,往来的人们脚步匆忙,灯火辉煌的城市并不在意谁的痛与思念。

背　影

正月十五雪打灯，而学校十六就要开学。那年我上初二，一早起来，对着漫天大雪发起了愁。谭坪塬到乡宁城六十里，步行差不多六七个小时。"应该早一天动身的！"心里虽然有点后悔，但我知道，再给十次机会，还是要选择后悔。

可能因为离家过早，年少思乡落下了病根，一直到今天，我对异乡始终心存恐惧。想到要出远门，心里先就有了畏难情绪。刚到一地，总是紧张难安，倒时差一样地痛苦好几天。乡宁六年、临汾三年，在太原的时间更是长达三十三年，但到底是条喂不熟的白眼狼，出去哪怕三五天，回来就成了外乡人，总感觉天地悠悠、举目无亲，对城市从无归属感。唯独谭坪塬，四十年过去，归心却时时如离弦之箭，一上到南塬坡顶，傻嘴一咧，地上狠狠跺两脚，呵，咱的地盘！其实离家这么些年，老辈逝去少者出，认识的人加起来怕都不足一百个数。咋说呢，人就是这么怪。

天涯孤旅之心，从来多愁善感，这种心理，我后来从清代人姚燮的《少年游》中得到启发，名其曰"他乡感"。而且我相信，"他乡感"并非故作的姿态，而是一个真实的心理问题。为这个问题求解的努力持续了两千多年，滋养了差不多半部中国文学史。"绵绵无尽他乡感，容易又深秋。"姚燮说得对，他乡的季节永远是深秋，冷清、孤寂、落寞。

扯远了，回来说下雪吧。反正想不想都得走，旷课不是我的作风。匆匆吃过早饭，背起书包出了门。父亲在煤矿做工，过完破五就走了，母亲不放心，说要送我。

撩起门帘，不由得惊叫一声"好我的爷"，门外风吹雪舞，接天卷地，举目只见一片茫茫。这布景，适合上演萧萧易水别燕丹，或是白雪歌送武判官，再配上剑戟争鸣、马嘶长空，才不枉天地间一股凛然壮气。如此这般地置弱妇幼子于其中，则多少有点凄惨。母亲还好，三十四五岁，正当盛年。我却不大争气，一米五几的身板，纵有冻死迎风站的勇气，奈何弱鸡一个。

爬上三道坡是村口，顺着汽路拐过弯，一里地开外就是邻村西庄。不能再送了。我说：妈，你回。

她说：噢，你走，我照你！

"照"是塬上方言，照着就是看着，但内涵显然更丰富，不拘于即时的动作，而强调目光的追随。于是就这样，我只管往前，母亲站住了照着我。

那时还小，并未感觉到来自身后的温暖。终于感觉到的时候，母亲的头发已经白了，白得像那天飞扬在风中的雪。

我下了一个大坡，再上一个大坡，前面是个弯，拐出去是东庄，远处的神疙瘩也已在望。拐出这个弯去，乔眼村就退出到视野之外，再想看，得等暑假。于是我在坡顶扭回头来，而对面的坡顶上，母亲依旧定定地立着。我挥手，直起脖子喊："妈，你快回!"母亲也在对面向我挥手,而彼此的声音却被风雪截下。这画面,几十年来时时在眼前,很遗憾我不是画家。化用余光中的一句诗:离别是一道沟,挥挥手,我在这头,娘在那头。

只要还能照见我,她是决然不会离开的。于是我先扭转身去,一直到拐过弯,都没有再回头。她指定是又站了好久,等风吹干了泪水才往回走,不用想我也知道。

从家到县城这条路,我独自走过无数次,但雪天还是第一次。这么大的雪里一个人走,则至今也不曾有过第二次。这一路,仿佛在柳宗元的《江雪》中行走,首先要对付的是孤独,于是就唱歌。从《少林寺》到《霍元甲》,从《大海啊故乡》到《十五的月亮》,从《在希望的田野上》到《八十年代的新一辈》,威武一阵子,深情一阵子,豪迈又是一阵子,整个就一小疯子。管他呢,风雪连天的,土地老爷八成都迷了眼,谁能看得见?大三那年到原平搞"社教",《雪山飞狐》正热播,电视里唱着"雪中我独行,挥尽多少英雄豪情",突然就想到了雪天里的这次"神经侠旅"。杨庆煌唱的是爱情,但"换得一生泪影"这句词,放在母亲身上又有什么不妥呢?可惜那时年少,憨憨的就知道自己高兴。

喜欢下雪的人大约有两种:一种出于理性,情愿为一场大雪付出代价,比如"心忧炭贱愿天寒";而另一种人,身上锦衣貂裘,心里装着诗和远方,马斯洛需求的五个层次全部满足,饱暖之余想追求情调。我当时的年龄,不需要卖炭翁的理性,也没见过什么锦衣貂裘,打雪仗早已不屑,风花雪月还不到季节。所以下雪于我而言,除了冻得要死,再无任何意义。

那时乡宁二中在县城东头,我每天早出晚归,从西到东跑两个来回。有一年也是很大的雪，白天消一点，晚上又冻住，布底子鞋太接地气，两只脚冻得通红透亮，进家一遇热更加奇痒无比，一夜如受酷刑，恨不得将两只脚一刀剁去。所以，如果一千个人有一千种雪的话，恐怕我是第一千零一个。

这次好，母亲把棉鞋底做得极厚，所以风雪踏歌，一路无忧，只是下南塬坡时心里有点发虚。南塬坡的"身高"就是谭坪塬与鄂河川的落差，拐弯抹角的山路差不多七八里长，两旁深沟密林且没有人家。大雪封山，狐兔匿形，不知这山里的狼肚子饿不饿，会不会拦住我讨要吃喝，或是从身后悄悄上来，两个爪子搭上我的肩。越寻思越怕，于是歌也不再唱，一路连走带出溜，跌跌撞撞向山下而去，心想：这会儿要是有母亲在身后照着，那才好呢。

果然十里不同天，下到坡底，雪竟停了。过了鄂河一路向东，四下里人声寂寂，但雪地上的车辙、蹄痕和脚印却依稀可辨。扭回头看，高处的谭坪塬仍是白茫茫一片，在风雪交加中定定地立着。既然挥手也不会走，就让它在身后照着我吧。眼前已是一路坦途，前行三十多里就是县城。等我赶到的时候，那里该是锣鼓喧天，元宵的红火不会被风雪阻拦。

这些年，母亲仿佛一直在村口，定定地立着，照着我一步步走远。那年正月十五的漫天飞雪中，她的头发和围巾在风中飞舞，被纯白的雪色和无尽的思念染成四十载岁月的悠悠沧桑。而我只管向前，越长越大，越走越远，远到常常不能相见而只能想念。

儿行千里，怀揣母亲担忧的人必是幸福的。而这些年，她最多看到的却是我掉头不顾的背影。人之不孝，何以复加！

二叔和他的二胡

二叔曾有一把二胡，几十年过去，不知他自己还记不记得。

二叔是五零后，爷爷落实政策平反回城时他已成年，而且成了家，扎下根便不能带走。我小的时候，人都说长得像二叔，我们家最理解他的人，除了奶奶也许就是我。奶奶心疼老二自小体弱，总是不放心他，我则对别人说他懒不以为然——"别人"其实都是自己人，比如爷爷，比如我爹，甚至二婶。

人是身心结合的存在，身懒未必就是真懒，比如二叔。他喜欢下棋，小村里没人可为对手，那些年我放假回来，他有时间就摆开阵势喊我过来走几盘。他还会给人理发，小时候我的脑袋都由他负责摆治。吹拉弹唱当然不敢说，谭坪塬上的文化氛围，跟喜马拉雅山上的氧气差不多，像样的音乐教员都没一个。但他的二胡，至少我认为拉得还是不错的。足见他的心是不懒的，而且灵巧，如果换个环境，比如在城里而不是在地里，勤于他的人未必胜于他。

都说"男怕入错行，女怕嫁错郎"，其实人最可怕的不是这些，而是个体生命与外部世界不能同质同构。乱世里杀出来的将军，放在太平年代可能会是囚徒；盛世的文豪扔在兵荒马乱中，八成比一般人死得更早。所以我多年来一直为二叔抱憾。每每思谋这事，都会想起他的二胡。

他那时好像参加了公社或大队的毛泽东思想宣传队，在我家破旧的土窑院里，他时常摇头晃脑地抚弄着弓弦。我傻乎乎地站在旁边，任他指间流淌的迷人旋律从心头漫过，将我淹没其间。我们似乎忘记了自己赖以存活的这个家，彼时也正被同样的旋律所淹没且无力自拔。艺术之于人，往往有此伟力，而它存在的意义，或许正在于此。

他拉过的调调，不外乎《大海航行靠舵手》《学习雷锋好榜样》《三大纪律八项注意》，还有《东方红》和《白毛女》。而他会拉的，估计也仅限于此。我后来常想：如果可以的话，换一块时代幕布、一副自由的弓弦，那么对他此后的人生而言，这把二胡是否会有更多的意义和内涵？

可惜这个问题没有答案，就像一粒籽，鸟衔了，还是风吹走，落在哪座山，长成哪棵树，这事鸟说了算，风说了算，山说了算，唯独籽说了不算。"对镰刀，麦子能说个啥。"——"马有铁之问"像一柄隔着银幕刺出的利刃，戳在麦子们的心头。这部电影，也不知二叔看没看过。

那时村里没有收音机，更没有录音机，小学里也没有音乐课。只有天上的风雨、地上的歌哭、畜禽虫鸟的嘶鸣为我的世界配音。二叔的弓弦，是那时仅有的关于器物之乐的美好记忆。艺术之于我的童年苍白如斯，二叔和他的二胡因此意义不凡。

许多年过去，二胡依旧是我的最爱，当然还有唢呐。年过花甲的二叔，那时抚弦运弓、凝神闭目的忘我陶醉，也仍历历如在眼前。关于艺术，我的爱好永远沾着乡下的泥巴，估计这辈子是没有希望"高级"起来了。谭坪塬也是我的镰刀和磨子，对它，我又能说什么呢？

倒是需要说说二叔那把低级到土里的二胡。除了两根琴弦之外，琴筒、蒙皮、琴杆、琴弓、弓毛都是自己瞎鼓捣出来的，严格意义上只能说，这是一种模拟二胡的声学结构制成的发声装置。木制的琴筒、琴杆不必说，村里有的是桐树；琴弓不知取自谁家的竹扫帚——这种扫帚那时都很少见；弓毛是从某个倒霉的马尾巴上薅的；蒙皮我知道，不是高级的蟒皮，也不是通常的蛇皮——塬上没有蟒，蛇也不是说找就能找下，而且百姓对蛇颇有些敬畏，轻易不去伤害的——是一张青蛙皮。就这工艺水准，估计远古时代操弄"奚琴"——这是二胡的祖先——的北方游牧民族都会觉得不屑。幸亏那时的听众基本是我这样的角色，而演奏的也都是坚定铿锵的红色乐曲，如果换作《二泉》《良夜》或是《赛马》，估计麻烦会比较大。

这个还不是重点，重点是那可怜的青蛙。村里有池塘，夏秋两季收拢雨水，牲畜饮用、浆洗衣裳、浇红薯秧子什么的都可以派上用场。这里白天属于人，夜晚则由青蛙接管。青蛙和蝉，是小山村昼夜两班倒的歌手，相比之下，我更喜欢青蛙。白天够热闹，少个添乱的来聒噪也好，而且蝉鸣的声部多变、调式复杂，跟着它，你的原本节奏全要乱套。蛙声却是需要的，乡下的夜晚，静得让人幻听，耳边仿佛有无数声音萦绕着，细听却啥都没有，无声胜有声，反倒睡不安稳。青蛙的合唱，悦耳且单调，如同打更人的梆子，听着听着便沉沉睡去。依水而居的人们，没有十里蛙声作抱枕，怕是要失眠的。所以青蛙是我的音乐家，而彻夜不息的蛙声，则足以证明它们作为歌者的奉献精神。

塬上人土制二胡，都朝青蛙要皮，个中原因我始终搞不懂：是迷信青蛙的音乐天赋，还是觉得青蛙的皮类似于蛇和蟒。当然，即使没人做二胡，青蛙的命运也由不得它们自己做主。

二叔后来不拉二胡了，因为宣传队解散，需求不复存在，而新的需求，二胡却无法满足。青蛙也没了，生产队解散后各家单干，没人拾掇的池塘渐渐废弃，最终被淤泥填平。离开谭坪塬的我，在人工造就的城市里，时时会怀念儿时那片所有生命共享的天地，怀念已经远去的声音，包括二叔和他的二胡，还有下落不明的曾经的蛙声。

音乐这东西，本无所谓贵贱和高低，因为艺术的功能不过动人和动心而已。庙堂正音或是渔樵互答，都是无需挂怀的细节。而且真正的音乐，也许并不从乐府出生、在厅堂里演奏，高山流水觅知音，当年的钟子期就是个砍柴的。

身后的两座山

我有两个舅舅，大舅和小舅。少年时代，他们是背后的两座山，随时可靠，永不动摇。

姥爷走得很早，我只见过照片，知道他在供销社工作，说是县城回谭坪塬的路上骑自行车掉下了悬崖。那年母亲十四岁，大舅九岁，小舅刚几个月，此后多年，寡母幼子的生活可想而知。而苦难造就的团结也牢不可破，几十年来，姐弟三人不曾红过脸，小舅后来风风光光，当了大队干部，但在哥哥姐姐跟前始终是个乖弟弟。家风所至，两个舅妈之间妯娌多年却鲜有嫌隙，更不用说吵架拌嘴。这样的人家，一扇柴门堵住外面的风雨，即使不生炉火也会感到温暖。

我自小不是个舒展人，总感觉跟世界隔着点什么，像个男版的林黛玉，一副愁眉紧锁的德性，到哪都自觉理亏。也许因为太懂事，也许是胆小的缘故，总之常常杞人忧天——担心家穷，怕被人欺负，与人有了冲突，总会瞬间想象出矛盾升级、两家大人大打出手、我方势单力孤等一系列可怕场景。怂货之所以怂，往往是不管不顾的血性和野性被过于丰富的想象力所压制,总是不等冲锋就急着找退路。

只有姥姥家,是我心里不需要岗哨警戒的乐园。从小到大,姥姥是炕头上软软暖暖的被窝,舅舅是两个看家护院的门神。跟谁生了口角,总是有意无意、其实刻意地释放一些关于我大舅、小舅的信息,企图通过战略威慑实现战术制伏。

其实我的两个舅舅,都是普通至极的人。

大舅上了几年学就到大队的油坊干活,后来子承父业,去公社的供销社站柜台。公社那时逢五有集,一逢集便人山人海,摆摊子的虽多,正儿八经的商场却只有供销社的百货和日杂两家,柜台后面的人,他不认识你,你得认识他,所以驮涧村的怀怀,在谭坪塬上得算一号。怀怀何人?大舅是也。

自从大舅成为供销社的怀怀,我在一群孩子中也陡然多了硬气。"你大舅,那厉害咧!"小伙伴的言语贿赂照单全收,并报以肯定的微笑表示赞许。不认识的人路上遇到,突然一句"妈啊,瞅这娃,长得跟怀怀一模一样",我总是羞涩一笑,使劲按捺着内心的得意,生怕这得意偷跑出来被人看到。

我们村离公社很近,母亲做下啥稀罕吃的,总是我奉命去喊大舅。寒暑假去姥姥家,我一个人先到供销社找大舅,他用自行车驮我去。自行车上的大舅,山一样遮掩着我,但他骑得很慢,差不多跟人走路一样慢。长大后我终于明白,姥爷当年的不幸并未远去,像一道过不去的坎,一生横在大舅心里。少年失怙的大舅,九岁那年便已长大成人,千斤重担,风雨一生,就这样谦谦缓缓地走过。他平素逢人微笑,出语暖人,从不疾言厉色,唯一的例外,是那年母亲被计划生育的人带走强行要做结扎。那天，一向温和的大舅勃然而怒，在卫生院见过我妈之后，冲到公社与当头的起了冲突：割我的肉行，动我姐一下你试试。布衣之怒，果如白虹贯日。胳膊虽然没能拧过大腿，但母亲说起她的弟弟，脸上总是写满自豪。

我其实是这几年才意识到，原来小舅只比我大九岁。从记事起，他除夕前一天准会来我家，送一堆姥姥做的吃头①。那时我家穷，姥姥少不了经常贴补。大早起来，我就开始念叨：小舅呢，咋还不来。我其实并不贪嘴，只是喜欢小舅在我家。

小舅在公社高中上学时，曾来我家住过一阵。那些日子，我走到哪里都把小舅带在嘴边。

家里刚有了缝纫机，我妈当宝一样呵护，严禁小舅动手，但她不在的时候，小舅准在缝纫机上一顿拾翻捣鼓。母亲心里也清楚，假装不知道而已。到后来，缝纫机不听话的时候，她总是喊："怀玉，来！"小舅过来，三扒两下弄好了，他的心思自小就在这些地方。

念完高中，小舅在公社的煤矿干过一阵子，每次回来看姥姥都要先绕到我家，给外甥带一堆好吃的。那时钱缺，母亲和姥姥总是唠叨他乱花钱，但小舅自来就是过路财神，他的钱谁都花得，所以村里人缘好，外面也是朋友一堆。

娶回小舅妈，小舅做了大队的抽水员，负责沟里的柴油机和水泵，有时吃住都在沟里，当然也免不了借机出去摸牌打麻将，大舅的脸色、姥姥的训斥、舅妈的数落，小舅从不还嘴，

---

① 吃头，晋南方言，意为食物或零食。

但也从不改悔,顶多点点头。不吭不哈不听话,把你们都当空气,小舅的软倔,大家伙只有叹气。

柴油机的原理差不多就是拖拉机的原理,所以他拖拉机也会开了。我们村缺水,捎个信去,小舅便开着拖拉机送一车水来。

再后来,塬上新盖的砖瓦房时兴起了土锅炉、土暖气,从未摸过这行的小舅带着他的一帮兄弟,竟做成了业内大咖,一说安暖气,都来驮涧村找怀玉。

我在县城上初中时,下学路上有一次竟遇着了小舅,意外加喜出望外,高兴得说不出话来。见我大夏天还穿着黄胶鞋,小舅掏出五块钱塞到兜里,让我买双凉鞋。那时最大面额的票子是十块,小舅不是财神爷,兜里的五块钱并不是什么时候想掏就能掏出来的,但这就是我小舅。我那时花钱仔细,一学期零花钱都用不了这么多,凉鞋自然不会买,最后干了啥也忘了。

后来到临汾读高中,来自舅舅家的资助便成了惯例。每年暑假开学,大舅一百、小舅一百、姥姥五十,总会送到我家来。学校的生活费每个月差不多五十元,三年高中的花销,父母扛了一半,舅舅们扛了另一半。说他们是我的另外两个父亲也许不合适,但如果父亲是一把椅子,我的大舅和小舅,至少是这把椅子的靠背和扶手。

大舅后来离开供销社,回村里开了一个小商店,靠点点滴滴的薄利和与生俱来的节俭,继续着他谦谦缓缓的温和。小舅除了当村长,八成仍在追逐着各种各样的新鲜和时尚,塬上的世界虽然不大,他的好奇之心却一生不渝。他们膝下,我的八个表弟表妹,有的学校毕业后在外地安了家,有的在县城里

174　故乡有此

谋生，有的在塬上教书，都是知书懂礼的好孩子。给他们当了五十年外甥的我，正应了塬上一句古话：外甥是狗，吃完便走。大学毕业后便聚少离多，当年的恩情从未回报，也无需回报，他们要的只是我好。

有一年，我和大妹从姥姥家回来，小舅送的我们。走到谭坪村时天已经黑了，乡下那时不通电，前不着村后不着店的地方，说个黑，就是伸手不见五指的漆黑。离家还有两三里，路旁是洋槐林和玉米地，风一吹，呼啦呼啦乱响。小舅一手拉我，一手拉着大妹，三个人影在黑暗中疾行，大妹的小嘴一向甜而且碎，此时却一声不吭，我也害怕，但有小舅在，怕跟怕不同。突然，黑暗中冒出一个影子，比夜色更黑，飞也似的迎面扑来，我们三人都感觉到了，定定地立在原地。小舅下意识跨前半步，把我俩藏在身后，那一刻，我的心都快跳出来了。黑影越来越近，冲到近前，定定地立住不动了。瞪大眼睛好久才看清，是风吹着一大团蒿草在路上滚。经此一吓，脚下的步子更快了，握在一起的两个手心汗津津的，不知是我的，还是小舅的。

拉在一起的小手和大手，走着走着，不知什么时候就松开了。一转眼，大舅奔七，小舅也过了六十。千里之外的我，经常想起他们那时的笑容，每次想起都感到说不出来的温暖。

我们村的民办教员

我是改革元年的小学新生,王宝玉是我的第一个老师。当时的乡宁县谭坪公社乔眼小学有且只有他一个教员,一至五年级所有学生一个教室,所有课程他一人承担。这样的情形今天已经无法想象,但今天确定是从那里出发的。

开学第一天,他在黑板上工工整整地写下一行字:"伟大领袖毛主席永远活在我们心中!"这是语文第一课的全部内容,拳头大小的字,刚劲而有力。数月后,三中全会提出拨乱反正,改革的大幕徐徐开启。

王老师是民办教师。这个消失已久的概念,其内涵中融合着教师和农民两重身份,大约类似于当年的民兵。不同的是民兵都是本乡本土,而他们中的很多人要在此处的学校和彼处的土地间来回奔波。

王宝玉之前的教员名叫强傲元,除了名字,我对他仅有的记忆是好酒,喝醉了满村跑,一边跑一边引吭高歌。民办教师虽有些文化,却没什么出路,大部分教书糊口终老乡间,心里多少有些待浇的块垒。强老师年龄略大,积在胸中的愁闷也许更多。而晋南这个地方虽是关二爷的老家，对孔老二的弟子却历来敬重有加，我老家谭坪塬纵然地瘠民贫，每年总也少不了张三李四的出生，王五赵六的离世，孙七周八的婚嫁，但有席面，教员必是贵客，喝酒的机会时时有之，强老师且行且吟的醉酒当歌自然也时时有之。他后来离开了乔眼村，去向我不得而知。王宝玉之后的民办教师叫王天成，高中生，离开谭坪塬后辞教从商，现在应该在珠海经商，事业据说相当不错。而我的蒙师王宝玉，没有强傲元的年资和落拓，也没有王天成的年轻和机遇，因此和蔼且敬业地在乡间站了一辈子讲台，吃了几十年的粉笔灰。据说当时全国三分之一的教员都是民办身份，总数多达四百余万，但与我有缘者仅此三人。

王老师的家在南塬坡底的宽井村，属于张马公社。乔眼村有一块地专门划给教员作口粮田，生产队出人出牲口代耕代种，学生娃娃帮着收夏收秋算作劳动课。我刚上学那年，五年级的田有民被评为劳动模范，奖品是一把装在盒子里的理发推子。五块钱一把的推子不是开玩笑的事，田有民因此成为轰动全村的新闻人物，现在想来，其实是王老师个人的慷慨。

那时不兴双休，他周六下学回家，周一清早返回，风来雨去的"永久"自行车，去时是口粮地里打下的沉甸甸的工资，回来时是他一周的干粮。出谭坪塬下南塬坡就是宽井，但那条坡长七八里，陡处牛都站不稳，来回奔波不是件容易的事。民办教师，本质上是农民，辛苦也似农民。

那年中秋，师母从宽井村来跟老师团聚，小锅小灶小两口，办公室兼宿舍的土窑洞成了临时的家。一大早，母亲将红薯、土豆、萝卜、白菜拾掇好一筐，我吭哧吭哧提到学校，老师和师母脸上的笑容，几十年后如在眼前。教员是村里一口人，上了年纪的老人左一个"宝玉"、右一个"宝玉"，跟叫自家娃一样。

但山里的冷娃们，捣蛋起来也是花样百出。塬上人高水低，吃水是个大麻烦，学校用水由高年级学生承担，一条扁担两个人，轮流从沟里往上抬。一件鲜为人知的恶性事件就发生在抬水的途中，我当时属于看热闹的。坡陡路窄，全程只有一处可以放下水桶歇脚。满头大汗的两个人，记不清是大师兄还是二师兄，一时兴起，半泡尿竟撒进了水桶。举报或是沉默，后果都很严重，我最终选择了沉默。不知道这半泡童子尿最终是喝进了肚子里，还是和进了面粉里，或是做了王老师的洗面奶。现在想到了认错，可惜已经曲终人散。

村里没有体育课，放牛、割草、砍柴的运动量足够。王老师不知从哪里搞到了羽毛球，但民办教师的实力也仅限于羽毛和球，球网是地上画条线，球拍用课本来代替，土窑、土墙、土院子的山村小学，一片欢声笑语中洋溢着土法上马的洋气。

他自己也是个山里娃，教文化勉强还行，音乐、美术有点勉为其难。一九七九年《小学生守则》颁布，县里组织教师统一学习守则歌曲，回来后教唱。第二年我转学到县城，才发现王老师教的跟人家城里学校唱的根本就不是一个调。敢情我们唱的曲子是他自创的，人家教的曲子他压根就没学会。

民办教师有限的文化水平是无需回避的事实，但不容否认的还有他们的贡献。离开他们，新中国成立之初占总数百分之八十的文盲不可能从中国人口版图上擦除，也正是他们，为高考恢复后的"深山俊鸟"们插上了飞翔的翅膀。

数以百万计的正规师范生后来进入教育领域，他们的启蒙功不可没；而民办教师群体逐渐淡出中国教育的地平线，却多少有点"教会徒弟饿死师父"的无奈。换句话说，他们是进步的推动者，同时也是进步的代价。作为当代教育史上一个充满悲情的群体，他们生来就是为了消灭自己，而且最终成功地实现了这一目标。

我大学快毕业时，民办教师问题被提上了国家议事日程，"关、转、招、辞、退"五字方针确立后，以民办身份进入教师队伍的政策大门关闭，三百多万民办教师有的转为公办，有的去上师范，不合格的被辞，年龄大的退养。以王老师的年龄，上学老了点，退养又小了点，辞退的可能很小，最大的可能是转成了公办教师。这是我的推测，也是我的愿望。退养和转公待遇不同，不善农事而根在农村的他，需要一笔像样点的退休工资来安排晚年。

我转学后，假期里总要去看看他，他调离乔眼村小学后便不曾谋面。十几年前他曾打来电话，希望方便时关照他在太原的孩子。为了能联系到我，他想必是费了不少周折，我们互留了电话，并约好时常通信。但师弟最终没来找我，而我也最终弄丢了他的号码，只留下记忆中这些点滴往事。师生一场，想必缘尽于此了。如今我年过五十，他也应该七十上下了，见面也许是奢求，唯愿诸事安好，多些时日看看这太平盛世的繁华。

老师，再见！

动车在始发地和目的地之间飞驰，窗外的世界擦肩而过，转瞬即逝，匆匆如人的一生。旅途中可以放下所有的放不下，静静地想一些该想的人、一些忘不掉的事。想过了，才能放下，想过了才能不再去想，就当是"为了忘却的纪念"。

我的老师叫雷秀珍，两个月前她离开了人世。二十世纪八十年代初，吕梁南端、黄河东岸、万山丛中的小县城里，她是东街小学的数学老师，我是她的学生。

我那时刚从乡下转学到县城，土气，寡言，女孩子般的害羞，一说话脸就红。身边没有父母在，热心和冷落都异常敏感。不想和城里孩子扎堆，唯一的娱乐就是学习，那时不讲素质教育，我这样的学生比较招老师待见，这也是我唯一可以刷到的存在感。语文郑建华、数学雷秀珍两位蒙师，得自她们的每一缕阳光，我像宝贝一样珍藏，到今天都不舍得丢掉。三十多年来，时不时打开当年的宝盒，嗅一嗅时间的味道，看看那时的自己。

一九九三年我大学毕业参加工作，郑老师次年去世。她其实比雷老师还年轻许多，但身有残疾，应该是小儿麻痹那种，人又要强,所以晚婚,然后难产,就这么没了。当年通讯不便,收到同学的信已是数月之后。我决心写一篇文章怀念她,这是我唯一能做的。写文章是她当年最希望我做的营生,万万没想到的是,平生第一篇怀念文章竟是写给她的。二百零八格的那种稿纸,我边写边流泪,那时年轻,没有太过复杂的人生况味和莫名感慨,就是不舍那曾经温暖我的一缕阳光,不舍羞怯、懵懂,而又无比美好的一段过往。

去年我换了工作,雷老师今年也走了。不久前袁隆平辞世,恰是一个午后,有网友痛言:袁爷爷是看着全国人民吃完午饭才离开的。我的两位恩师,冥冥中莫非也是对我放心不下,看着我安顿好才离开的吗?其实她们哪里知道,我从未让人放心,也从来没有把自己安顿好,离开家乡三十五年,命运如同风中的一张纸,未及整好,又被吹乱。

那时的乡宁真的很穷,穷到没有一片足够开阔的土地可以安放县城。南北两座山,北山一直起伏到吉县,南山一路绵延到稷山,两山中夹一河,名叫鄂河,沿河是东西两街。东街西街其实是一条街,好比旧时乡下穷人家过年,待客时为了桌上好看,同样的菜装在两个盘子里端上来。

如此捉襟见肘的小地方自然是熟人社会,雷老师的爱人在县文化馆工作,我爷爷拨乱反正后回到工业局,彼此属于见面点头问候的那种惯熟。她女儿和我小叔是同学,同一年考上山西大学,那年代,谁家孩子上了大学,基本上整个县城都知道。老师的小儿子亚敏高我一年,是学长,也算同学。而我,始终感觉是这个熟人社会里的"外人",十岁出头的年龄,城乡差别不啻一道无法逾越的鸿沟,内心时时被自卑所困扰、被羞怯所牵绊,在无力自拔的绝望中假扮着实则不堪一击的淡然,心里却渴望着每一缕阳光所带来的温暖。

雷老师第一次跟我说话,是在一节数学课后。她是个很厉害的老师,同学们都怕,见了躲着走,我坐第一排,在她眼皮底下,没处躲。那天我低着头,耳畔传来这辈子都忘不了的一句话:"要不是'文化大革命',你爸肯定能考上大学,你爷爷把你叫到县城来读书……"这话像一串惊雷在心头炸响,排山倒海般的轰鸣,后面的话听不太清,不想听,也不必听。来自最高权威的对自己基因的肯定,让十多岁的少年热血沸腾。长久以来令人几乎窒息的,其实正是基因自卑,这一刻,我觉得自己走出了过去。

老师,您可能真的不知道这句不经意的话于我而言意味着什么。这些年,无论在报社编辑部带记者,还是在大学课堂上带学生,我始终努力用放大镜寻找他们的优点,而且从不吝惜褒扬之辞。

这是您教给我的,但您根本就不知道。您不知道那一刻,我心里经历了什么。那是一次地震,它填平了我心中的鸿沟。

逢星期天时,雷老师经常组织学生到她家补课。那时没有禁止老师补课的规定,当然更没有补课收费的说法。老师家房间不多,院子也不大,我们每人带个小马扎,找个地方随便坐。我很乐意补课,因为补课可以不想家,而且作为"家教"的雷老师和课堂上的雷老师好像不是一个老师,一点都不厉害,温和得像母亲。也有课间,我们院里院外戏耍,老师时时微笑地看着，阳光暖暖地照在她的脸上和身上。院子里有一盆巨大的仙人掌，我曾看见亚敏哥摘下一颗直接放进嘴里，第一次知道这东西原来可以吃，心里当时各种疑惑。多年后老乡们在太原聚会，我曾向他讲起此事，讲起他家院里的仙人掌，他早已忘记。那时老师已退休，举家迁居临汾，小城的老院子想必早已物是人非。

这就是那个年代，只有无私奉献才配得上良心二字，不像市场年代，买卖公平就可以称为良心。

补课的内容我也忘记了。只记得刚从小学升到初中时，似乎是一次摸底考试，老师误出了一道二元方程，考场上临时通知这道题超纲，可以不做，但我已经解出，虽然不是用解方程的做法解开的。还有初二那年，学校选拔学生到临汾参加全地区数学竞赛，全校就我一人入选。这个光环是耀眼的，作为山里娃的我，尤其需要这样的光环来自我加持。我有光环，因为我有过一个厉害的数学老师——脾气厉害，教学更厉害。我还有更大的光环，初中三年，六次期末考，只有一次是全校第二，校长都知道我是谁，但他不知道我有两个厉害的小学老师——语文郑老师、数学雷老师。她们赋予我力量，让我在初中三年横冲直撞，碾压全体同学，从极度自卑最终自信心爆棚，甚至自负。

雷老师真的很厉害，我说的是脾气，全班同学的手心可能都记得她的教鞭。那时没有谁规定老师不许打学生，只有一个潜规则，就是挨了打不跟家长说，否则就是背着鼓找槌，引发"家校互动"，一顿变成两顿。捣蛋成性的孩子，家长会专门拜托老师：不听话就给我往死里打。但还真没听说哪个学生被老师打出三长两短，眼下层出不穷的变态体罚花样，那时也闻所未闻。所谓"大道废，有仁义；智慧出，有大伪"，那时的家校关系，大道犹存，智慧不用，家长都有绝对信任，老师亦有君子古风。

雷老师的规矩雷打不动：错一道题打一板子，而且要主动伸手，躲一下，加一板子。我至少挨过一次，疼不疼不记得了，只记得她的眼神，失望中带着责备，仿佛在说：你怎么可以错？是的，我不能错，许多年后我的名字要写在高考红榜上，贴在大礼堂门前让满城的人们都看到，我不能成为春天的落花，必须成为秋天的果实，怎么可以错呢？这一板子，哲学上叫肯定之否定，那个眼神，是我多年之后的美好回忆。

初中上完，没有人再打手板，所以我一路走一路犯错。此时此刻，我回味着自己种下的每一颗苦果，格外想念那根严厉的教鞭，而三十多年前那个拿教鞭的人已不在人间。

那次数学竞赛，我成绩很差，从此知道山外的世界很大，出山的路还很远。从那时起，深一脚，浅一脚，跌跌撞撞，一路到今天。

大学时班里的"女神"，毕业后嫁给亚敏哥，成为老师家的媳妇。有一年回家路过临汾，亚敏哥骑摩托车接我，鼓楼往北不远，老师的家是一处安静的平房小院落。一别多年，老师沧桑了许多，而且刚生过一场大病，身体很虚弱。她还记得我，席间讲了很多往事，笑容中不复当年的威严，只留下温暖。那一刻起，老师的容颜在我心中再次定格。

慢慢地，回家的次数少了。再往后，高速开通，临汾不再停留，只是用目光寻找鼓楼，鼓楼的西边是母校临汾一中，北面住着小学时代的雷老师。老乡聚会遇到亚敏哥和亚丽姐，总忘不了打听老师的近况，每次都说"好着呢"。

在我心里，"每次"代表着一直和永远。直到二〇二一年五月二十七日接到同学电话，才知道老师已于此前一日辞世。那些天，我因著作出版的事，正夜以继日地焦头烂额，居然没能回临汾送她最后一程。而书稿，尽管一年间六次大改，累计增加了十万余字，却仍不能满足出版社的要求。为了一点可怜的尊严，我不愿再改下去，选择了放弃出版，此时才想到死生事大、慎终追远，但老师离去的脚步已然无法追上。那天我喝醉了酒，一个人走在深夜的街头，羞愤交织，愧悔相加，想着一年来的种种糟心，喝下去的酒顺着眼角汩汩流淌。

这世上有多少人，生前在世间忙碌，死后被人们想念。而天地之间阳光永远灿烂，万丈红尘，生生死死，年复一年。我知道回忆终将泯灭，连同我们自己，也注定要带着所有的回忆归于沉寂。但有些人、有些事，我们依然怀念，因为只能怀念，而永难相见于天地之间。

但，如果精神也是一种能量，一种不灭的能量，而人生恰好还有来世，那么老师，请让我记下你曾经的容颜，记下你当年的教诲之恩，来世相见，这是相认的凭证。感谢你曾经的指点，感谢你带给我不一样的人生。我会在属于自己的讲台上，站成另一个你。

我的怀念和感激已经表达完毕。你下课了，好好休息。车要到站，我将开始新的奔波。

老师，再见！

哑巴爷

村里有个哑巴，我小时候很怕他。

哑巴叫啥不知道，也许根本就没有名字。因为自小不会说话，村里人哑巴哑巴地一直叫到他死，名字有和没有其实都一样。哑巴见着人，嘴里呜呜哇哇，一双手不停地比画，但脸上总挂着笑，笑起来眼睛便眯成一条缝，亲切又和善。总之是个好人，害怕不害怕其实是我自己的问题。

我是个黏人的孩子，父亲下庄子沟挑水，我非要跟去，没办法只好带着。临近沟底有一截陡坡，陡得几乎要立起来，空手爬都困难，父亲让我在坡顶等着，他挑了水便上来。等了没多久，身底下的拐弯处闪出一个挑着水担的人影，远远看去像是哑巴，我立时魂飞魄散，哭不敢哭，看也不敢看，冤家路窄，一步一步地往后退。

多年后说起这事，父亲依然有些后怕，不是怕哑巴惊着我，是怕我身后的悬崖。他下坡时遇到哑巴，心里便曾咯噔了一下，因为知道我害怕。走着走着，突然寻思起我站立的地方，但返身回来已经不可能，于是紧走几步，站在我能看到的下一个拐弯处，远远地用声音安抚我。听到父亲吼我，让我站好别动等他，似乎我的注意力确实分散了一些。

挑水的人此时已到跟前，再看，却不肯定是不是哑巴。那人一手护着肩上的水担，另一只手扶着草帽，帽檐遮住了差不多整个脸。我疑惑地立在原地，定定地看着眼前，一只桶，一条腿，又一条腿，又一只桶，目送着水担走出老远，挑担的人扶正了帽檐，再看，果然就是哑巴。

不用说，善良的哑巴知道我害怕，故意用草帽遮住了脸。设想他呜呜哇哇地朝我打个招呼，甚至这都不用，只需多看一眼，会怎么样？也许我再退后几步，悬崖下的深沟就成了最后的归宿。

打这之后不再害怕哑巴，我知道他只是不会说话而已，并非什么吃小孩的凶神恶兽，呜呜哇哇的比画便是他想说却说不出来的话。村里遇见，他呜哇着朝我笑，我也笑一笑，他于是更高兴，仿佛什么短处突然得着了别人的原谅。后来我家搬到村南头，拐过弯就是他家，抬头低头都见。毕业后在外地工作，偶尔回到村里，他依旧呜呜哇哇地笑着，久别相逢，两只手比画的时间比昔时更久，我也朝他笑，笑着叫一声"爷"。十聋九哑，他自然不知道我说的是啥，就像我永远也看不懂他的比画，但善意与善意之间的沟通，其实不需要那么复杂，他心领，我也神会，如此而已。

和村里所有死去的人一样，哑巴爷最终也一抔黄土埋了身。听闻他的死讯，我怅然了很久。他像一个蒙冤的囚徒，终生被关在没有声音的世界里，有口难言，呜呜哇哇的比画仿佛镣铐里锁着的不屈的挣扎。他不曾娶妻生子,也不曾留下什么,但那日藏在帽檐后面的聪慧和善良,却让一个小不点从儿时记到如今。

哑巴爷是村里唯一的哑巴,每次听人唱《酒干倘卖无》,都会莫名其妙地想到他。想起少不更事的恐惧,想起此后多年间的心领神会,想起他眯着眼的善良的笑脸。

抱愧哑巴爷,我至今仍不知道他的大名,他的兄弟分别叫剑英和红英,他若立过名,应该也叫什么英吧。

疯子卢杰

我家门身底①有户人家，男人姓李，叫卢杰。那时令我闻风丧胆者，卢杰是其一，其二是村里的哑巴爷。哑巴爷"说话"时妖怪似的呜呜哇哇，双手凌空的比画，像要把什么东西捉进嘴里吃掉。卢杰则是我小时候的噩梦，只要四目相对，三魂七魄便瞬间飞散，腿软得路都快走不成，因为他是疯子。

卢杰起初并不疯，只是精神上有一丁点儿小问题，娶媳妇、生孩子、过光景啥都不影响，他的三个孩子分别跟我们兄妹几人年龄相仿，小时候都是要好的玩伴。我的孩子虽只偶尔回去，但在谭坪塬上也有自己的发小，那就是卢杰的孙子小胖。说起来，卢杰的疯可能事出有因，坏就坏在他爹身上。

这老汉我记得，名叫宝娃，凶巴巴的样子跟我老爷爷一样，像电影里的坏老头。卢杰脑子多少带点愣，村里一般一辈②者虽不至于小看，却免不了要区别对待。宝娃老汉怜惜独子，对

---

① 晋南农村民居，旧时以窑洞为多，依山沿坡，上下成排。门身底，即指一排窑洞下面的另一排。
② 一般一辈，晋南方言，指同辈人。

人们的"另眼"自然心知肚明，而弱者之心天然敏感，所有人在他眼里都是潜在的冒犯者，平常一笑了之的无心之错，在他那里总会有一番负面推定，好端端的惜子之心，扭曲得跟刺猬一样。总之就是好斗，攻击性强，稍有风吹草动的刺激，便会引发平地波澜的干戈。

凡事总往坏处去想，坏事迟早要来。生产队时代，牛驴都是集中饲养，圈里的牲口粪便每天要铺一层干土来覆盖，垫圈的目的，一方面是积肥，同时也有卫生和防疫方面的考虑。一层粪一层土垫上十来八天，便从圈里起出来堆在马房院里的粪池中，地里下种时当肥料使。某年某时，卢杰和祥子起圈时生了口角，鸡毛蒜皮的原因不值一提，但两人都值盛年，一前一后两副担子，圈里圈外跑着，言来语去杠着，话便越来越不中听。宝娃已是老汉，自然不用挑担，当时正在圈里铲粪装筐。两家虽是远房，但毕竟是本家，一笔写不出两个李字来，老汉若把铁锹往地上一戳，扯起嗓子骂他个狗血喷头，一个儿子、一个侄儿，哪个是敢还嘴的？谁料宝娃老汉的铁锹没往粪堆里戳，却朝祥子的后脑勺拍去。

祥子当下血流满脸，在场者个个目瞪口呆。好在宝娃老汉虽是怒从心起，却非十恶之人，并未对祥子下死手，只是破皮而已。但可怜的卢杰经此一吓，内心世界本就存着的隐患，此时轰然倒塌，瞬间变成一片废墟。"宝娃，这是你打的噢，可不是我！"直呼其名的语无伦次，成为卢杰一生的分水岭，此后便真的疯了。

祥子的伤不久便好了，而卢杰的内心却永远留在了无人可知的另一个世界，所以宝娃老汉的这一锹，究竟拍在了谁的头上呢？

多年后重返现场，我相信宝娃老汉的内心一定是被强烈的不安全感长期控制，因此潜意识中不断地强化着对立，在自我想象中时时丑化着对手。铁锹挥起的瞬间，他的身影让我想起千万年前人类祖先在丛林中的身影，可惜的是，丛林中的生存焦虑所塑造的攻击性人格，与文明时代的集体合作格格不入，极端的防卫心理并未带来真正的安全，却让卢杰父子在村里越发孤立。

从那以后，目光呆滞的卢杰经常在村里踽踽独行，嘴里念叨着谁也听不懂的乱七八糟，愤怒时一副要吃人的样子，平静的时候面无表情，独自徘徊在只属于自己而不为人所知的世界。孩子们听大人的，见着了远远躲开。大姑娘小媳妇也都绕着走，以免生出是非。

胆小如我，总是杞人忧天，住在心里的卢杰因此也与众不同。我觉得卢杰不是一个人，他随身携带着一个可怕的世界，人的眼睛只能看到一个卢杰，那些可怕的东西则埋伏在人们看不到的地方，所以他并不是自言自语，而是在发号施令——向他所在的那个世界里的各种力量发号施令。看来我从小便对场域理论有感觉，可惜没有用来分析世界，只是用来吓唬自己。

我曾在梦里被他率领各种怪物追打，狗撵着的兔子一样满世界逃命，家里的菜窖，废弃的破窑，门口的柴垛，跑到哪里都被他找着，眼看就要捉住，一咬牙一狠心纵身跳下了深沟，"咚"的一声，睁开眼，胸口像压着一个大磨盘，老半天喘不匀气。每次都庆幸自己及时醒来,总算没被逮着。觉却不敢再睡,睁着眼等天亮。白天见着卢杰,又如旧梦重回,禁不住寒毛直竖、后背发凉。终夜长开眼,白日噩梦缠,现在想来好笑,那时却一点都不好玩。

那些年,卢杰一家总断不了与人摩擦,不过此时的主力已经不是他爹,经常是卢杰本人。一次在地里干活时打了闫家的虎子,虎子身量不比卢杰,却有兄弟三人。虎子爹跟卢杰父子比邻而居,两边院子只隔着一道矮墙,而闫家的老汉也不是介软①之人,由擦枪走火引发的矛盾,在言来语去中不断升温。终于一天,怒火冲天的闫家兄弟将卢杰摁在了院外的土坪上,村里的满福老爷爷见势不妙上前拉架,眼见扯不开双方,情急之下一跨腿便伏卧上去,肥胖的身躯如母鸡孵蛋一样将卢杰的头和背遮护严实。满福是闫家长者,晚辈自然不敢造次,拳头家伙只好冲着露在外面的半个卢杰一顿招呼。这一招虽是急中生智,却在控制事态升级的同时,恰到好处地周全了双方。满福老人年轻时一把厨刀走南闯北,关键时候果然有两下子。

谭坪塬山河阻绝,是个被造化孤立的所在,深居简出的千百年间,史书上虽说少了几笔自豪,但远古的遗风却在近乎密封的闭塞中得以保存。庄户百姓穷争饿吵,纠纷难免,但打闹归打闹,不害人命、不惊官府的底线却很少失守。就连几十年前的疯狂年代,也不曾有哪个"反革命分子"被害了命。打架打出官司的,就我在村里所见,几十年来只有一桩,而且还

---

① 介软,方言,认怂的意思。

是有上文没有下文。仅此两点，足见出入相友的温良厚道。

一般的摩擦，年长辈大的出来说道几句，红白事情窝里打个照面，一个桌上端个酒杯，该过去的就过去了。几年不上话的倔骨头也有，往往是因为死要面子而不肯低头，怀恨、衔怨、寻衅、挑事者，则少之又少。毕竟祖祖辈辈、生生死死都搅在一起，遇到争田争路的矛盾，势大力强者怕人指戳八代，势单力孤者也知道见好就收。更多的只是意气之争，就像卢杰父子和闫家兄弟，不多时便风平浪静，再过些日子许就重修旧好了。至于水陆码头上的打打杀杀，十里洋场的尔虞我诈，在天高地厚的谭坪塬上连传说都不曾留下。

我长大一些时，卢杰不再可怕。放假回村，遇他高兴时，喊我名字问一句"你念书回哩啦"。他一人神神叨叨时，我假意生气，扯起嗓门吼一声"说啥哩你一个人"，他也并不生气，顶多不理睬而已。

卢杰父子走后，村里安然了不少。细寻思，那些年因为他的疯癫，真没少挨打，但全村的孩子还真是没难为过谁。说起来是手善，说到底还是心善。

喜　子

喜子和我同村，我称他喜子哥。其实彼此并无交集，我也不是一开始就管他叫哥。

我家在村里辈分小，但凡年龄相当的，不是叔就是姑，有的比我小很多，还得叫爷。我打小因此自卑，总觉得低三下四抬不起头，长大后听说了"穷人辈大"的道理，心里才不再纠结：辈分小证明我们钱多粮多，一长大就能娶上媳妇，娶了媳妇就能养得起娃，管人叫叔叫爷，相当于骂人八辈子穷鬼呢。

起初喜子是我叔，但后来事情发生了转机，我大姑嫁给了他二舅，费孝通所说的"差序格局"开始发挥作用——同村异姓之间的所谓辈分，或是从年纪相仿的某一代祖先开始，一代一代顺着排下来的，因为没有血缘基础，所以仅仅是个称呼而已，现在既然有了姻亲，之前的序齿依据就得靠边了。同一个人，他叫舅舅，我叫姑父，我俩的辈分就此扯平，喜子叔摇身变为喜子哥。村里终于有哥了，我大喜过望。

喜子方脸、阔嘴、厚唇，人虽朴实，却常带喜气，且嘴甜，不带称呼不开口，村里的叔伯姑婶没有不待见他的。不像我，叫人一声好听的，就像受了一次虐待，心里咬牙切齿的。若不是后来考上大学，我在村里肯定吃不开。而喜子就不一样了，脖子上面一张嘴，脖子下面两条腿，跑得欢，说得美，从十大几岁起，村里的红白喜事少了谁都少不了他。

喜子是端盘子的高手。乡下常见的那种方形的木盘子，上面七碟八碗摞着、汤汤水水盛着，端盘子的后生们蜷起两根指头，只用拇指、食指、小指托着盘子，一边高声吆喝"油——咧——"，一边在人群中见缝插针般穿行，端菜上桌时，也像店小二一样高声报着菜名。那时还小，觉得这活儿真是神气，而这种穿插前行的功夫，喜子尤其了得，眼见着就碰着人了，身子一侧、两腿一个十字交叉，硬生生就绕了开去，看着东摇西晃，手中的盘子里却是滴水不漏的稳当。事情窝里，婚丧嫁娶不说，端盘的喜子本身就是一景，没有他，热闹劲儿总是欠那么一点儿。

李泽厚说中国文化是乐感文化，晋南的乡土社会可以给他作证。无论红事白事，一味只是求热闹，小鼓一响、唢呐一起，迎亲哭丧似乎没有什么区别，无论帮忙干活的，还是坐席吃饭的，拳照划、酒照喝，人声鼎沸，小叔子逗嫂嫂、小舅子灌姐夫、姑嫂妯娌之间的耍笑揶揄，都是事情窝里少不了的作料儿。这些事体，喜子更是擅手，远道而来的姐夫们，经常被他捏着后脖颈灌酒，扶着墙根走路，他自己一喝高，脸上的笑容更是春花怒放，家家的宴席，总在他渐行渐歇的耍笑声中渐渐阑珊。

我上学离家后，回乡的次数渐少。后来，听说他娶媳妇了。再后来，听说他有孩子了，媳妇不会生，抱养的。上一次回家，

故乡有此

说是喜子没了，我心里一怔：他还不大啊，也就五十出头的样子吧，怎么就没了。村里人说，塬上来了油气勘探队，因为占地的事情和村人发生冲突，喜子带的头，厮打中受伤倒地，伤情并无大碍，但送到医院后却查出了肝癌，几个月人就没了。这样的事体，许多地方都发生过，但不同的是，这次是在我们村，而且动了家伙伤了人。我是个喜欢小题大做和宏大叙事的人，关于乡土社会与工业文明，国家意志与地方社会，关于组织程度与群体力量的关系，还当真思考过一阵子，当然最终无果。

　　前几天老家来人，"别来沧海事，语罢暮天钟"，半晌闲聊，得知了喜子的家世。他的爷爷，抗战和解放战争时期参加过二战区的"爱乡团"，这个组织在晋南地区臭名昭著，打着抗日除奸和清共的名义，祸害的百姓不计其数，当地上年纪的老人们至今切齿痛恨。喜子的爷爷是个小头目，心硬手狠，据说有一次抓了十几个人，要砍头，手下有个同村的年轻人，受其指令执行，但举起的刀却掉在了地上，下不了手。后来他爷爷亲自动手，手起刀落，十几颗人头顷刻落地，眼都不眨一下。还据说，看到有戴着金镯子的女人，二话没有，直接剁了手抢走，我们村穷乡僻壤，有钱人家大不了藏点银圆，只他家有过金货。乡宁解放后，"爱乡团"随国民党溃兵退往临汾，喜子的爷爷在途中被手下打了黑枪，死于非命。

　　再后来，喜子他爹被寡母拉扯成人，但却不能生育，喜子和他妹子都是抱养的。而这兄妹二人也同样未能生养，也都抱养了孩子。老李家这一支，就这样绝了。

喜子和他爹，我都曾亲见其人。他爷爷的故事，细节或有出入，但毕竟时间并不久远，而且出自同村人之口，也还不至于信口开河。然而，分明的真人真事，听起来却像一个劝善惩恶的寓言。

食物志

李子树下

生我的一九七一年，满世界还在割资本主义"尾巴"。农民的口粮，生产队分下多少就是多少，此外再无来处。那时塬上的平地、坡地、沟地都开出来种了粮，但就是不够吃，家家缺，年年缺。娶媳妇嫁女儿的人家，抠抠搜搜三两年才能勉强攒够办喜事要用的粮食。

但生孩子是不能等的，母亲已经挺起了肚子，家里只攒下一斗小麦，平时不敢吃，磨成面等着坐月子用。当时生产队的农民，天不亮就统一下地，到吃饭时，有专人将各家的早饭集中起来送到地里。麸皮做的窝头，塬上人称"麸娃娃"，送去几个，我父亲中午拿回来还是几个，不是咽不下，是舍不得。麸也是麦子的皮，一斗小麦三十斤，磨不下多少皮，我母亲就靠这点东西供养肚子里的我，自己却饿得晕头转向。据说我刚生出来时，小公鸡一样又瘦又弱，且默不作声，母亲已被吓软，幸亏她的奶奶果断处置，抓住小脚倒悬起来轻拍脊背，过了半晌，才"哇"的一声跟世界对上了暗号。

但我自己选了个好日子——六月三十日，再晚一天就分不到前半年的口粮了。我奶奶活着的时候，这事被她挂在嘴边念叨了多年，说我是福星，自己带着口粮来的。要说也是，刚会吃奶就能挣口粮了。

我记事儿较早，三岁以后的很多事情至今如在眼前，而最早的一件就跟吃饭有关。那时大妹刚出生，母亲正在月子里，塬上的窑洞都是通炕，一头连着灶锅，一头连着窗台。盛好的一碗面条隔着灶台递过来，我一双小手颤巍巍地端着往窗台那边走——我喜欢把碗放在窗台上，边吃饭边看外面。没想到竟被炕席的接缝绊了一下，一碗面多半撒在了炕上，母亲自然很生气，我却不敢吱声，端着剩下的半碗面，趴在窗台上垂头丧气地吃完。我自小乖巧懂事，挨骂的时候极少，母亲后来提及此事，也后悔当时发脾气。

但糟蹋一碗白面条，在那个年代的确不是等闲之事。印象中，村里很多孩子都因同一个原因被大人"拾掇"——总是在有人来串门的时候喊饿。庄稼户面薄，当然不能只给自家娃吃，但粮食金贵，外人吃一口，自己便少一口，于是客人一走，当妈的少不了给娃长长记性。"不给饭吃"是那时家长们威慑孩子的手段之一，"不给吃饭"则是现今孩子们折磨家长的利器，真是三十年河东、三十年河西。

后来政策松动，有了自留地。村里每块地都有名字，我家的自留地，译成普通话叫"李子树下"。就像谭坪塬早就没了姓谭的人家，曾经地头的李子树，连我父亲都未得亲见。但这两三分地里长出的红薯，却结结实实糊住了全家的嘴。栽秧子的时候，父亲刨坑，母亲下苗，我跟在后面浇水，大妹刚会走路，负责捣乱。秋收时一条扁担两个筐，父亲不知挑了多少趟，收回的红薯在窑洞里堆成了小山。蒸红薯、烤红薯、红薯干、红薯粉、小米稀饭煮红薯，一直吃到第二年夏天长了芽，人吃不完，猪跟上沾光。

说起红薯，还得扯上柿子——两三个冻柿子、一马勺生冷水，是冬天里为数不多的零嘴。但这两样东西我现在几乎不碰。小时候吃惯的东西自然一生回味，但若吃伤了，那就只有反胃，红薯和柿子是短缺年代留在我身上的两块疤。

城里的冬天，烤红薯到处叫卖，贵的时候一斤要八块钱。穿着时尚的女孩子们，宝贝一样捧着，等不及找地儿便当街开吃，嘘嘘两下，趁热气散开的空当狠狠一口下去，龇牙咧嘴的吃相里透着不管不顾的神情。每每此时，我总有一种恍若隔世的感觉——按不变价格计算，现在城里的两三个烤红薯，顶得上我家李子树下当时一年的收成。

关于红薯的各种吃法，城里长大的年轻一代少不了一句：咋不拔丝呢，多好吃？这样的神来之问，如同历史上的"何不食肉糜"，让人笑过之后还想哭。做完饭的炉灶烤红薯，那是发挥余热；蒸红薯，加两瓢水；晒红薯干，加一颗太阳；压红薯粉，加个饸饹床；最奢侈的红薯稀饭，也就加把米。拔丝当然好，但油和糖在哪里？守着油瓶子、糖罐子，傻子才天天啃红薯呢。我转学到县城之前没见过炸油条，第一次吃油条已经上了初中。至于糖，一般庄稼人连糖尿病都没听说过，只会问一句："尿的都是糖，怂一天吃的是啥？"村里有一个后来得糖尿病的，那时是县教育局的厨子。

这些年，但凡全家聚在一起，话题扯着扯着，总会扯到李子树下。比如某年刨红薯，曾刨出一只又肥又笨的地老鼠，不知为啥，塬上人竟管这东西叫"瞎猫"，逮回去裹上泥巴烤熟了，大妹不敢下嘴，我独自美餐了一顿。再如某年，父亲曾在这里活捉了一只偷红薯的野兔，杀兔子吓得我心里发颤，肉还没煮熟，便拖着长长的口水绕锅台转。再如一九七八年，收了一天红薯的我，一觉醒来发现炕上多了一个小妹，这丫头打小人甜嘴甜，估计也跟红薯有关。

于我而言，李子树下的回忆虽然日渐遥远，却始终温暖。虽说那时家家的光景都一贫如洗，但这算得了什么呢？从饥饿的威胁之下脱身，远比摆脱贫困更具根本性和转折性。饥和饱是生死之别，而贫和富，不过是活得好与不好而已。生下来、活下去，然后才能说到好和歹。马斯洛所谓的需求层次理论，无非是不厌其烦地证明了一个尽人皆知的常识而已。

不曾在饥饿边缘徘徊的人，永远不可能真实而深切地感知土地的载物之德。对我们全家而言，李子树下的自留地是曾经的恩人，这是短缺年代、自然经济、小农方式共同塑造而成的朴素情感。而如今的过剩年代里，商品生产和社会分工已经让很多人淡忘了土地的恩情，在他们那里，饥饿远在天际，而粮食天经地义。忘恩者必负义，不能不说，这是一种欠揍的心理。

白馍之梦

馒头，谭坪塬上叫白馍，二十世纪七十年代之前，那是塬上人最美的梦。

梦想遥不可及，除了婚丧嫁娶和过年过节时的灵光一现之外，也就只能在梦里想一想，现实中没有任何接口。于是除了不切实际的白馍之梦，比较现实的理想是，不要一年到头总是南瓜、红薯、山药蛋。

这个理想，一九七八年之后开始在我脑子里渐渐成形。这一年是我的教育元年，周七虚八，背着母亲用蓝布缝制的书包，到村办小学去读"上中下人口手"，语文第一课只有一句话："毛主席永远和我们在一起！"

所谓改革破冰之年的说法，是老后头才知道的，但高考恢复的消息却不胫而走。每一个考上大学的消息都像原子弹在塬上炸响，蘑菇云久久不散。那时塬上人所说的大学，包括本科、专科、中专、技校、师范，只要转户口、吃供应粮就算。

梦想是梦中的理想，理想是带着道理的梦想。于我而言，道理的"理"是：贵为皇粮，总不能每天南瓜、红薯、山药蛋吧？至于"道"，我当然晓得从乔眼村到中国任何一个大学都远得很，而我那时最远的跋涉纪录是到我舅家，相去十来里，路过三两村。但是，只要可能性在理论上存在，努力便是值得的，我人小志气大。

大学都敢去想，却不敢妄想一举实现"白馍自由"，只敢设计一个首先摆脱红薯、山药蛋的"两步走"计划。少年心事，再回首悲欣交集。

虽然不是"几个馒头就可以当旗帜来挥舞的年代"，但四十多年前的谭坪塬与很多地方一样，白馍与现实的距离，真的比梦想还要遥远。

当然，这不是梦想自己的问题，接下来发生的事实将予以证明。我是目击者。

先是村里的两个生产队散成了若干个小组。那天的光景，除了没放鞭炮，印象中比过年还热闹，生产队的全部家当——平地坡地、骡马牛驴、车犁耧耙、磨碾碌碡，有几个组就分成几份，然后各组派人抓阄。抓回纸蛋蛋，摊成纸条条，一个人举着念，几个人凑上来看，剩下的围成一圈，兴奋和喜悦夹杂着牛粪的气息到处弥漫，风吹过，带着洋槐花的香甜。

我们村叫乔眼，但乔家却是小姓，爷爷已经平反回城，大姑早几年嫁到了十几里外靠近黄河的程河塬，村里留下我们家、二叔一家，还有老爷爷和老奶奶。生产队分组，乔家祖孙两代、李家兄弟三户结成利益共同体，六家人饥寒同当、温饱与共。大锅饭变小锅饭，有事大家一起商量，下地也都舍得出力。一年收成刨去要交的公粮，剩下的按人头均分，这样的日子持续了两三年，塬上百姓便基本摆脱了红薯和山药蛋的纠缠，二面馍和杂和饭可以管饱，收夏种秋苦重时，顿顿白馍。

理想已经实现，梦想还会远吗？阡陌相逢的人们，脸上挂着笑颜。

前些日子祖母过世回家奔丧，在村里多留了几日。闲聊中得知，李家的三个老兄弟——锅子、小锅、敞锅，一个早年到塬下招亲，老父亲去世后便很少回来，另外两个落叶归根，回到土里去了。同村论辈，三人我都管叫爷，那个锅子爷，印象尤其深刻，总让我想起罗中立那幅著名的油画。岁月如歌亦如割，那时的风发意气如在眼前，而人事已然面目全非。

分组没几年，各组再分家，土地下户，开始"单干"。也许分组几年后已是水到渠成，这次没了之前的热闹劲儿。而实际上，这一家伙才是真正不得了，整个村子像陀螺被甩了几鞭子，开始没日没夜地旋转。全村男女老少都在黄土地里泼命①，要不是吃饭睡觉，这些庄稼户真恨不得像玉米、高粱一样长在地里不出来。

再小的村子，也少不了几个偷奸耍滑之辈，《狗日的粮食》里有个脖子上长着瘿袋、既丑且泼的曹杏花，给自家推碾子比得上一头罩眼牲口，生产队上工却是锄头不沾土的一堆懒肉。小说总有夸张，但此类"公私分明"的情形，那时大约放之四海皆准。但土地一下户，曾经流流摆摆的所谓懒人，仿佛一夜之间都被抽掉了懒筋。记得一年，公社为粮食增产，曾规定沟

---

① 泼命，晋南方言，拼命的意思。

里的蒿草坡，谁开出来就归谁。一声令下，塬上千沟万壑，瞬间成为大寨七沟八壑一面坡，家家都开始大战狼窝掌，有人家的父子兄弟，甚至晚上提着马灯开荒。没有无差别的勤快，只有分场合的懒惰，这里没啥秘密可言，事若关己，谁也不会高高挂起。

核算单位一划小，各家便都有了余粮，很多年后我才知道这就是家庭联产承包。改革从庄稼户的田间地头出发，深刻影响了此后数十年的国运和民生。其成功的关键，是为人的私心划出了一小块"自留地"，"给自己干"成为最初的动力。

又过了几年，大约是我刚上初中的时候，人民公社也消失了，大门口的牌子换成了乡政府。啥是乡，啥是政府，当时感觉像是天上掉下来的怪物，奇怪而陌生。现在的我，偶尔会在课堂上提到"人民公社"，教室里一张张年轻的面孔同样写满了茫然。

土地下户第一年，我家打了十担小麦，现在想来不过区区三千斤，但当时却是一个分水岭。单干时家里分得一头黑毛驴，收完秋，父亲又从集市上牵回一头尚未齐口的小牛。从那时起，家里再没有缺过粮食。父母正值盛年，身上的力气仿佛永远使不完。

我已经转学到了县城，但放假回来，总要让母亲领上我，郑重其事地到粮食窑里挨缸挨囤看一遍，小麦、玉米、谷子、豆子、芝麻、蓖麻……仿佛一个骄傲的将军在检阅麾下的威武之师。

头脑清醒的经纶者，既为天地立心，更为生民立命。天兼覆，地周载，日月遍照，天地之心如大道之行也，天下为公。但人心就不一样了，他人之饱暖，不能安抚我之饥寒，每个人的悲欢歌哭，总以一己为中心。提出"同心圆"的费孝通显然吃透了乡土中国，而杜甫的"吾庐独破受冻死亦足"则不过是一时激愤，至于《礼记》所谓的"力恶其不出于身也，不必为己"，考之世事人心，何异痴人说梦？果有一日落地变现，相信不是因为社会进步，而是人类进化。

往圣绝学，自当于此挂怀；万世太平，此为不二法门。走笔至此，于万点乡愁之中重温宋贤语录，心下忽有此得。

月饼之罪

月饼怎么会有罪，有罪的是人。

印象中那年上四年级，从谭坪塬转学到县城刚一年。学习是我最乐意做的事，虽然它本身并不快乐。伤心的事情倒是不少，主要是想家。一个人居然孤独到以学习为乐，不难想象他的寂寞。

家里每学期都会给一点零花钱，一人在外，难免有个三急两缓，所谓穷家富路。当然也不多，每学期两块左右，路再富，毕竟家穷。

下了学在街上晃荡，没缘由地被食品店里的月饼勾住了魂。县城里就两个食品店，一个在东街，一个在西街，我说的是西街那家。爷爷在工业局上班，我住他办公室，下了学从西街往工业局的大坡上拐，食品店就在旁边不远处。

那时候害羞，不敢明火执仗往里闯。假装不经意瞟一眼，赶紧又扭回头来走路，脚下不敢停，心怦怦跳，总怕被人看穿了心思。

几次三番过后，紧张似乎消除了不少，终于横下心来，硬着头皮迈进了门槛,脸上挂着一副无欲无求、路过看看的表情,阅兵一样巡视了一遍。太紧张了,除了早就盯上的月饼,其实啥都没看见。这个门进,那个门出,夹着尾巴赶紧溜。耳畔"咚、咚、咚"的巨响,一声接着一声,原来是自己的心跳。长大后玩过医生的听诊器,就这声音。

再几次三番,又适应了一点。可以把脚步放慢,大模大样地进出,甚至敢俯身探头去看包装纸上的字。山里娃就这点出息,进城逛商店都得练十遍八遍。

别的没记住,只记下了"五仁月饼"四个字,价钱两毛多。多多少,现在忘了,但当时肯定记得。

那时虽才十岁出头,但专一的程度着实让人感叹。一块月饼,看一眼便长在了心里,从此念兹在兹,寝食难安,衣带渐宽人憔悴,心却不死。

五仁是啥?瓜子仁、花生仁……

这东西,比柿饼和白糖还要甜吧?

想着想着,口水流出来了。果然"饮食男女,人之大欲存焉"。

自以为是的懂事,最终扛不住口腹之欲的诱惑。鬼使神差地拿了两毛多钱,在街头又是几番犹豫、数度徘徊,到了还是把"胆怯"两字抛却,跟着魔鬼一般的欲望,不管不顾地踏进了西街的食品店,直奔梦寐之所求。那德性,活像饿了八辈子的狼娃子,为一块肥肉,天罗地网敢闯。说什么"君子不欺暗室",人一旦陷入孤独,真是啥都做得出来。

那一刻我的心是空的,没有对父母的体恤,没有对贫穷的顾虑,没有该与不该、对和不对,什么都没有。一切放下,就

212　故乡有此

是要吃掉那块月饼。

三扒两口,狼吞虎咽,心虚得跟作贼一样,到底没吃出啥滋味,却吃出了半辈子的心病,吃出了此后几十年都去不掉的愧疚。

其实没等吃完我就后悔了。那是一种难以名状的沮丧,倒不是因为金钱的挥霍,那只是一个结果而已。从根本上讲,是对自己彻头彻尾的失望——关于良心和道德,关于自律和约束,关于意志和毅力,刹那间我对这一切不再自信。

这件事让我看穿了自己的内心,也看透了自己的一生,觉得此生无论多么久远,从这里出发注定一败涂地。咋说呢,种下了高粱籽儿,长不出小麦苗。

四十年来,这块月饼一直堵在心里,咽不下去也吐不出来。说出来没人相信,我至今没有弄清啥叫五仁,不想知道,也不敢知道。那五个"仁"仿佛一串密码,保险柜里锁着我的历史罪行,翻一次卷宗,就像扯一次自己的脸皮。四十年过去,血淋淋的还在。

欲望,来时可怕,走后更可怕。

其实多大点事儿呢,但就是过不去。我的父母和弟妹,那时绝没有吃过所谓的五仁月饼,而我竟为了一己之贪欲,如此这般地挥霍父母的血汗。深夜自省,为这两毛多,心里扇过自己无数耳光。

后来考上大学,进了城,参加工作,各种应酬,有了数不清的第一次,鲍鱼、龙虾、鱼翅……但从来没有负罪的感觉,唯独这一块月饼,始终是铭刻于心的不赦之恶。

这些年，我像一个独食迫害妄想症患者，一个人的时候要么不吃，要么吃最简单的饭，一碗羊汤、两个饼子、二两酒就是上限。跟人一起的时候，但凡兜里能掏出钱来，总想抢着买单。然而一单又一单，到底还不清心里的旧账。一块五仁月饼像驱不散的阴影，把我死死笼罩在那一年的秋天。

也曾一次次试图为自己开脱，毕竟只是十岁出头的孩子，毕竟这点小小的欲望本来也无可厚非，但这一切在贫穷底色的映衬之下却是如此的刺眼，如此之贪婪。

每年中秋，本来喜好甜食的我，都会把月饼吃到快吐。然而多少甜也掩饰不了曾经的苦。据说吃过的苦都是人生的财富，但被独食和贪欲沾染过的穷苦，似乎成了永远都无法清洗掉的不洁和罪恶。

我承认生命自私，知道总有人性经不起的考验，但是，小小一块月饼竟然拷问出了人性之恶，无论如何这是一件令人羞耻的事情。然而再一想，果真要用这样一件小事来对一个孩子施以道德审判，又是何苦？

说到底，小孩子的馋嘴只是不善掩饰罢了，欲望铺就的万丈红尘里，哪个生命不是从生到死都流着口水？

沧浪之水濯足，就这样为自己开脱吧，此后不再纠结。

一碗花生

花生是我的最爱，馋了当零食，饿了是主食，如果再添一份闲、二两酒，差不多就是对美好生活的全部向往。

小时候在谭坪塬，零食这东西无论作为概念还是实体都不存在，除了红薯和柿子有正规的获得渠道，其他都得靠自己打闹①。地里的小蒜、山上的槐花、沟畔的酸枣，蒿草、刺棘中叫不上"官名"的各种野果，什么马奶奶、菠红，但凡能吃，薅住就往嘴里塞。馋虫上了脑，蒲公英都不放过。最恐怖的是一种叫麻麻草的玩意，也是"官籍"中无名的，辣嗓子、麻舌头，也吃。山里孩子半家养半野生，个个都是尝遍百草的神农氏，各种野味要是拉个单子出来，比城里大饭店的食谱都排场，但个个非酸即涩，只能满足有味道和毒不死两个要求，要说口感，一百个加起来都顶不上一个正儿八经的，比如花生。

时间记不清了，但场景很清晰。爷爷给公社跑事②，从西安回来，那天我在门口的槐树下玩，看着他的身影在村口出现，

---

① 打闹，晋南方言，想办法弄来的意思。
② 跑事，晋南方言，为某事而奔忙的意思。

然后拐到我们家这条砭①，拎着黄色的帆布提包越走越近，我笑，他叫着我的名字，也笑——那时他"帽子"虽然没摘掉，但脸上已能挂得住微笑。我飞奔回家向母亲报信，说我爷回哩啦。少顷，小姑端着碗进了我家窑，那是我头一次见到花生，而且这么多，一碗。

老猫喂崽一样，母亲剥，我吃。我说妈你也吃，她于是也吃了一粒。

吃着吃着，那碗就见了底，我咂吧咂吧小嘴说："妈，我还想吃。"

"没有了么！"母亲摸摸我脑瓜壳，名义上是笑，脸上分明写满了对不起。

我小时候还算懂事，不至于为一口吃的撒泼打滚，但也顶多如此。多年后自己也有了孩子，才真正明白做父母的无奈是怎样的一种艰辛和酸楚。我想，那时她一定懊悔被自己吃掉的那颗花生，而我也在瞬间开始嫌弃自己这张吃不够的馋嘴。

切记，对那些全力想要满足你、满足不了你就会在心里跟自个过不去的人，永远不要说出他无力满足的愿望。这个原则后来成了我的性格底线，也许与儿时的这碗花生有关。总之，我后悔说了那句话。

后来政策松动，村里分了自留地。父亲辟出一小块地种了花生，刨花生的时候我是一定要去的，一边刨一边开吃。看着我饕餮的吃相，母亲照例是笑一笑，只是对不起的神情换作了貌似嗔

---

① 砭，方言，指山坡。

怪的欣慰。那时如果有直播带货，这个场景也许能引流吸粉。

再后来有了责任田，花生种得更多，每年脱下的花生仁可以装满两大化肥袋。父母来省城看我，总少不了拎一布袋花生。我回到老家，饭桌上一碟花生半瓶酒基本上是惯例。

花生这个东西，我好像从来就没有吃够过。油炸、水煮、干炒、麻辣，后来流行的醋泡、盐烤，统统不拒。要好的朋友一起吃饭，点菜之前的开场白一般都是"先给这货来个花生米"。相处多年的师母，每次上她家吃饭都忘不了"给傲龙炸个花生"。老师不太厚道，端起酒杯经常补一刀：哪天犯了死罪，估计都不接受注射，强烈要求机关枪，哒哒哒，全是花生。门口粮油店的老板见到我，也是一脸喜忧参半的复杂，喜的是我每次买花生都会买很多，愁的是这人尝起来没完没了，人不离店嘴不停，八辈子没吃过似的。

我五岁起不再吃猪肉，连鸡鸭牛羊肉都不吃肥的，花生一直是我非唯一但极重要的脂肪摄入渠道。之所以不吃猪肉，也是那年家里杀猪给整出的毛病。一拃厚的膘，肥得不成样子，骨头带肉一锅煮出，小狼一样扑将上去，大人拦不住，也不忍心拦，一气狂咥，遂得此果报。天生就这么个东西，无论干啥，不把自个儿干废了是不会停手的。而母亲却为这事懊恼了很多年，一想起来就念叨：唉，那次……总之我没吃够是她的错，吃撑了、吃顶了、吃出问题了，也是她的错。

写到这里，突然想到一个问题：我爱吃花生，母亲喜欢吃啥？这个问题，我显然无法回答。父母这个身份本身，可能就是个错误代码，孽罪天赋，责罚无期。

寂寞的柿子

小时候在农村,柿子是唯一可以稳定供应的水果,其他都靠不住。比如杏,差不多家家有,但娇气,熟了就吃,过期不候。每年麦收之后打杏,接下来的日子里胃反酸、牙根软,但收下的麦子还没晒干,再想吃杏就得等来年。梨、桃、桑、枣之属,只是碰巧谁家有一棵半棵,都是"规模以下"的小气候。

那年月以粮为纲,温饱至上,能哄住肚皮的才作数。所以除了当家的小麦和玉米之外,荞麦高粱、红黑绿豆、棉花油料、红薯山药乱七八糟啥都种,唯独不伺候瓜果。这些玩意吃下去不顶饱,跟喝水似的;卖吧没人要,谁家都没钱;天旱了得拿水浇,谭坪塬上人都缺水,哪能轮上它们;留着哄孩子吧,又是个放不住的;最关键的是,瓜园果圃要跟庄稼抢好地、抢平地,单这一点就不成。

所以只剩下柿子。这东西像庄稼人一样皮实,树是肥瘠不择,随便指个地儿就能活,果是寒凉无惧,从八月十五能放到第二年春末,吃不完的晒成柿饼,可以接上第二年的新柿子。也不知道是哪辈子先人,估计可怜娃娃嘴馋,所以种下了满村柿子树。地堰堰、崖畔畔、沟边边，破窑旧院，随处可见，最壮观的是两个生产队的打麦场，沿着场边一上一下整整齐齐两长溜，虬枝盘曲，枯皮嶙峋。我父亲四九年生人，已经说不清它们的来历，只知道老早以前就有。每次读三毛的《如果有来生》，总会想起它们的沉默、骄傲和安详，真的是一种没有悲欢的姿势。

那时口福虽薄，四季的好景却极周到。春天是满村杏花织成的一片云锦，灿烂在白日的暖阳里，宁谧于晨昏的炊烟中，虫鸣鸟唱，鸡犬声闻，影影绰绰的父老孩童，望之如在画中。入夏是波涛起伏的无边麦浪，热风里翻滚着满眼纯色金黄，单调至极却丰富无比，看一眼，万千思虑刹那俱寂。深秋是柿子的主场，高天上风卷云流，千沟万壑染成一片绚丽的斑驳，树树挂灯笼，家家晒柿饼，万物在秋气中收敛，唯人间烟火热烈依旧。冬天的老风吼起来，接天垂幕、卷地如席的壮观，是高高在上的谭坪塬才有的宏阔气象。"天地之大德曰生"，待塬上百姓亦不刻薄，但得四季三餐饱暖，自是人间一处仙境。

儿时的乐趣，许多都跟柿子有关。小青圪蛋摘下来，柴棒扎成的小车车，可以用它当轮子，虽简陋至极，但孩子玩耍，靠的其实是自己的想象力。深秋摘柿子，一个个上到树上撒欢，猴子一样吊着，大人的叫骂只当伴奏，掉下来也不怕，下面全是麦秸秆，席梦思一样的舒软。

新摘的柿子当然是不能吃的，拿回家热水里泡着，一天搅两次，三天后既脆且甜。或者密闭在瓦罐里，十天半个月后打开来吃软柿子，不过造价比较昂贵，需要放一个苹果什么的进去陪着。

最简单且最经典的吃法是，在院子里支起四个木桩，横七竖八架上木椽做成"床"，"床"上铺玉米秸秆作"褥子"，一股笼统把柿子倒进去，再盖上秸秆当"被子"。柿子开始冬眠，从秋到冬，用时间将其"熬"熟。三九天下学进院，伸手到"被窝"里摸出几个来，冻得邦邦的硬，咔嚓咔嚓吃完，进屋舀半瓢凉水咕嘟咕嘟喝下，那感觉，美得很！

吃冻柿子不能喝热水，据说会积食，所以乡下野孩子才服得住，这也是小时候最通常的吃法。后来进了城，看到姑娘小伙大冬天吃冰棍，总会想起谭坪塬上的冻柿子，口感绝对赛过城里的冰棍。

还有一种是比较文明的吃法。麦米杂粮炒熟后磨成粉，塬上人称熟面，跟志愿军抗美援朝时的炒面差不多，冻柿子在灶台上化软了，半碗熟面，几个柿子剥皮后和入，驴打滚一样搅几下，粮食的香裹着柿子的甜，少长咸宜且妙不可言。

最好吃的当然是柿饼。刚摘下的脆柿子，削苹果一样去掉皮——这是个功夫活儿，要有上海滩黑帮大佬杜月笙削苹果那样行云流水的手法，一刀旋出，一气呵成，一根线提起，断开便露了怯，这本事我到底没学着。去皮的柿子在太阳底下晒软，缸里用削下晒干的柿子皮垫底，放进柿子，再盖上一层柿子皮，石板盖上，浆子封了，三月两月捂去吧。捂到柿饼表面渗出一层白霜，那个甜软劲儿，不是一般人能扛住的诱惑，尤其那一层白霜，舔一舔比糖都甜。城里水果店卖的柿饼，颜色还是柿子的金黄，不用想都知道啥口感。乡宁水席有一道菜，柿饼切条或切块做成汤，吃到的绝对是口福。

我转学到县城后的第一个翻身仗是靠柿子打赢的。四年级时写一篇作文，标题就叫"家乡的柿子树"，从春天的小白花写到夏天的大伞盖，从秋天的红灯笼写到冬天的冻柿子，一番春华秋实的铺排，博来判卷老师"龙颜大悦"，挥手就给了满分。满分那时稀罕，山里娃一时名声小振，借此平添几分信心，渐渐开始向学霸跨越转型。量子纠缠也罢，蝴蝶效应也罢，我后来考上大学，柿子树有一臂之力。

离开谭坪塬之后，"柿饼外交"曾持续多年，上学送同学，上班送同事，以口感塑造口碑，说来也算为提升家乡知名度略尽过一些绵薄之力。

再后来，柿子日渐被人们冷落，代之而起的是苹果。当然，柿子在自然经济时代的边缘地位，产业化时代的苹果是绝对不屑一顾的，苹果在短短数年内便完成了对小麦和玉米的征服，像当年的美洲殖民者驱逐印第安人一样，将其挤至当地农业版图的边缘，自己则成为这片土地的新主人。如今的谭坪塬俨然一个方圆数十里的大果园，不是庭前屋后的点缀，而是满山遍野的规模，不再是孩子们的零食，而是塬上百姓的生计。这种整齐而铿锵的一致之美，让我更加怀念儿时谭坪塬上多姿多彩的朴实和妩媚。

前年回乡，时令已是初冬，树树黄叶早被秋风扫尽，空荡荡的枝头却挂满红红的小灯笼，火一样在寒风里燃烧。问原因才知道，柿子熟的时候全村都在收苹果，腾出手时柿子已经软到无从下手，于是只能听之任之。眼前的画面像极了我的画家朋友裴文奎笔下的《柿柿如意》,而我心头浮现出的却是那个卖火柴的小女孩,倔强地想用一点微光温暖自己冰凉的世界,但却注定徒劳。

驻足凝神,恍惚中昨日重现。那时的笑语欢声被流光带走,深藏于儿时的记忆之中。柿子树还在村口,而生活已日新月异,人们渐行渐远。

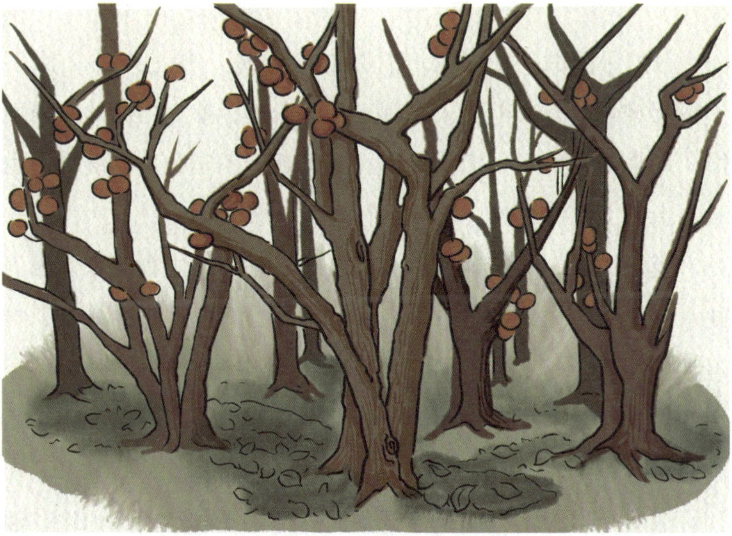

馍　饭

糊口果腹的一日三餐,许多地方叫茶饭,塬上人说馍饭。

困难年代,大部分人家用玉米面蒸馍,掺点白面的叫二面馍,后来光景好了,家家白馍。至于饭,不是餐食的统称,也不是南方人说的米饭,谭坪塬上的饭专指面条。

馍饭馍饭,非馍即饭,塬上人的三餐历来主食当家。因为缺水,土豆、白菜、萝卜之外很少种菜,人们也极少炒菜,再说油料金贵,轻易也舍不得。家家灶台上两口锅,大的蒸馍,小的做饭,逢年过节偶尔炒个豆芽、豆腐、土豆什么的,就用小锅将就一下。

遇有生客上门,塬上最豪华的阵仗是支起油锅炸油坨。油坨就是油饼,生客却不是笼而统之的陌生之客,而是专指头次上门的亲家,为示隆重,所以启动年节的礼仪来支应。但吃油坨就是吃油坨,炒菜依然没有,辣椒面和蒜末用热油一泼,蘸着吃就OK,吃罢干的,再来碗小米粥,Game Over!

一直到大学毕业,我都没见过村里谁家有炒瓢。这东西俨然是专业工具,红白喜事请人来掌勺,炒瓢都是厨师自带。要说晋南这个地方，也算华夏源头之一，穷穷富富不说，待客的礼数还是很讲究的。拿办喜事来说，生产队时代啥都紧缺，所需的细粮和油料，早一两年就开始从牙缝里扣掐上了，红糖白糖、被面布料那时凭票供应，也是早早开始准备，头年抓的猪娃子，天天青草、麸皮、玉米喂着，养得膘厚五寸、滚圆肥实。苹果肉、梨肉、氽肉、小酥肉、拔丝红薯、鱿鱼汤，晋南的水席七碟子八碗，汤汤水水为主，还是颇有些吃头的。

但这样的饕餮盛宴一年难得几回。主家而言，一两年勒紧裤带才能扛下这一餐饭的代价；亲戚们的礼金也是一笔郑重其事的开销——姑姑舅舅礼最重，十五块钱，最远的亲戚也得七八块，那可是一斤小麦才粜三毛钱的年代。

记不清哪一年，家里终于有了炒瓢，却跟土灶的火口"八字不合"，为此专门到镇上配套了一个液化气灶。工具先进了，但基本是摆设，爹妈还是习惯白馍就咸菜、面条连汤吃。老汉馋酒，顶多炸一盘花生，或是切几片我们捎回去的平遥牛肉。有一年，可能大伙的孝敬有点勤快，老妈担心牛肉放不住，天天给吃，结果我爹忌了口。

我偶尔回家，自然免不了酒浆肉菜地铺排一番。因为对自己的把式不自信，母亲一般主动让贤，任由我这个三脚猫瞎折腾。邻居的姨姨婶子们有时也来看热闹，一是看我如何炒菜，二是稀罕男人家做饭。其实乡下男人不做饭很正常，地里活重，女人家扛不下来，自然就有了男人刨土、女人守家的分工。怪的是，城里很多坐办公室的大老爷们也以不下厨为荣，这些人要么前世修下了福报，要么这辈子活该饿死。乡土时代照顾女性体能的社会分工，竟堕落到用来表征人的身份和家庭地位，如此所谓文明，简直面目可憎。

现如今短缺年代早成过往，塬上的生活也一日千里地现代着，爱美的年轻人，穿衣打扮紧踩着城市的脚后跟；土窑洞基本消失，偶有长得像窑洞的，也是念旧的人们把砖瓦房砌成了拱形；小汽车不敢说家家有，但早已不是什么稀罕物件。衣食住行四样中，最数吃饭顽固，颠勺炒菜依旧是专门的职业技能，并未进化成女人们灶台边的日常。主食挂帅、馍饭为纲，可见不是简单的历史惯性，而是深刻在土地上的文化。

真正的文化不写在纸上，而是长在土里，这是我一向的立场。文化的根本，因此也不是什么虚无缥缈的思想理论，而是那些"百姓日用不知"的、具体可见的生活方式，其中最具根本性的显然是饮食。人类柔软的舌尖，是文化中最坚固的防线、最难攻破的堡垒。味蕾的记忆，可以上溯到百代千年，甚至更远。

比如塬上缺水，百姓也如庄稼一样耐旱，此谓天人合一。天之所赐，则得而食之，比如馍饭；地所不予，则不需也不求，比如菜蔬，此谓身土不二。

比如我，离家几十年，依旧一副坚贞不渝的塬上肠胃。大学毕业后很多年，办公桌上的水杯常被厚厚的尘土蒙着，拧开盖子，一滴水也倒不出来。走到哪里都揣着水杯的同事们经常感到困惑：这是个啥耐旱品种？后来改行做教师，招惹上咽炎，这才假模假式地端杯水，快要说不出话的时候抿上一口。吃饭更是，白馍一掰两半，油辣子一蘸，狼吞虎咽。白皮面一碗，葱花咸盐撒上，泼一勺热油，一顿香喷喷的饭食就齐活了。菜是点缀，可有可无，水果就算了吧，吃多了胃酸。

饮食男女，人之大欲存焉，而人之大欲正是一切文化的母体。男女姑且不表，破解一方水土的文化基因，饮食二字足矣。

窟垒

白瞎了四年本科的汉语言文学专业,窟垒为何叫窟垒,实在解释不了。同样的吃食,有的地方叫扑碎碎,有的地方叫块垒,晋中一带叫拨烂子,名号不一,但做法无二。

顾名思义,"扑碎"是把土豆之类的大号食材改小的意思。"块垒"大约是说做成之后的样子,累积在一起的块状物。《世说新语》中"胸中垒块,故须酒浇之"的"垒块",八成由此引申而来。"拨烂",我的方言学老师讲过,是个切口,"拨"取声母,"烂"取韵母,合起来读"拌"。所谓"拨烂",说的显然是制作方法。类似"拨烂"这样的切口,晋方言中还有不少,比如太原人常说的"圪栏",其实就是"杆"。谭坪塬上的"窟垒",近似于"块垒",只是发音略有差别而已。

窟垒的取材极广,地里的豆角、土豆、白菜、萝卜,野长的苜蓿、苦菜、槐花、扫帚苗、蒿苗苗,几乎无所不可。做法也极简单,清水淘净后,大的"扑碎",比如土豆,长的改短,比如豆角,不大不小刚刚好的直接扔到盆里,白面适量,咸盐少许,"拌"成一堆"块垒",上锅蒸熟即可。

直接吃当然无妨，但塬上的正宗，是辣椒面和蒜末用热油炒，那个得劲儿，三言两语难以形容。铺底的菜蔬，本色是淡淡的甜香，裹上麦面，便加了一层清香。令人沉醉的蒜香，是窟垒的神韵，一种漾心入魄的感觉，忍不住想闭上眼忘记全世界。氤氲于舌颊之间的油香，则是它最迷人的气质，仿佛山间的晨雾，分明有，却总也捉不住，捉不住，却不甘心。人类的饕餮之欲，其实类似于动物的捕猎本能，而美食的化境，全在一种似有若无对欲罢不能的逗弄，这种咫尺之遥的距离美感，只有用心的主妇才能把握其恰到好处的分寸，乡间从来不乏此类圣手，我老妈也是其中之一。当然，对一盘窟垒而言，辣香才是它真正的灵魂，统摄一切和所有，周身上下的末梢神经都会被它怂恿起来，接应来自舌尖和味蕾的美好。

一口咬下，各种难言之妙便层层展开、次第袭来，什么粒粒皆辛苦，什么汗滴禾下土，有了这一口，啥都不说了。一口未及细品，贪婪的第二口早被攫入，所谓狼吞虎咽，其实就是一口等不及一口。一碗窟垒在手，朵颐之乐如风卷残云，什么面皮、灌肠、肉夹馍，统统都到墙根底下面壁思过吧。

我从小便是窟垒爱好者。最喜欢的豆角窟垒，十岁时一顿能狂咥两大碗，其他也来者不拒，前提是要我妈来做。这些年没少吃过饭店里做的拨烂子，但谭坪塬上的感觉却再不曾有。要么像喝香油，齁腻齁腻的，气都喘不上来，要么干得像一堆木渣，嚼死嚼活总在嗓子眼儿里堵着，好不容易咽下一口，眼珠子都快瞪出来了。最要命的是没有"纳米级"的辣椒面统摄全局，一把干红辣椒随手揉捏两把就扔进油锅，香和辣是两张皮，窟垒的神魂成了"外挂"，与本体相容但却不相融。草率如此，一盘美味自然魂魄顿失、气韵全无。而且做得细细碎碎，没有块块垒垒的粗犷，自然吃不出咬牙切齿的痛快，但恰恰这个才是窟垒的精髓所在。料非料，工非工，兴致勃勃，每次都落得意兴阑珊。每每此时，便想起那时的谭坪塬。

每年清明前后，莺莺燕燕、千卉百花都赶来赴约，方圆数十里的谭坪塬，像一幅彩粉画铺陈在黄河岸边，鸟语花香，春意盎然。星星点点的小村庄，藏在桃杏照眼的繁花里，遮不住的只有饭时的炊烟和鸡鸣犬吠的喧闹。桃红杏白的"花线"之外，放眼是返青的麦苗，无边的绿茵上洒满了有名和无名的野花，四下里则是一山一山的洋槐花，将村庄团团围在中间。晌午过后，放牛的上山，割草的下地，夕阳西下时，母亲们笑盈盈地接过孩子手里的藤筐，开始在灶台上忙活。绽开的槐花闻着香甜，口感却非上好，留给采蜜的蜂儿就是，将开未开的花苞，万千生机都在里面藏着，这道理，塬上放牛娃都懂。洋槐是总状花序，顺着花轴一捋，一咕嘟槐花就进了筐，忙活一时半刻，足够全家人吃一顿窟垒。扫帚苗长到秋天能有半人多高，拦腰一扎就是扫帚，拌窟垒用的是开春后长出的嫩苗，蒿苗苗也是一样。

夏收过后，滚滚麦浪退去，灰条和苦苣就到了能吃的时候，野地里的生物，喂牲口便是草，人要吃便是野菜。其实食物链上本无高低贵贱，五谷畜禽都是从野物培植驯化而来，人自己也是进化的产物，所谓天地兼覆周载，家或野不过是人的标准而已。所以不可贱看这些野生之物，它们个个都有药用。毒蛇出没处、七步有解药的说法，也许是武侠小说里的玩笑，也许是幸存者的认识偏差，自然无需当真。但万物生克、阴阳不能独存的道理还是应该认可的。塬上暑热，所以大自然赐予的槐花、扫帚苗、苦苣、灰条、蒿苗苗，无一例外都有清热功效，比如扫帚苗，中医叫地肤子，是清热解毒的好物。缺吃少穿的年代，往往也缺医少药，这些友善的草本既是粮食的后备，想必也曾承担过护生、卫生、养生的食疗使命。

夏秋两季，轮到我的最爱豆角上台了。塬上的豆角大多是跟玉米套种，好处是菜不与粮争地，而且豆角是藤本缠绕植物，玉米脚下点颗豆角籽儿，架秧子的麻烦也省去了。奶奶家的自留地，每年种玉米总要套几行豆角，隔几天就能摘回一大筐来。豆角本是菜中肉，怎么做怎么好吃，拌窟垒更是无敌。一是块头粗壮，做出的窟垒一块顶一块，入口痛快。二是比其他菜蔬更容易挂面糊，蒸出的窟垒，筋道与香嫩的结合最是完美。还有一个秘诀，豆角跟麻油、蒜末、辣椒面这三样是天生绝配，炒窟垒的话，其他食材根本无法媲美。

奶奶九十五岁上走了，光阴荏苒，为我做窟垒的老妈今年也已七十有四。至于土地，那自然是地老天荒的存在，却不知道我家当年的自留地，现在是不是还种着豆角。

杏茶饭

谭坪塬上主食挂帅、馍饭为纲，因此蒸煮为多、偶尔油炸。极简的饮食体系中，颠来倒去的种种花样其实都是蒸馍和煮面的变种。所以，如果窟垒是另一种馍的话，杏茶饭就是别样的面。

我们村，乔眼，曾经是个地地道道的杏花村。清明前后，黄土做成的小村满眼花团锦簇，土里长的庄稼人如在神仙世界，花间蜂鸣蝶舞，空气都带着甜味。

花褪残红，小小的青杏成了山里娃的好耍头，杏核求仁未得，嫩而白的薄皮只包着一汪水，拇指和食指轻轻揉捏，嘴里念叨着"卜唧卜唧软软"，突然发力，水便刺了出来，射得远的洋洋得意，挤自个儿一手水的嚷着要再来，这样幼稚的把戏，傻乎乎的竟能玩半晌。类似的幼稚行为"罄竹难书"，比如一排溜站在地堰上，看谁尿得最远。

等不到杏儿黄，口水已拖得老长，那青杏酸且硬，苦而涩，啃一口在嘴里，吧唧几下便挤眼皱眉，嘴里忙不迭一阵"呸呸"，揉成一团的鼻脸眉眼，好半天才舒展开来。眼见馋得不行，母亲便摘一小碗，蒸熟了加些白糖，没有白糖就用糖精，好歹压压肚里的馋虫。

熬过端午，小麦搭镰的时候，一树一树便开始泛出诱人的金黄和亮红。在家吃不够，放牛割草拾麦穗时裤兜里也装得鼓鼓囊囊。吃到牙根发软，咬一口馍都费劲儿。

山里孩子淘归淘，闹归闹，乖巧懂事却自有一套。比如吃杏，杏核绝不随手乱扔，一个兜里装杏，一个兜里放核，看到被人丢弃的杏核，也捡起来装在兜里，回家砸出杏仁，存着做杏茶饭用。我小的时候，雨天没处去了，也常在家里打杏仁，找块石板铺在地上，一截草绳绕个圈作围挡，抓几个杏核放进去，带柄的斧头不好使，最称手的是家里的秤砣，容易把握力道，确保只破壳不毁仁。

砸出一碗杏仁，在蒜臼或花椒钵里仔细捣碎了，捣成茸茸的油泥，锅里加满冷水开始煮。水沸时切记小心看护，把握好炉膛里的温度，用勺子轻轻地扬汤，不使沫子溢出来，杏茶的味道好否，关键在此。待浮沫消散，加小麦粒、玉米粒、花生仁、豆角籽、黄豆继续煮。各种豆粒熟了，加切好的鲜豆角再煮，最后下入擀好的面条。做一次杏茶，最少要两个多小时，所以多选在雨天吃，这时不能下地做活，有足够的时间可供消磨。

杏茶饭类似太原人常吃的和子饭，之所以奉为极品，关键在杏仁熬制的汤底，个中妙处，实不可言。想那果仁本是生物之精华，被四季轮换的光阴凝于坚核之中，本意是要贞下开元、孕育新生的，一朝破而碎之请其出，猛火迎头唤其醒，然后文火萃取，于千熬万滚中细细商量，昔时天地同力之所成、风雨霜雪之所凝、朝阳夕阴之所聚，于是变化于鼎镬之沸，侵融于五谷之体，终成芬芳之味、甘甜之脂。

但调料和烹饪均极简单，除了时间的耐心、火候的热情外，所需的只是一把咸盐。以此而言烹饪，其本质乃是一种召回时光的艺术，而非各种味道的四则运算。

设想一台时空压缩机，可以将四时光阴的生长收藏浓缩于瞬间，将会是一种何等的目眩？而一口杏茶的味道，莫名之妙正在于此。

啜一口汤，弥漫于唇齿间的甘甜，会让人不舍得仓促咽下。而咬下去的每一口，都将是一次美好的邂逅。麦粒的筋道，玉米的甘软，豆角籽儿的绵香，花生的鲜甜，面条的爽滑，只是可以预见的美妙，而有了杏茶的加持，所有的一切将超乎你的想象，而不再是平日熟悉的味道。齿尖上的每一次破裂，都仿佛一个奇妙的世界被打开，坚果久熬的浓香，让所有的美好都带上了"＋"号。

一顿吃不完的杏茶饭，连锅蹾在不生火的凉窑里。翌日下地回来，热水汗脸一身疲惫，舀一碗来凉吃，相比前一日竟多了些甘甜和油香。许是昨夜开过"全锅大会"，达成了新共识，默契度升格了。两碗下肚之后，一日的苦累烟消，浑身顿觉清爽。那感觉，咋形容呢？苍天不负生民，人间终究值得吧！

不知何时起，城里的餐桌流行起杏仁露，盛夏当冷饮，冬日可加热。甜是够甜，却不是杏仁的本色，虽然辨不出"外挂"是白糖还是糖精，但口红毕竟不是唇色，胭脂也绝非脸蛋的本色，是不是杏仁熬出来的甜，只消抿上一口，我就敢把话说死。

你若喝过杏仁露,也吃过带青皮的核桃仁,回味一下甜和甜的差别有多大。

至于香味,那杏仁露更是醇厚之感荡然,只留下一点薄薄的小意思。咋稀释的不知道,稀释之后又补了点什么来遮丑也说不清,现在的高科技,在这方面还是很可以的。总之甜是甜,香是香,各不相关的两张皮,跟塬上的杏茶饭两相比较,高下立见。在这个问题上,四十年前的我就有资格来做鉴定师。

说到两张皮,突然想起多年前在饭店喝过的一次竹叶青。叫来服务员,笑问是酒里加了糖,还是糖水里掺了酒。不料小女娃立场坚定,一口咬死进货渠道正规。跟一个小丫头讨论酒的真假,注定难有结果,无奈叫老板来,端起酒尝了一口,放下杯便双手抱拳,连称对不住几位。那时的造假技术,实在是不敢恭维。听说如今的试验室,什么味道都可以合成,而我觉得但凡做过手脚,就不可能不留下痕迹,靠花里胡哨的勾兑和烹调来为低劣的食材遮羞,别指望什么天长地久。世间至味,本来天成。

某年到新疆出差,一位忌食羊肉的同行者,临行前备足了各种方便食品,谁知落地之后,羊肉竟吃得格外欢实。厨师坦言调味无他,唯清水咸盐而已。谭坪塬上的杏茶饭,也是五谷杂粮一把盐,食材之自信如此,烹饪之坦荡亦如此。所以无秘之诀,才是学不来的真秘诀。

时光荏苒,终究磨不灭沧海巫山,儿时的杏花村,母亲的杏茶饭,始终是一往而深的想念。当年的土小麦早已绝迹,被一茬一茬的优种所取代,自从有了高产的马牙玉米,原来的胶质玉米也退出了舞台,不知塬上的杏茶饭是否依旧有当年的风采。一年年春华秋实,曾经杏树下流着口水的山里娃也由少而长、由长而衰,在流逝的光阴里酿着自己的苦涩和酸甜。

火炉上的那盆粥

晋南比太原,离赤道近二百公里,不知为啥,冬天却是奇冷。有一次高中同学小聚,酒酣耳热之际,话题转回到三十年前,说起临汾的冬天,个个不寒而栗。最后的解释,有两个相对合理:一是那时碳排放较少,全球还没有变得像今天这样温暖;二是宿舍太大、火炉太小,食堂的"狗不理"没油寡水,摄入的热量扛不住严寒。

记忆中御寒的法宝有三样。第一自然是辣椒,晋南人大多好这口,什么陕西的油辣、四川的麻辣、湖南的剁椒,晋南人微微一笑,一般不往心里去的。我们那时很原始,就是辣椒面儿,加点咸盐,开水一冲,咕嘟咕嘟半茶缸下去,身上立马暖和了。功夫不负有心人,高三那年我终于患上了胃溃疡。

另一个法宝是抱团取暖,两两结伴,两床被子搁一起,两后生钻一窝,这个法子最初不知是谁的发明,最后却在各个宿舍不胫而走且大行其道。和我一个被窝里钻了三个冬天的后生,后来又上了同一所大学,和我在一个宿舍楼住了四年,毕业后当兵,转业后当官,样样干得风光。不久前一起大醉,说起当

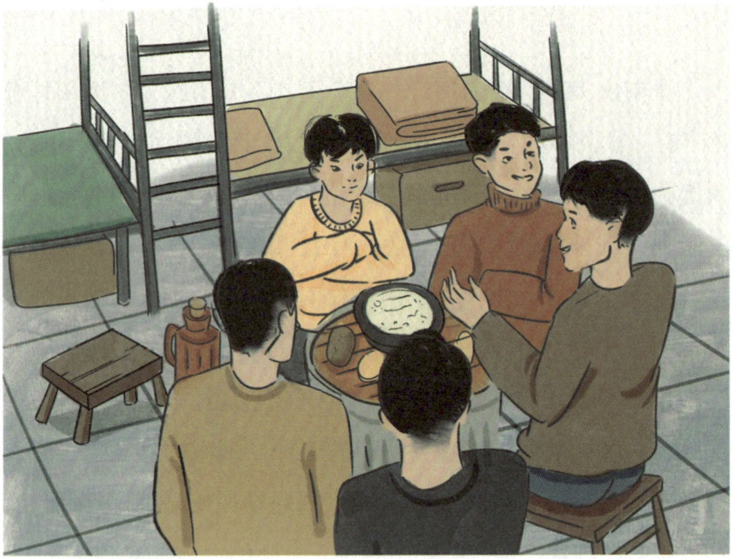

年的种种苦乐，一会儿哭一会儿笑，只是大家再也回不到那时的青春年少。此人名叫杜丽云，老家隰县，性别男。

再就是粥。那时没有暖气，冬天宿舍生火炉取暖，晚自习后，打一暖壶开水倒在饭盆里，抓把小米扔进去，一帮愣小子围在一起，说说班里的女生，冒冒肚里的坏水，不多久，火炉上的饭盆就咕嘟开了，米粥腾着滚滚的水汽，炉火映着一张张兴奋的傻脸，米粥就着现烤的馍片，你一勺他一勺，叮叮当当一阵子，喝完去睡觉。

老百姓的话，"三十里莜面四十里糕，十里地的豆面饿弯腰"，小米毕竟是小米，扛不了多久，凌晨时炉子里灰塌火谢，大家伙儿一个个也冻醒了。于是一边咒骂管火炉的那个笨蛋，一边起床去教室里用功。现在想来，也许应该感谢临汾的严冬，也许应该感谢不仁义的学校，冻得我们晚睡早起，高三毕业时，我们两个文科班，一个出了全省"状元"，另一个出了"榜眼"，而且百分之八十的升学率，对当年的文科高考而言，差不多也能说是个神话。像我们这些沦落到山大、师大的，基本上校庆之类的活动是没脸参加的，当年寒夜里火炉上热腾腾的小米粥，咋想咋觉得有点对不住，都是同喝一盆粥的伙伴，人家一个个大鹏展翅飞，我们呢，"鸡鸣桑树颠"。

一直到上大学，我所知道的粥都只有小米稀饭这一种，不同的只是里面加红薯、南瓜或豆子的区别。前十来年，太原流行粥棚，进去一看，我的个天，原来世上竟有这么多粥，但喝来喝去，总喝不出那时的滋味。那些晋南的寒冷冬天，那些围着火炉的温暖夜晚,那群七嘴八勺同抢一盆粥的少年,如今散落海北天南,不知是否还记得火炉上热腾腾的米粥,火炉边傻傻的笑脸。

动物志

狗

小时候在农村，许多人家都养狗，但不像现在的城里人，在狗身上寄托各种感情，那时的人狗之间是一种最原始的关系。反倒是这些畜牲对人的感情每每令人动容，时隔多年，依旧念念在心。

那年我们搬了家。村子本就不大，新家又在村外，几乎是独家庄。父亲在煤矿做工，我在县城上学，两个妹妹尚小，母亲的胆子大约比我们的年龄更小，于是把二爷爷家的狗牵来。所以你知道，它不是什么宠物，充其量是一个私家保镖。

乡下人不兴给狗起名字，全村的狗只有一个名字，你扯起嗓子喊一声"狗——"，是你家的自然听你招呼，不是你家的，头都懒得给你扭一下。那时应该还没有改革开放，至少狗还没有国际化，全是那种不起烂三的土狗，颜色也像"文革"期间的人一样单调，基本上黑白黄三种，什么萨摩耶、哈士奇、金毛、藏獒，往上八辈子都不曾见过，全县有一条德国黑背，在公安局吃供应粮，属于狗中的"干部"。也许是自己的错觉，印象中我家那只倒还挺威风，全身黑毛，眼圈、额头、四条小腿金黄，有点"铁包金"的意思。

自从有了它,两个妹妹上下学算是踏实了。学校远,丫头们天不亮就出门,喊一声,那狗便一路跟着送到学校,然后自己打道回府,或是到村里找"朋友"玩去了。乡下放学很早,但我的两个野妹妹玩心很大,自从有了黑狗护驾,更是不到昏黑不回家。乡间昏暗的小路上,一道电筒的微光,两个姑娘,一条黑狗,一早一晚,一天一天、一年一年,妹妹们越长越大,狗越来越老……

狗的胆子其实并不大,你抡起扁担它也知道害怕,但看家护院保护主人的职责,是拼了狗命也要尽到的。但见生人上门,立时挺身迎上、颈毛倒拽、目露凶光、犬牙狰狞,胆小者遇上这狗玩意,不由得下三路一阵发紧。即便遇见厉害的主,狗们也是有进无退、不依不饶,若能将狗语译成人话,必然是"想入此门,先从爷身上蹚过去"。

有一次跟我们出去"行门户",被舅舅村里的狗们群殴,吃了大亏,怒目圆睁,气得呼哧呼哧的样子,现在想起来依然历历在目。

狗老了大约跟人一样,糊涂。外地——可能是河津,所以我至今对河津人耿耿于怀——来了收狗的贩子,这糊涂蛋竟追着车上的同类一路狂吠跑出村去,此后便再没有回来。想必是被利刃穿心、剥皮剔骨,进了人家的肉锅里了。

黑狗在我家多年,住土窝、吃麸糠、守家舍、护弱小,想不到临了竟惨遭荼毒而不得善终。三十多年过去了,狗若有灵,能否于字里行间读懂我心里的念念不忘?

然而在世之日，它就是家门外的一条狗。

我至今不理解，为何如此忠诚的生命，却被人狗头狗脸、狗长狗短地和世间的不堪之事拴在一起，以诋毁之言回报犬马之劳。人之于狗，其宠可谓厚矣，其爱可谓深矣。说到底，人从来不曾宠过什么物，反倒在这些畜牲的心里，永远住着一个"宠人"。

致敬我亲爱的畜牲，感激你曾经的恩宠，愿你的灵魂在天堂永驻！

驴

我家曾有一头驴，名叫"乌脑"。乌，黑色。脑，晋南话是脑袋的意思。乌脑虽叫乌脑，实际通体纯黑，没有一根杂毛。

和驴相比，马显然更高贵。千里驰驱，马的脚力驴不能及。从军入伍，马可以冲锋陷阵做战马，也可以保障后勤当驮马，而战驴之说，则古今未闻。天下太平，铸剑为犁，拉车耕田也是马的强项，驴只配打个下手拉个边套。

老子在《道德经》里说："天下有道，却走马以粪。天下无道，戎马生于郊。"各种畜牲里，马的确是被人高看一眼的。汗马之功的褒奖，犬马之劳的自谦，以驴之渺小，统统无缘。而且，即便犬马同劳，狗的名字自古深含贬义，狗血、狗眼、狗皮膏药不说，连狗屎都莫名其妙地和扶不上墙的人联系在一起，马就不会受到这样的虐待，连伟大的"妈"字也用马作了声旁，这是何等待遇。

但我小的时候，却不记得生产队养过马，其他村虽有，但数量极少。原因是马比较娇贵，容易生病，以乡下的医疗条件，人尚不能保证，何况牛驴骡马，而牛马这样的大牲畜是农业社会时期的主要生产力，死了不是闹着玩的，所以很多地方不敢养。退而求其次的是骡子，驴马合作的产物。但最多见的还是毛驴，至少在晋南东西两山都是这样的。

乌脑是我见过的最好的驴。生产队时代它就是全村的骄傲，饲养员锅子爷和我父亲惯熟，所以我经常有机会去队里的牲口圈，到现在闻着牛马粪都感觉亲切，那是乡间特有的气息，一点也不臭。乌脑的食槽里，每晚都会特别关照两把玉茭，那时它正当年，毛色油亮，屁股和草筛子一样。牲口是队里的，谁家推碾子磨面，都须提前跟饲养员打招呼，能派到乌脑这号的，也是不小的面子呢。

后来生产队分组，乌脑分到了我们这一组。再后来包产到户，它就来了我家。当时分家析产的情景，我的记忆应该不会有误：牲口、工具、农资根据户数分成等份，每头牲口都搭配其他物件，唯独这乌脑是个光杆——它自己就值一份的价钱。它到我家，我老子兴高采烈地破了产，为它添置了各种配件，犁地的、套车的、推磨的。这件事，时常让我想起周立波小说《暴风骤雨》里的《分马》。

那时我在城里上学，每年寒暑两个假期回来都少不了和乌脑一起干活，寒假往地里送粪肥，暑假从地里往回拉东西，粮食、秸秆、草料等等。我个头很小，上高二时才一米五八，但父亲把乌脑交给我却很放心，或者说，他其实是把我交给了那头驴。

乌脑实在是太懂事了，作为车夫，我唯一的任务就是下坡时刹刹闸——它不但认得路，而且从不使性子，稳当得根本不像一头驴，是驴总会有点驴脾气，但乌脑从来没有。它走它的路，我躺在车上看太阳，彼此的合作从来没有出过差错。其他家的驴可不这样，比如我二叔家的灰驴，有一次咬断缰绳跑了，二叔不在家，我和二婶去追，眼看就要追上了，这畜牲抬起后腿朝我尥蹶子，一家伙正中我两腿之间，幸亏只是捎带了一下，不然这辈子真就完蛋了，事后二婶把这死驴拴起来，抡起棍子一顿好打。

母巧孩无能。有乌脑这样称职的毛驴，我自然不会成为过硬的车把式，在农村找不到出路，唯一的办法就是念书考大学。如此说来，我这一生倒灶也罢，发财也罢，某种程度上也是拜它所赐。

我不使唤它的时候，就该它使唤我了，每年暑假，给乌脑割草是我的重要任务。起初家里还有苜蓿地，苜蓿喂牲口，又顶饱又长膘，再好不过。后来苜蓿地没了，只好提着镰刀沟沟洼洼里跑，晚上回来铡草，母亲喂草我掌铡，一铡刀一铡刀下去，草汁的香气和着乌脑的粪味就开始在驴圈里弥漫。每次在公园里遇到工人用打草机修整草坪，都会想起那时乡下的气息，遗憾的是打草机只能打出草汁的腥味，而那熟悉的驴粪味，却永远留在了少年时代的乡下，留在当年的记忆中。

一年四季，它拉磨、拉车、拉犁，家里的苦活累活全部承包，如果把乌脑算作家庭成员，那绝对是第一壮劳力。在前机械化时代，没有这样的大牲口，庄稼户的光景是无法设想的。所以我经常觉得，在包产到户的头些年，是父亲和乌脑一起辛辛苦苦养活了我们，它是我们的恩人。

乌脑是头好驴，温良、刻苦、本分，世间人言人语、人模

动物志 249

人样者，恐怕也非人人如此，而它只是不会说人话而已。造化赐予的一身驴劲，它全都放在了我们这个家，而它的所需却不过一把青草、几颗玉荄。父亲每年种一两亩玉荄，除了初秋时煮两锅尝尝鲜，剩下都是它的。

乌脑在我家待了很多年，但最后还是被卖掉了，卖给了河津人。谭坪塬上的风俗是不杀牛驴的，这可能是农耕时期代代相传下来的禁忌，出于保护农业生产力的考虑。除了不杀，驴肉也是不吃的，据说吃了会生万年疮，这说法当然也是用来吓唬人的。但邻近的河津似乎不讲究这些，所以经常有人上山收驴收牛，杀了卖肉换钱。

乌脑被卖，是因为它年纪太大了。人是不可能为牲口养老送终的，干不动了，就得走。卖肉的钱，是它对主人最后的馈赠。这就是驴的一生，献完青春献生命。而我们，虽未亲举屠刀，但毕竟亲手将它送到了屠夫手中。

卸磨杀驴的结局，于驴而言也许是命，于人而言，应该算是什么？君子远庖厨，孟子贵为亚圣，也只能做到眼不见为净，以免伤及恻隐之心。人类对其他生命的以怨报德，圣人也是无能为力的。

致敬我亲爱的畜牲，感激你曾经的恩宠，愿你的灵魂在天堂永驻！

羊

我上小学之前曾做过羊倌。官不大，最多的时候手下有三四只羊。是那种小尾寒羊——这是我父亲后来讲的，那时我刚记事，还不懂这些，只知道它们很好玩。其实好玩这个说法也不准确，我打小怯懦，是那种内向且忧郁的性格，因此并不贪玩，放羊是我作为家庭一员的职责——我还太小，能做的只有这个。

母羊是从邻近的河津县买来的，据说花了二十多元。当时生产队一个成年劳力，一天工分只值三两毛钱，二十多元绝对算得上巨额投入，按可比价格折算，到现在差不多能顶一辆最低端的国产轿车。我这个小羊倌因此掌控着半壁家业，士不可不弘毅，任重道远，那时真是有一点这样的感觉。

那羊长得很卡通，浑身雪白的卷毛，眼睛周围却是一圈纯黑，看上去像哭又像笑。而且，明明是只羊，却享有驴和马一样的待遇：皮质的笼头，以及缰绳。从小到大，我所见过的用缰绳和笼头约束的羊，仅此一例。羊和我们原始时代的老祖先一样是群居动物，离群索居者容易迷失，《周易》中曾有"丧羊于易"的判词。因此，我对父亲当年的机智发明小有佩服。

小尾寒羊以块头壮硕著称，而我只是个小孩子，既瘦且弱，手里虽牵着缰绳，其实往往也奈何不了它。出了家门，我负责基本方向，一旦进入阵地，具体该怎么吃草，上坡还是下洼，总是被羊牵着走，跟它死拗，我体力难支。我放羊，羊放我，相互之间的关系格局大约如此。

这家伙超级能生，每年下崽，不是双胞胎就是三胞胎。长得也快，弟弟妹妹落地时，哥哥姐姐就已长大成羊，可以牵到集市上换钱了。所以每年生，每年骨肉离散，母羊膝下从来只有一男半女，不曾有过多子之福，以此为代价，供养着我们一家的柴米油盐日常用度。我母亲后来添置了缝纫机，当时在村里是第二台，我觉得八成也是用了母羊"卖儿卖女"的钱。

一年春节，父亲决定宰只羊。生死边缘，牛是默默流泪，猪是拼命嚎叫，羊不一样，它不懂得哀伤，也没有力气反抗，只是那"咩——咩——"的叫声被拖长且带着几分颤抖。屠夫手起刀落，利刃直刺要害，看着血泊中垂死挣扎的伙伴，我掩面失声。心被恐惧击碎，被哀痛占领，连哭都不会了，仿佛被杀掉的不是小羊，而是我自己。

长大后听赵传唱《沉默的羔羊》，一次次昨日重现，伴着心碎的声音重回遥远的当年。乡土中国，向来讲究慎终追远，但仅限于人与人之间物伤其类的同情，而在小孩子心中，不同生命之间的界限往往是模糊的。儿时在乡下，除了人的寿终正寝或少年夭亡，经见过太多生灵的消亡，或因人的过度驱驰，或因人的口腹之欲。正是这些对生命和死亡的最初感知，塑造了我关于命运的观念，我觉得无比平常，但也格外恐惧，而无论生死，都令人心生悲悯。

当人类将寒光闪闪的屠刀逼近声嘶力竭的畜牲的时候，他们总这样喃喃自语：猪羊猪羊你莫怪，你是人的一盘菜。然而这样的开脱，是想安慰那个即将消失的鲜活生命，还是人的自我安慰呢？畜牲的命运被人类所掌握，这是它们的悲哀，而人自己又何尝握紧过自己的命运。

几年后，仅存的母羊被卖掉，除了多年生儿育女，临了还换来三十多块钱，当初二十多元的投资，我们家不赔只赚。而我，羊倌变成了念书娃，背着书包翻山越岭，从乡下到县城，从地区到省城，一步一步远离了家乡。少年的梦想、青春的风华，一点一滴沉没于时间的河流，逝者如斯，一不小心已在人世徘徊了小五十年。道路七转八折，念想如九曲回肠，最终两手空空，竟抓不住一滴泪水。

此刻，清脆的键盘敲击声中，狄兰·托马斯这个爱尔兰酒鬼的诗行，像窗外纷飞的柳絮一样在我眼前飘舞——

"在转变中我如此清楚地看见一个孩子／那些被遗忘的早晨，他和母亲／穿过阳光的／寓言／和那绿色小教堂的传说……"

回忆往往是错觉，无论现实如意与否，人总是要刻意美化回忆，在回忆中不断打扮自己，而诗歌从来就是不错的精神化妆品。

此时，我以似水流年为牺牲，献给自己的秋天。仿佛那曾经的清贫与喜悦，欢笑和哀伤，仍在家乡的山坡上被当年的小羊倌轻声歌唱。

致敬我亲爱的畜牲，感激你曾经的恩宠，愿你的灵魂在天堂永驻！

猪

儿时在乡下，庄户人家大多养猪。当时流行"鸡屁股银行"的说法，其实鸡屁股充其量只是股份制银行，相比之下，牛、驴、羊、猪才是四大国有银行。

一般人家养的都是普通的那种黑猪，我家却是丑媳妇一样的花母猪，是啥品种不清楚，彼时的我年纪太小，村里人名字尚且叫不全，别说猪了。

猪得吃草，净粮食谁家也喂不起，于是天降大任于我。生产队时代，地里不咋长苗，净长了草，资源足够丰富。每天午后拎着草筐下地，傍晚满载而归，运气好，能遇上父亲收工替我扛，但一般得靠自己。我高一时才长到一米五八，儿时更是羸弱，一筐草算得上重体力。

人骂人，总是用猪代表蠢或笨，其实差矣，猪是很聪明的。我割草归来，未入家门先过猪圈，许是听出了脚步，许是闻着了草香，猪们瞬间不淡定了，母猪率众小猪哼哼唧唧就开始拱圈门。

"饿死鬼！"我一边学着大人的腔调嘟囔着，一边快步回家。

草剁碎、加玉米糁、上火熬、再晾凉，然后端着猪食盆、迈着小碎步，颤颤巍巍直奔猪圈。猪吃食没有长幼之序，更不讲究彼此谦让，食盆还未落定，早就一拥而上，满盆大小猪头，一圈呼噜之声，顷刻间盆里已是铮明瓦亮、光可鉴人，吃饱的一边打滚去了，意犹未尽的还在穷哼哼。

养猪还有一项苦活，垫圈。啥意思呢？就是每隔几天，得在满圈的粪便上铺一层厚厚的黄土，一来为猪们创造洁净的生活环境，免得每天在污泥中打滚；二来粪土可以化合成上好的农家肥，毛主席的"粪土当年万户侯"，就是把万户侯比喻成这东西，这也是靠天吃饭年代典型的生态农业和循环经济，那时化肥相当金贵。一层粪一层土积累到一定厚度还得起圈，起出的肥料，一根扁担两个筐，一趟一趟运到地头。说到这里，我认为那个写《悯农》的唐人李绅，"三贴近"的功夫下得很不够，对农村疾苦的体验不过浮光掠影的表面工作而已，"锄禾日当午"五个字，根本交待不清"粒粒皆辛苦"。这个问题上，我自认为有一定的发言权。

更苦的是猪大不中留，得卖掉，不然，一头猪一年至少消耗一石粮食，谁家也供不起。即便当年有婚嫁喜事需要做准备的人家，存栏两头已是极限，再多的我没见过。大队粉房里养着一群，那是相当于当年的"社办企业"，用做粉条、豆腐剩下的粉渣和豆渣喂养的。

养猪难，卖崽更难，因为家家户户都有，区域性供需失衡，需要到远地方去卖。有一年，我家的花猪一窝产下十来个，因为营养好、奶水足，刚出满月，一个个肉亲肉亲、肥嘟嘟的。

天刚五更，父亲挑着担子出家门，两个筐里十个小猪崽，县城里逢五有集，他想碰碰运气。村里离县城六十里，十头小猪近百斤，我现在想起来，都认为这是一个可怕的任务。更倒霉的是那天运气不好，一个都没卖出去，原封不动原路返回，到家时已是半夜。

我十岁那年转学到县城，第一个寒假就领教了这条山路，父亲领着我，一早从县城出发，后晌才进村，不停歇地走了八个小时。第二天我躺在炕上没有下地，排酸反应强烈，腿根本不能动。三十多年过去了，我从未问过父亲，那次卖猪到底多累——一个人，一整天，一百多斤，一百多里，让我不敢想、不敢问、更不敢忘。

小学、初中、高中、大学，十五年间，这条路我往返过几十次，虽然后来有了自行车、通了班车，但我还是情愿徒步行走。身上没有担子，我会在每条沟里、每座墚上，想象他那负重而行的脚步。那年月，谁都沉重，而父亲，因为供我上学的原因，沉重是格外的。我那时读书也格外用功，而且从不觉得辛苦，我比谁都清楚，如果读不下书，父亲能给我的，恐怕只有他肩上的那根扁担，而我此生要走下去的，也只能是那条山路了。

但乡下人的沉重是乐观的。千百年来，他们祖祖辈辈彼伏此起，一茬一茬如地里的庄稼，视自存为天理、繁衍为天命、种地纳粮为天经地义，以此支撑着太平盛世的繁华、承受着改朝换代的苦痛。他们知命乐天，顺受其正，就像一首诗里写的那样，以永恒没有悲欢的姿势在尘土里安详。假如父亲知道我此时此刻作此想法,一定会说:你这是读书把脑子读坏了。

  是的,一切沉重都是人的做作。想想我曾喂过的花猪们,它们住猪圈,吃猪食,命必死,却一样能乐呵呵地活着。所谓"自知者不怨人,知命者不怨天",这种智慧,不正是古之君子"一箪食,一瓢饮,在陋巷"而"不改其乐"的风范吗?

  致敬我亲爱的畜牲,感激你曾经的恩宠,愿你的灵魂在天堂永驻!

牛

家养的各种畜禽，数牛最有用，也数牛最无趣。

鸡能飞，狗能跳，猪会哼哼，驴会叫，动物其实不傻，种种做作，撒娇或撒泼，都是在向人要价码。只有牛，不说不笑不闹，只干活。不会招人爱怜，连惹人讨厌都不会。

无与伦比的实用，与生俱来的无趣，能将二者完美集于一身者，我只见过我父亲和我家的牛。我父亲这个人，吃饭为了干活，干活为了全家吃饭，没活干的时候基本是睡觉，睡觉为了更好地干活。我没见过他下象棋、打扑克、玩麻将，实用如牛，无趣亦如牛。他也有些小爱好，爱喝两口，爱翻那本破烂不堪的《古文观止》，这让他与牛略显不同。前些年去KTV，每每《北国之春》唱到"可曾闲来愁沽酒，偶尔相对饮几盅"，眼前浮现的都是小炕桌上就着咸菜喝小酒的老父亲。

从初中到高中，每年暑假回家，我的主要任务是围着牛转：牛耕地，父亲扶犁我牵牛；不耕地时，上午牛歇着，我去给它割草，下午放牛到槐树林里，它吃草，我砍柴。庄稼人常说牛是家中一口人，但这口人最让我心烦，除了干活，就知道吃吃吃，没情调。

有一次割草，中午的毒太阳晒得人发蔫，心想着割完这把就收镰，谁知临了，一家伙竟砍在手上。凉丝丝之后，火辣辣地疼，一看，白生生的骨头都露出来了，再看，已经血流如注。乡下人的土办法，抓一把地里的绵土摁上去，但血太猛了，水来土掩的办法不灵。刺芥草揉烂，挤出汁滴上去，还不管用。情急之下，把草帽带扯下来做绷带，才止住了血。十几丈深的沟里，当时就我一人，蝉噪林静，鸟鸣山幽，本来就够瘆人的，再整出一起流血事件，那恐怖，至今心有余悸。左手中指上的一道长疤，是此事留给我的终生纪念，那时竟迁怒于牛，回家冲进圈一顿咆哮。

高考完那年暑假，我父亲牵着牛去集上，回来时手里只剩缰绳，牛被卖了八百多块钱。数日后，我和父亲拦了一辆过路卡车到县城，再倒班车到临汾，然后乘火车到太原，交了学费、置办了开学所需、留下我一学期的生活费，他自己再带点回家的盘缠，卖牛的钱就所剩无几了。

此后我不再怨恨那牛，甚至时时想起它、怀念它。依它当时的年龄，离开我家后一定还是耕牛，但作为一头牛，饮食结构、营养状况、遗传基因、体力支出等共同决定了它有限的寿命。我常想，也许某年某月的某一日，我吃过的一盘牛肉，买到的一双皮鞋，就是它在天壤之间最后的遗存。这样的想法太不人道也太过恶毒，但家畜的命运毕竟不是由它自己决定的，在被决定的命运中，牛与人，缘来如此，缘去如彼——尽其力、食其肉、着其皮，又何必假慈悲。但我相信，如果牛有权选择，在他人与我之间,它一定宁可把自己的皮肉奉献给那个曾经陪它在田间劳作、林下觅食,为它割草、因它流血的少年。

说实话,一起相处的那些年,我这个"少东家"对"老长工"算得上尽心尽力、有情有义。割草,我只到向阳的地方,背阴处的草看起来油绿肥嫩,但缺少日照,牲口吃了不长膘,这是父亲教导的,对与否,我不曾细究。但阳坡上日头毒,在那里割草一点也不美气,这是可以肯定的。放牛,我很少结伙,总是一人一牛一面坡。一群牛在一起,打架斗殴是难免的,邻村曾有牛因此掉了一只角,我担心自家的牛成为独角兽,据说没有角的牛,干活没力气。我家那牛,长得并不威猛,却总觉得自己不含糊,为了避免不必要的牺牲,我和它都应该承受必要的孤独。

孤独的时候,要么吼两嗓子,要么漫不经心地砍点柴火,要么就和牛说话,它当然永远报以沉默。为了打破沉默,我会从不管谁家的地里拔几棵黑豆喂到它嘴里,希望它能有点反应,但往往失望。它只是那样看着我,似乎脉脉含情,又似乎淡定从容,眼神中似乎无所不有,又似乎一无所有,牛真的耐人寻味。

它是有些仙风道骨的。不会因为得到一点颜色就摇头摆尾,也不会因为挨了一鞭杆就翻脸整事,我时常觉得,它的沉默、容忍、宽厚,其实满含着对人的无限悲悯,悲悯那些永远满足不了的欲望,那些永远参不透的贪嗔痴念。

当年老子出函谷关,为何不选马不选驴,偏偏骑着一头青牛?那一身贵气的高头大马,天生就是帝王将相的座驾。驴,终日碌碌而终生无为,似乎应该是村学腐儒的标配。只有牛,

"俗人昭昭，我独昏昏；俗人察察，我独闷闷"，生来自带几分抱朴见素的风骨、得道无言的气质，老子骑牛，看来颇有讲究。

牛是有历史地位的动物。牢，古代养牲畜的圈，房子里面一头牛，足见其久远；古人祭祀，牛羊豕三牲齐备叫太牢，没有牛只能称少牢，太者大，少者小，足见其崇高。不夸张地说，农业文明是人和牛一起开创出来的，牛是那个时代的能量之源，它的出现让人如释重负。而今，无处不在的工业化将其逐出了生产力领域，沦为纯粹的肉食皮毛供应者。我担心有一天，人们要到动物园，像看犀牛一样看黄牛。

致敬我亲爱的畜牲，感激你曾经的恩宠，愿你的灵魂在天堂永驻！

消失的记忆

我家乡谭坪塬，儿时的记忆中，是人和动物的共同家园。

晋陕交界的黄河两岸，有着多到数不清的塬，但都和谭坪塬一样，在五万分之一的地图上找不到名字。在这塬上立个圆规，以三十里为半径画个圈，北吉县，南河津，东乡宁。历史上的谭坪塬，一直在这三个鸡蛋上跳舞，归属飘忽不定。但凡此类所在，一般都是远离中心城市的穷乡，而且往往是地广人稀的"宽乡"。地方宽展，动物才有生存空间。这里地处黄河东岸、吕梁山南端，有些襟山带河的意思。人们听惯了"河西山冈万丈高"，其实河东也一样，从塬顶到晋陕峡谷最深处，落差可达千米，不少地方人迹难至，塬上虽无密林丛莽，但沟壑纵横、墚峁交错，兽类藏身不成问题。

塬上星星点点的村落虽然没有围墙，人和兽之间却似乎有一条无形且彼此默认的边界，一般井水不犯河水。但野兽有时虎视眈眈，人有时大开杀戒。不然，没有故事。

最多见的是狼。忘了是哪一年，大雪后的早晨，村边的打麦场上赫然蹲着三只，早起的婆娘尖声惊呼，年轻后生们纷纷抄家伙，领着各家的狗往前冲，我们一帮小孩子追着凑热闹，人人手中一把割草镰，身后是母亲们的叫骂："还不回来，你个狼吃鬼……"人多势众，狼不恋战，但阵脚却不乱，顺着一道墚，不慌不忙撤回到沟里。

村外沟多，常有狼出没，村里的水源也在沟里，所以挑水的人经常会遇到，比如我二叔。当时他人在陡坡拐弯处，狼在头顶的地塄上，四目相对，僵持了许久。二叔那时已是大后生，手里挥舞着扁担，狼就一只，估计自己没啥胜算，最后主动撤离了战场。狼是有脑子的畜牲，不到饿疯，不会轻易在人身上打主意。

有一次，我和大妹从姥姥家回来，舅舅送我们。快到村口时天已大黑，远处突有异动。"狼！"舅舅嘴里吐出一个字，双手紧紧拉住我们两个，然后三双脚定定立在原地。舅舅那时也就十四五岁，狼若进攻，我们不是对手。我只觉头皮一阵发麻，手心冒出了冷汗，耳畔传来"怦怦"的声音，定下神来才发现是自己的心跳。许久，动静消失了，我们开始慢慢挪脚，然后快步。虽快，却不敢甩开了跑，似乎怕狼识破了我们的慌张，再追上来。那姿势，像运动员的竞走。

比狼更凶猛的是豹子，但这种"极品"很少在人的势力范围内活动。有一年，我父亲坐卡车去煤矿，黑夜的山路上，车灯投下的光束中，一只豹子无声地穿过，消失在灌木丛中。

此外还有神秘的狐狸和蛇，因为有很多成精变怪的传说，乡下人很少加害。我小的时候，塬上传说一个大队的民兵连长朝狐狸开枪，打中了，但没死，追过一个峁，却看见一个老汉坐在道旁补皮袄，之后没几天，打狐狸的人家里生了变故。贾平凹和陈忠实的小说里常有此类灵异故事，我相信不是他们自己编的，相同的传说，河对岸的陕西应该也有。

谭坪塬上天高地广，人与兽各安其命，食物链鲜有交叉，因此从未听说有专职的猎人，除了公社时期的民兵。但民兵们的枪法确实不敢恭维，比电影《狼图腾》里的草原民兵差远了。狼狐糟蹋畜禽过于厉害的时候，公社武装部也组织民兵围剿，但一般雷声多于雨点，印象中只打死过一只狼，吊在公社院里的树上剥皮，那畜牲长得比狗凶多了，虽是死了，看上去依然恐怖。

野鸡、野兔就多了。割草的时候，冷不防会有成群的野鸡被惊起，公野鸡翎毛斑斓，好看得很。我家的狗曾逮着过野兔，但狗东西护食，连小主人都不让靠近，独自美餐了一顿。

野的毕竟野，贴身才能贴心，所以要说亲，还得是那些离人近的家畜，就像费孝通先生在《乡土中国》里提到的"差序格局"。这本书，我经常恍惚觉得是按我们谭坪塬的模样写的。

记忆中，塬上的清晨是从叮当的牛铃声中开始的。拂晓的微光中，前墚后砭，下地的农人影影绰绰。日头出来，农妇打开了鸡窝，争食的嘈杂声和着炊烟从屋顶向天空上升。吃饱了的大红公鸡跳上墙头，憋足气一声长啼，树梢上的太阳已是通红通红。胶皮车的吱嘎声、驴蹄的嘚嘚声、车把式响亮的鞭声，一声接一声，渐次密集。然后，羊圈门开了，羊群涌出，阳光透过树叶，投下斑驳耀眼的光，羊蹄踏出的浮尘在光束中飞舞。

白天幽静。鸡在草丛里找虫子，狗在树荫下吐舌头，蝉声嘶嘶。扎堆的婆娘们东家长西家短。喜鹊、麻雀找地儿歇凉凉去了，只有下了蛋的母鸡红着脸聒噪一阵。生人进村，一家的狗起头，全村的狗跟着狂吠。风从远远近近的树上滚过，留下一片涛声，空旷而寂寥，像杜甫的一句诗："长夏江村事事幽。"

傍晚是热闹的。羊群归圈，咩咩的叫声此起彼伏。下地回来的耕牛瞅见池塘，老远就开始小跑，沉重的脚步声"嗵嗵嗵"的，把扛着犁耙的耕夫甩出八丈远。池塘边，嬉戏的孩子们像烧开的滚水锅。破落的土墙下，白胡子老汉们坐成一排溜晒暖暖，一个个面无表情，像前些年流行的那种油画。生产队窑洞里的灯亮了，会计忙着给每个劳力计工分，算盘珠子噼里啪啦响着。夜幕低垂时，一切复归平静，留下池塘里一片蛙声。

这样的日子，千年只是一日，一日仿佛千年。

儿时对动物的记忆确实美好。三叔割草时给我捉回了松鼠，父亲刨红薯时逮着了"瞎猫"（大名田鼠）、砍柴时捉到了野兔，我自己曾用一个筛子、一根绳子和一把玉米设下罗网套麻雀，最后麻雀没扣住，却扣住了二婶家的小母鸡。记忆最深的是我家的一窝蜜蜂"集体叛逃"，父亲追出二三里地，最后竟将数以万计的蜜蜂成功收服，整建制带回。此次平叛，我至今认为是不可思议的奇迹。我们家确实是有些"奇才"的，只是因为政治成分奇高的原因，"奇葩"们最终未能开花结果，一生默默，终老荒村。那年代，你懂的。我虽小，却敏感而早熟，因此记忆中的许多美好都带着忧郁的底色。欢乐和伤感变奏出的旋律，是童年时代的基调。

长大后，离家远来越远，谭坪塬也在日新月异中日渐陌生。

山路不再崎岖，后来又铺上了柏油，车水马龙的喧嚣取代了昔日的宁静；大牲口完全消失，田间地头到处是柴油机的突突声，畜力驱动农业生产的时代终成历史；春天的桃李杏花、夏天的滚滚麦浪、秋天金黄的玉茭谷子，记忆中的田园风光没有了，产业化重塑了谭坪塬，现在它是一个大果园，虽美丽，却少了丰富的色彩；许多人进了城，村里精壮劳力越来越少，怪的是，野生动物也越来越少，塬上没有打猎的传统，唯一的可能，是人类的文明惊着了它们。对环境，动物的敏感可能超乎我们的想象。

当年的谭坪塬，如今只能到记忆深处寻找。现代化解构了乡土，也稀释了乡愁。

兽而不猛

人类安全的传统领域之内，猛兽毒虫大概是由来最久的威胁。谭坪塬上，诸如此类的危险似乎也带着几分温良和恭顺，足见是善地无疑。

虎豹之类的狠角色，塬上很少耳闻，动物的凶猛指数到狼就封了顶。狼对人，论凶狠、论狡诈都甘拜下风，却有一点比人强，长记性。人是历史的健忘者，写在纸上、刻在石上都不管用，前车之覆无论多少，后车照样接着再覆。狼则不同，善于总结历史教训，且不断将其内化为生存本能。千万年的狼人之争，狼们九死一生吃尽了苦头，于是知道了跟人打不起交道，所以它们昼伏夜出，精准拿捏着时间差，空间上更是退避三舍，远远躲开人类的视线。总之一点，时空不伴随，食物链上的正面冲突也尽量避免。

违逆"祖训"的危险操作，小时候曾见过一次。光天化日，狼竟结伙抵近到村口来，八成是饥饿所迫，疯狂之下失去了理智。村中得报，精壮急出应战，锄头镢把，逮着啥用啥，一时间群犬狂吠，人声如潮，狼们自知力不能敌，扭过头一路跑远。

所幸遇到的不是公社的武装民兵，否则必定就地伏了法。这是我第一次见识所谓的"狼顾"，也是平生仅有的一次在动物园之外"顾狼"。现在塬上，人的活动死角越来越少，与狼共舞的日子早已成为遥远的过往。

狼走了，失去管控的野兔无法无天地嚣张起来，尤其这些年，绝大部分耕地都变成了果园，兔崽子们吃住不发愁，饱暖之后思起了淫欲，繁殖潜力得到空前释放，一个不小心，走路都能碰到脚下。村里有个叫劳子的，比我大几岁，前几年驯了两只猎犬，专捉野兔，每天晚上出去都不走空。黑暗中强光手电一照，兔子便傻在原地不敢动，猎犬不劳费力追撵，上前去动动嘴，直接"拿"下。

野鸡也多到怕人。某次回乡，在苹果园里转悠，一阵尿紧，突然想起儿时常玩的把戏，于是走出几步站到地堰上，想居高临下检测一下还有没有当年的射程。谁料刺啦一股水落下，仿佛触动了什么机关，身底的草丛里顿时乱了营，毒蛇猛兽突然逃窜一般，忽隆倒怪一阵乱响，我心里猛然一惊，顿时尿意全无，戛然憋回，险些整出毛病。定睛再看，却是一群野鸡被惊起，呼扇着五彩斑斓的翅膀，扑棱棱地飞进了远处的深沟。据说当年的深圳，一块砖头下去能砸住十个经理，现在的谭坪塬连砖头都不用，半泡尿就能赶出一群野鸡来，这生态真是没的说。

塬上有几家小饭铺，排场和阔气是讲不起，但野鸡、野兔、黄河鱼，只要吱一声，分分钟可以搞定。其中一家，老板跟我是初中同学，姓高名会东，那年奶奶九十大寿，回去见着，三句话没说完，掏出手机就打电话，让沿河村里的朋友赶紧送鱼来，留我晚上喝酒。我急赶着要回太原，事遂未竟，但野鸡、野兔、黄河鱼这个心结，终归是要了一下的。不料风声传出，诸多酒肉之友毛遂自荐，愿随我千里往返，到黄河岸边的谭坪塬上如此这般一番，包括当年在报社领导过我的总编，退休已经多年，却是一如既往地嘴馋。

饿狼再往下数，大约就是些狐鼠之辈，贵为兽类，却毫无杀伐的威猛之气，只敢在鸡兔身上耍点威风。尤其黄鼠狼，深更半夜摸到院里捣乱时，十来岁的娃隔着门窗吼一嗓子，贼胚子便吓得一溜烟跑得没了影。

谭坪塬并非尧天舜日的所在，狐狼鼠兔也算不上什么瑞兽，但记忆中的这些小可爱，想想还真是蛮亲的，在我心里，它们是塬上的吉祥物。

虫而不毒

凡物之毒者,往往是瘴疠之气浸染的缘故,而瘴疠蒸腾为气,须得湿热相助。杜甫当年以北人而寓南荒,对那里的瘴疠之气痛感极深,怀李白,起首便是"江南瘴疠地,逐客无消息";写苦闷,打头一句"瘴疠浮三蜀,风云暗百蛮"。

谭坪塬则不然,屼屼高居大河之东,天风凛,地气朴,水土的脾性,别是一种敞明透亮的热烈,一种饮醇自醉的宽厚。天地之于万物,从来风行于上,草从于下,一方水土与生长于兹的百姓自是同质同构,禽蛇虫兽之属也同样身土不二,与天地同其声气,所以虽说有点儿小脾气,但决然不是痛下死手的恶毒。

我在塬上多年,"五毒"都不曾全部过眼。之前以为是蜈蚣的,后来才知道叫蚰蜒。同为百足之虫,蜈蚣的凶残毒辣却远非蚰蜒能比,青蛙、老鼠、麻雀、蜥蜴之类的"庞然大物"都不是其对手,甚至连蛇都能干掉,而且经常自相残杀,人被咬到,疼痛会沿着手、肘、腋一直蔓延到心口,虽不致命,但缓过劲来总得三四天工夫。至于蚰蜒,我曾有过接触,皮肤上起一排疱疹而已，不大一会儿便不痛不痒了。这东西顶多能降伏蚂蚁、蟑螂之类，最大的本领则是逃跑，小时候找到蚰蜒，经常用小柴棒逗弄，摁住哪条腿，便扔下腿不要，只顾逃命，这家伙反正不缺腿，几十条呢，足够用的，逗够了便拿去喂鸡。

蝎子倒是有，但要下到沟里去找，大石头搬开，一窝一窝便现了形，慌不择路地乱窜。狠毒之物，通常都不是什么光明磊落之辈，所以总在阴暗处藏身。我父亲曾被蝎子蜇过一次，疼到几乎昏迷，塬上各色毒虫，这孽障算得上是极致了。

但天生万物各有其用，阴潮不惧的东西往往是抗风湿的妙药，所以当时的供销社常年收购。有几年价格奇高，印象中一斤晒干的蝎子可以换十几块钱，沿黄各村的人们，经常三五成群地到沟里或河边去捉。蝎子夜间最活跃，而且惧怕强光，一个手电筒，一双筷子，一个罐头瓶，运气好的话一宿能捉满满一瓶。我有一个远房姑父，小名龙龙，自小在江湖上长大，一副刀枪不入的火辣性情。虽然小我几岁，但每次回去都要一起整几杯，倒不是馋他的蛇酒，而是每次都有一小盘炸蝎子，那味道真是妙不可言。

在人面前，自然界的这些兴风作浪的小坏蛋不过小菜一碟，委实算不了什么。

蛇也有，但不多见，而且方圆几十里地，数十年来从未听说有人被毒蛇所伤，所以我一直怀疑谭坪塬上是不产毒蛇的。蛇和狐一样，塬上人认为都是通灵之物，路上或地里偶尔遇到，人与蛇各走各的，互相警惕但互不打扰。院里或牲口圈闯入的不速之客，要么用大扫帚连扫带撵驱逐出境，要么用木棍挑起，远远地礼送到沟畔或村外的草丛里，总之是轻易不会加害的。

我家修房子那年，取土时发现一条蛇，一米多长的样子，浑身青绿，我正好铁锹在手，冲过去一气猛斩，就地便剁成了好几截，为此被父亲数落了好几回。其实并非有意作恶，只是恐惧之下行为失控，害怕与兴奋交织而成的冲动，至今仍历历在目。彼时的我像极了一条蛇——蛇之所以攻击人，通常是因为感觉到了威胁。天生便具有攻击性的种类当然也有，但无论我，还是被我戕害的那条生命，显然都不属此类，它是一条青蛇，胆小如我，温顺也如我。当年无端害命，现在想来真是后悔，对不住它。

蜂类并不在"五毒"之列，但无论如何我要把它算进去，当然不是为了凑数，而是因为它们才真正伤害过我的童年。我父亲这人，农民当到上瘾，后来虽然招工到煤矿，但工人做得有一搭没一搭，农活却是从未放下，后来有几年索性不去了，守在家里只管种他的地。几十年来，粮农、花农、果农不算，还当过好几年的蜂农。

那时家里至少有两窝蜂，一窝在木制的蜂箱里养着，另一窝像塬上百姓一样，土崖崖上掏个洞让它们安家。三四月的桃杏，四五月的槐花，五六月的枣花，从春到夏，满院子蜜蜂嗡嗡乱飞，每次被蜇，一把鼻涕一把泪，疼得哭爹叫娘，祖宗骂遍，再咒它们赶紧去死，心想还不如养一窝苍蝇，至少不蜇人。但等摇出蜜来，却又欢天喜地，过年一样的高兴。玉米面窝头蘸蜂蜜，不掺白面，纯玉米的那种，没吃过的一定要尝尝，味道美到难以形容。

还有一次在地里割草,一镰刀下去竟豁开了一个马蜂窝,这可惹下爷了。我见势不妙,低头猫腰就是个跑,那畜牲岂肯罢休,一片山呼海啸中,密密麻麻追了上来,头上脸上不用说,身上有衫子罩着,也被从后背钻进去蜇了几针。捎着半捆青草回到家时,我妈都快不认识我了。此后读书,但凡看到什么像一窝蜂一样,都会想起那次噩梦般的空袭。要说这马蜂,才是塬上真正的毒虫,一来就是一群,上来就玩命,这种不怕死的狠货,谁遇上算谁倒霉。而且这东西天生就是强盗的种,爱吃蜂蜜,却不自己酿,偷吃蜂蜜不算,急眼了连蜜蜂都捉去吃掉,绝对的蜂渣败类。

除此之外,塬上还真就找不到什么毒虫了,高天厚地之间,百姓温良自守,万物各得其所,其他各处流行的谷雨贴、五毒饼之类,塬上均无此习俗,顶多端午时门头插一把艾草而已。

大学之道

与命运对赌

我上小学那年,高考制度去而复来。数十万招生指标绣球一样抛入亿万人群,宛如东风乍起,瞬间吹皱了一池春水。苍白而狂热的十年过后,知识改变命运的梦想再次燃起。

榜上之名意味着此后的体制身份和皇粮饭碗。龙门一跃的机会面前,无数知识青年厉兵秣马,憧憬着有朝一日榜上有名。不少拖家带口步入中年的有志者,久在池中而心有不甘,此时拔剑四顾,也是一番凛然之气在胸中。虽说幸运者只有百之五六,但机会公平地属于所有人。那是一个风起云涌的时代,坚冰融化的声音里,向上流动的渠道轰然开启,乾坤回转,举国上下欢声一片。

这一切,我那时自然不知。在村里懵懵懂懂读完二年级,转到县城才看到更大的世界。城里只有一条街,一东一西两所小学,但对我而言已是天上人间。当时五年学制,我所在的东街小学四轨二十个班,教师近百,学生过千,我们全村男女老少外加各户的牛驴猪羊鸡狗,但凡长着嘴的都算上,也未必能凑够这个数。上学、下学、出操,到处乌泱泱的人头,鼎沸之声,喧嚣于耳，裹挟其间的我时不时一阵恍惚，不知为何身在此处。

千人中我虽资质平平，但尚属刻苦。别人玩的那些，我要么不会，要么玩不起，我那些撒尿和泥的把戏，人家要么不知，知也不屑。玩无所乐，唯有学而时习，思家之苦，正可借此纾缓一二。况我远道而来，所为者何事，自己当然心知肚明：别人在这里上学是自然之理，不然还要去哪里？我来此则意图明确，就是奔优质教育资源来的，否则何必舍近求远。

是的，我要考大学，而且必须考上。

对于一个三年级的孩子而言，这个野心勃勃的人生规划可谓走一步、看九年，令人着迷，同时也充满风险。当年的高考，五六百万人争抢二三十万高招计划，百分之九十五的淘汰率是今天的人们所无法想象的。但十岁的我，此时已经别无选择，如果九年后不能如愿以偿，握惯钢笔的手还能不能抓起锄头，抓起锄头会不会成为出色的农民，这问题不必思考，用脚都能算出答案。所以，从走出谭坪塬的那一刻起，退路就已不复存在，釜破舟沉之后，只能死战到底。

这一年是一九八〇年，我以人生作抵押，和命运签下了对赌协议：九年后拿到录取通知，命运许我以某个城市的永久居留权和旱涝保收的正式职业，户口本、工作证，外加光耀门楣；如若不然，则资金投入悉数沉没，机会窗口一去不返，江东父老无颜以对，命运会在十八岁那年将我的人生炸成一片废墟，并对败家之子强制执行破产清算。这就是赌约，一飞冲天或一败涂地，没有中间选项。

而且，种地为生的父母，此后九年间将因此而倾其所有。

输或赢,已经不是我一个人的事情。但我赌自己必能考上,倒不全是因为年少轻狂的自信,主要是有人相信。

一次,我从姥姥家回来,同行的一个老汉出了谜语让猜。谜面很长:"和尚门前一块田,十日十月紧相连,大将有罪无人保,一家三口得团圆。"虽然并不涉及复杂的谜格,但同样的难度,现在也足以把我放倒,巧的是,这个谜语我正好听到过。狡猾如我,故作姿态地沉吟片刻,才缓缓吐出"当朝一品"四个字。虽属弄虚作假,但我还是一厢情愿地认可那老儿震惊之余的凿凿之言:"你这娃能考上大学!"

一九八〇年,我三叔考上了山西大学。

转学到县城,当年教过我父亲的一位老师曾郑重而言:如果不是政治运动,你爸肯定能考大学。

我在村里时,大老姑父也就是爷爷的大妹夫曾讲,我爷爷当年就是念书念出谭坪塬的,只是因为错上了军校,才有了后来的七灾八难。

种种迹象所暗示的基因优势,不断强化着志在必得的自我感觉。

信念之为物,轻薄者因此心生狂妄,负重者却能徐徐而致远。为了给基因理论和白胡子老汉的预言争口气,我那时把自己豁出去了。埋下头苦干硬干,三、四、五年级,成绩日见起色。第一名肯定不是,否则虚荣的我怎么会不记得?但老师既然委我以班长之重任,说明至少是第一梯队里拔不掉的"钉子户"。

那时的小学,其实没有太多知识要学,于我而言,重要的是生命姿态的校正和生存习性的养成。课业中"佐料"很少,平时就是课本和练习册，大不了下死功夫全部背会，寒暑假作业各一本，也跟课本一样统一无二。没有辅导班，不知道一对一，五花八门的竞赛还不时兴，像样的课外读物很难找到，印象较深的只有《语文报》《故事会》《小溪流》《黄金时代》《少年文艺》《儿童文学》等寥寥几种。并不是说这样就好，但至少对我而言再好不过，设想上述种种当时便有，也一定是别人有而我没有，赤膊而对铠甲，大学之梦必成黄粱。

我坚信没有佐料的掩饰，才能比出主料的品质，而不限制整容的选美则无异于集体作弊，所以前几年国家厉行"双减"，坊间物议沸腾而莫衷一是，我则双手赞成。原因无他，天地间还有很多谭坪塬，那里的无数双眼睛，像当年的我一样渴望着出头之日，所以公平和效率之间我选择前者。效率并不保证公平，而公平却是最大的效率。

回忆起来，十岁出头的我那时真有点儿小大人的模样。白天上学，吃饭在奶奶家。晚上背起书包跑老远，到爷爷的办公室自己睡觉。不瞌睡就翻翻课本、想想爹妈。心里什么都没有的时候，就躺着看看天花板。早上自己给自己当闹钟，拿教室钥匙的人不可以迟到。学校盖楼房，每个学生到鄂河滩上打一立方米青石，要求砸成核桃大小，很多家长来代劳，我除了自己搞定还帮小姑，她跟我同年同班。

那时的鄂河亲切和蔼，水不大，小溪一样哗啦啦的，河边长草，水中有小鱼，不是后来被焦化厂污染过的黑河臭水，也不同于现在蓄水硬化后的景观水体。逢星期天，经常一个人端着脸盆到鄂河滩上洗衣裳，洗好的衣服铺在大石头上晒太阳，我蹲在河边看小鱼，想象它们如何顺流西下，如何在谭坪塬下拐弯，如何一路长成大鱼，被黄河的波涛带到大海，我从未见过的大海。

有时也顺便幻想一下自己的未来，北大或清华毕业，娶个好看的媳妇，房子是里外套间，中山装有四个口袋，胸前插两只钢笔的那种，校长一样神气地站在台上给人们讲话，还有一辆吉普车，去姥姥家的时候可以拉上妹妹和爸妈。被格局和视野所限制的想象力，经常离奇得没有边际。离家的孩子就这样学会了自己长大，也有哀愁，但不抱怨，确定好目标，一个人悄悄努力，奈何不了世界，就对自己狠一点。两相对照，现在的老乔，不过是十岁的小乔留在身后的一串省略号。

"村里娃，傻瓜子，爱吃馍馍枣花子。"城里孩子不太友好的顺口溜，最终被我像蚂蚁一样踩在脚下，恶狠狠地拧了一脚：看不起是吗？那就好好看看。当然，心里话只能在心里说说，恶意绝对没有，骄傲也谈不上，无非是服下了水土、站到了前排，悄悄自豪一下而已。

大学之梦，九年计划，这才哪到哪。前路漫漫，没有飘，也不敢飘。

曾经的温暖

从谭坪塬转学到乡宁县城,她是我见到的第一个老师,也是此后三年的班主任。三年间,我的变化大都在她的注视之下发生,四十年过去,记忆中的目光温暖如初。

她叫郑建华,那时二十多岁。长相谈不上好看,但绝不难看。人很普通,普通得甚至有些不普通——她的左腿有一点儿不方便,应该是小儿麻痹的后遗症,看上去还挺严重。

转学来的第一天,爷爷把我交给小姑,自己上班走了;小姑带我到校长办公室,也回教室上课去了;校长姓陈,一个知性而温和的阿姨,看上去特别像校长,她把我带到班里,交给了郑老师;郑老师没有多说什么,把我交给一个空着的座位,回到讲台继续上课;同桌是个女孩,名叫庞金菊,默默看了我一眼没说话,我怯怯地看了她一眼,也没说话。

那天的我,感觉自己像个篮球,被不同的手传来传去。对他们而言,羊群里又多了一只小羊而已,我却不同,像裹着兽皮在树上攀援的原始人,刚还在摘果子,"咚"的一声掉落,睁开眼,已经穿越到了文明世界。除了手足无措的感觉,那天发生的事情在我的记忆里一片空白。

庞金菊是离我最近的人,但上课有纪律管着,课后想跟她打个招呼点个头什么的也不敢——她有个双胞胎妹妹银菊也在我们班,起初一两个月我根本分不清谁是谁。那些日子,我像三年四班里一个没有人接待的客人,坐也不是,站也不是,浑身上下的不自在。

事情慢慢地发生了转机。期中考试,作文题目是"家乡的……",卷子发到手里,心下一阵惊喜,城里的孩子哪有家乡啊,他们只有家。那天,我把所有的记忆、阅历、辞藻、乡愁全部动员起来,顺着春夏秋冬的时序一气铺排。《家乡的柿子》,全校仅有的一篇满分作文,我露了一手。

终于熬到了试卷讲解的高光时刻。郑老师捧着我的作文,一字一句地朗诵着,她一定在想:这狼娃子,好好调教,指不定是块坯子呢。同学们一个个正襟危坐,全班鸦雀无声,但透过严肃的表情我还是读出了他们的心思:没想到啊,这个村里娃……时不时有目光朝我瞟来,像舞台上的追光灯,刺得人睁不开眼睛,C位的感觉如此美好。

又一年,忘了什么节日,县里文艺汇演,东街小学出一个节目。郑老师点将,我平生第一次走上舞台,而且是在全县唯一的大礼堂。我们三个人,任务是扮成一组雕塑,举着道具站在一张高桌上为节目当背景,演员们在下面又唱又跳,我们唯一的任务是不许动。虽说扮而不演,只是舞台上一个不会动的名词,但丝毫不妨碍我虚荣的自我陶醉。从乡下到城里,自信心是刚需,且需求缺口很大,虚的实的不拒,真的假的都行。

后来，学习成绩也冒出来了，我于是当了班长，肩负着老师的信任和重托各种忙碌，订书订报、开门锁门、整队报数、收发作业。老师不在的时候代行纪律监督之责，教鞭即是授权，发现窃窃私语者，走过去在桌上"啪"的一声，惊堂木响过，瞬间一片安静。爱捣蛋的小伙伴经常凑过笑脸，央求将不良记录压下。

排异反应看来是消失了，大家似乎忘记了我是村里娃这回事。这其中固然有自己一路向上的努力，但如果没有老师在沿途洒下的阳光，彼此的融入和接纳八成要迁延一些时日，而且必定不会如此完美。学生心中，老师是太阳，这是她在班里的位置，更是我所感受到的温暖。

不堪回首的往事，人的记忆往往模糊，而艰难岁月里的荣光，枝枝节节却能铭记一生，这里面一定有心理学上的原因，别人不知道，我反正是这样。郑老师离开人世已经多年，但于我而言，她的目光所注视过的成长，被爱心浸染过的时光，那些温和而严厉的点点滴滴，至今仍是抹不去的回忆。

我甚至能记起她的板书，坦率的线条刚劲而秀气，一种无拘无束的舒展，很美。现在的多媒体教学已经很少使用板书，偶尔拿起粉笔，总会想起她当年在讲台上一笔一画的书写、一字一句的讲解、一丝不苟的神情。

转眼小学毕业，转眼又上完了初中，我要离开乡宁到临汾读高中，临行前曾到家里看望她。原话不记得了，大概意思是说，小学时看我就是个好娃。老师所能找到的每一个优点，学生都会全力将其放大，所以鼓励是最好的鞭策，我至今认可的教学理念，很大程度上源于她当年的身教。

又七年，大学毕业，同学写信来，说郑老师不久前去世，死于难产。我们师生结缘，算来已是十四个年头，三十多岁的她高龄产子，想必此前的情感经历并不如意。

我为此难过了多日，那年教师节，特意写了一篇怀念她的文章发在《太原日报》副刊。当时字字穿心，墨点无多泪点多，三十年逝者如斯，如今闻笛怀旧，竟连标题都不再记得。那篇曾被她当堂朗诵，助我走出孤独、挣脱自卑、告别疏离的"惊世之作"，更不知随风飘零到了哪个世界。但郑老师，相信当时的同学少年大多是不会忘记的。

太阳总会落下，而成长会记下曾经的温暖。

当时已惘然

乡宁当时有两所初中，出了西门桥是一中，城东的鄂河大桥南面是二中。小升初要考试，分数线划出来，线上的去一中，线下的到二中，基础教育，所有人都有学上，但一中显然厉害，二中则差一截。小学时战绩骄人、在班里"官居一品"的我，却在考试中翻了车，一头栽到了乡宁二中，时间是一九八三年。

同班的陈亚波，后来当了警察，那年却怂恿我干了一回偷鸡摸狗的勾当。我俩素来要好，常去他家写作业，晚了就一盘炕上睡觉。他有时也来工业局大院，跟我一起在爷爷办公室里睡。这个家伙身强力壮，在学校是个"硬茬"，虽不欺人，但也无人敢欺，就是不爱学习，咧着大嘴一天到晚地闹腾。于是我向老师"献计"，推荐他当纪律班长，说只要这个"祸事头"能把自己管住，班里的纪律就好了一半。郑老师听罢，以为言下有理。当上班干部的亚波果然不再捣蛋，但提振学业却为时已晚，毕业近在眼前了。

他要我出手相助，我也希望中学还能在一起，一番合谋，咬咬牙就这么办吧。语文考试那天，我用最快速度做完卷子，来不及检查，赶忙又写了一篇作文，揉成一团扔给他。如此作弊显然太不隐蔽，西街小学的一位女生交完卷子便把我们告了，可爱的小手指指完我，又指了指陈亚波，监考老师过来撤了我俩的卷子。老师叫加海水，学校的地理老师，他女儿加彩霞后来跟我同班，人长得很好看，学习也不错。

事情还没完，都怪陈亚波这个蠢货，盛怒之下，一拍桌子追出去，光天化日，众目睽睽，竟然想要报复。大庭广众之下自然不会得逞，但事态却再难收拾，我的语文成绩清零，剩下的两门加起来只够上二中。这小子记得是三门全废，但后来也到了二中。"在一起"的愿望实现了，但灰头土脸的感觉却终生难忘。

有一年回家，亚波请我吃饭，酒酣耳热之际扯到了儿时的趣事。他笑问如果当年作弊得逞，你我今天什么光景。我思忖片刻，说"吃亏宜趁早，聪明莫自作"，他听罢端起酒自己干了一杯，不知是被我的妙语所动，还是被其中的道理所击中。这是我人生中的第一次重大挫折，好在还有扳回的机会，过后思量，当时所受的惩罚应该被感谢。

二中的生源都是一中挑剩下的，我因犯错而被"下放"，成绩自然不是问题，三年间始终在这个小洗脸盆里兴风作浪。任课老师不用说，连校长樊宪礼、书记赵志英都知道个头矮小的我。期末考完，校园里碰上樊校长，总是先送一个"严肃＋失望＋惊诧"的复杂表情，抿着嘴、歪过头，盯住我看好半天，这才开始一字一句地恨铁不成钢："咋闹的你这回，考得这么差？"赵书记这人笑点低，很快便绷不住严肃，开始在一旁哈哈大笑。这种事情宁可信其有，不能信其无，于是跑去问老师，说"校长团弄你哩，卷子还没判完"，我这才释然。但这老汉总是故伎重演，如此这般地逗了我三年，我心知是诈，却不敢完全大意，每次都配合得很默契。

樊、赵两人关系融洽，办公室的窑洞紧挨着，出入也总如影随形。一晃几十年，当时的情形历历在目，而樊校长几年前已作古，赵书记则身板硬朗依旧，八十多岁的人，酒还能喝不少。

每个期末的表彰大会是全校最隆重的盛典，师生全体参加，校长发表讲话，南山脚下的大操场上，黑压压一片全是人头，扩音器的声波撞上南山又被弹回，颤抖的回音在风里飘出老远。每个年级七个班，从第一名到第十名都有奖学金，第一名十五块，退后一名则递减一块。三年六个期末，除有一次被高年级留下来的关引娣同学横刀立马，夺走了我的十五块外，其他五次均未失手。每次的奖学金先给爷爷买瓶酒，剩下的足够下个学期零花。

高光时刻就这样持续了三年，第二名始终在安全距离之外，很难对我的领跑地位造成实质性威胁，但祸根也由此埋下。古人说"无敌国外患者国恒亡"，可见世事福祸相依的辩证关系并不可怕，怕的是人自己安而忘危。那三年，习惯了举目无敌的我，心中早已飘然自负，井底之蛙一样关门自嗨，忘记了隔壁还有强大的一中，远处更有辽阔的世界。持此妄念，必栽跟头，此是天理。

其实警告性的暗示并非没有，只是自己选择了忽略。有一年，临汾地区组织数学竞赛，我代表二中"披挂远征"，结果考出了可耻的二十多分。如果全地区的选手都是我这个水平，必是出题的人有问题，但这种可能性比天塌下来的概率都低，合理的解释是：山区各县的教育水平，整体上与平川地区相去甚远。

遗憾的是当时的我并不喜欢真相，只相信愿意相信的，不能接受的则假装不存在，所以二十多分的耻辱和潜藏其中的危机很快被赶出脑海，关起门来，天朝大国的美梦继续。直到上了高中，才意识到当年所谓的宏图霸业，不过是自己想象出来的海市蜃楼。人之可怜可悲，莫过于自欺和自慰，真不知小小年纪，哪来那么多的虚荣，也许独孤求败的感觉实在太过美妙了吧。

"好梦必醒，盛筵必散。登场而预有下场之感，热闹中早含萧索矣！"多年后读钱钟书对李商隐《锦瑟》的这段解释，反躬自省，但觉句句扎心。而今乐事他年泪，可叹当时已惘然，回顾初中时代，"未尝不叹息痛恨于桓灵也"。

她

那时我曾悄悄喜欢一个女孩。如今偶尔想起，老脸厚皮依然能感觉到少年时代的羞怯。

从乡下转学刚到县城，时时处处觉着理短，一口掉渣的土话更是羞于启口。塬上的方言，晋味里裹着秦腔，不咋拐弯，装饰音也很少，相比城里人就像唢呐遇着二胡，多了些土气，也缺几分婉转。语言是人类最大的分歧所在，"非其族类"的感觉让我轻易不愿开口，怯怯的样子，像个探头探脑的来客。

第二年全校打乱分班，进教室第一眼就逮住了她，其实是看过一眼便被她逮住。衣服是小方格还是碎花点记不清了，头发是那时流行的日本头，齐齐的刘海下一双好看的眼睛，水汪汪的像装着整个春天。

我那时与大家早已不再疏离，成绩不差，还当上了班长，人自然也舒展活泛了不少，四五十个孩子编成的乐谱里，算是一个辨识度较高的音符。巧的是，她居然是中队长，不用说也是想低调但实力不允许的那种。

班里也有班子，同为"主要领导"，交集自然难免，老师安排的任务，但有急难苦重，我都乐意跑在前面。心想她说话那样细声慢气，遇上淘气捣蛋的一准会被为难，文静安闲的样子像塬上三月开出的杏花，只消春风里安然即可，不可以落下来沾惹俗尘。要说我那时也真够自觉的，她似乎也乐得清静，只是以这种方式送出的好感是否曾被签收，我从来不肯定，但能做的也只有这个。

真的是什么都没有，但不知何时，班里的同学竟开始起哄，说我俩是一对，还起了个外号两人共用。"元宝"这个说法，我至今都不明白究竟所指为何，大概跟《红楼梦》里的金玉木石差不多吧，那时的孩子不懂这些，他们心里，"元宝"也许是形容某物贵重的最高级词汇吧。三五成群的男生远远见着她，"元宝元宝"地叫喊着，声音跟狼嚎似的。女生们遇着我，低头窃笑的样子很是意味深长，我浑身不自在，却也只能心里苦笑一下。

一次课间休息，女生们围着说笑，其中有她。人高马大的一个灰鬼，记不清是谁了，背起我就往里冲。眼看就要冲到近前，挣却挣不脱，情急之下，悬空的两条腿一齐绕到前面，灰鬼被绊倒，"咚"的一声扑地，我虽不重，但结结实实压了上去，把我和她扯进同一个"交通事故"的企图最终未遂。身下的灰鬼疼得龇牙咧嘴，我在众人的哄闹中站起来拍打着身上的灰土，余光里，她安静地站在一群表情各异的女生中间，默默地看着眼前的惊魂未定和地上的狼狈不堪，脸上没有惊惧，没有嗔怪，也看不到往日的羞怯，沉静的目光仿佛隔空递过来的赞许，我的心也瞬间安静下来。

那一刻，初秋的阳光穿过梧桐树叶的缝隙，花瓣一样飘然落下，树下的她一身花雨，微风吹过，拂起的仿佛不是她额前的刘海而是整个春天。我心中怦然一动，眼前的世界只剩下她一人，此外的一切被镜头推远，变成一片模糊不清的背景，耳边的声音也消失了，仿佛被凝固在停滞的时间里。秋阳沉醉的那个午后，一种沦陷的感觉前所未有，脸红心跳，却又不舍得挣脱。

外部信息对人的心理暗示真是奇怪，很多本来没影的事，被人说着说着可能便成了真。所幸的是，虽然起哄架秧子的热情有增无减，意味深长的窃笑也一如既往，但孩子毕竟是孩子，懵懵懂懂的天真中，仿佛有点懂，却什么都不懂。上学下学，风来雨去，时间一天天过去，类似那天的事件从此再未发生，老师的左膀和右臂配合依旧默契，说说笑笑，旁若无人。但果真没有旁人的时候，气氛便突然尴尬起来，谁也不知道该说什么，彼此的沉默中，周围的空气也好像心事重重。

上初中还在一个学校，只是分到了不同的班级。说来也怪，同学之间原本并不分明的性别界限，此时竟格外地森然起来，除偶尔有之的冲突之外，男女生之间一概无话。正在长大但远未成熟，开始敏感男女之别，但怎么个别法却不知所措，所以干脆一道鸿沟划开，老死不相往来。我和她也一样，三年间形同路人，曾经"同朝为官"的过往，众人一片"哦哦"声中的谈笑自如，仿佛是一个遥远的梦，甚至从来就不曾发生。

但仿佛只是仿佛，陌路之人的感觉其实是装不出来的。校园里遇着，她老远便低下头，匆匆而过的瞬间，走路都变得不自然起来，左腿和右腿好像刚刚认识似的，合作极不默契。我虽

大学之道

不像她那么别扭，但也仔细着脚下，好像有东西会随时闪出来绊我一跤，连咳嗽一声都怕惊着什么，感觉走远了，心里才长舒一口气，大方起来。日复一日的视而不见中，有一次壮着胆子扭过头，目送她沿着缓坡走到校门口。出门便是桥头，往前没有路，要么左拐要么右拐，借着转身拐弯的机会，她竟扭过头来，发现原地站着的我，仿佛受到惊吓一般，出溜扭回头去，消失了。

初中三年，这是唯一的一次对视，远距离，一瞬间。

出溜再一扭头，青葱岁月也如受到惊吓一般匆匆逃走。三年间不曾说过一句话，彼此间各种假装，假装不认识，假装不在意，假装没看见。其实不认识是假装的，不在意是假装的，没看见也是假装的，所以装得小心翼翼，装到脸红心跳。

那时学习很忙很累，三年六次期末考试，每次保住年级第一的位子并非易事。偶尔想起她，有时独自望着远方出神，在回味和憧憬中怅然若失。那时我的想象中，未来的妻子应该就是她的模样，只是这话，对自己都不曾说起，也不敢说出。三年级时定下的"九年规划"，现在大学校门还远着呢。

长大后听同学说，她嫁人了，生的孩子特别好看。我想那是当然。然后就没了然后。

时隔多年，当初一起玩闹的同学，也许早不记得我说的她到底是谁。

那正好，她就是她。

困兽之斗

一九八六年中考结束，忐忑中等来了临汾一中的录取通知，当年榜上有名者，全校仅我一人。临汾一中是全地区的"带头大哥"，进了这个门，大学差不多就是"买一送一"。于是乎马思边草、雕昒青云，顾盼自雄的少年意气，视天下直如无物。

临近开学，收拾行李下山。断山岭是乡宁东大门，是鄂河与汾河的分水岭，往前翻过秦王山，脚下便是汾河盆地的一马平川。此地昔曾尧天舜日，两千多年前沐浴过少年将军霍去病的阳光，灿烂地照在我的脸上。

但有句话说得特别好：别高兴得太早了！

新生报到，每个人像军马一样都有编号。曾经骄傲到连第二名都无法接受的我，此时的班级学号竟是十七，七个班全部算上，年级排名第一一九。是我的座次吗，不会搞错吧？低头填写个人信息的那一刻，挫败的感觉前所未有，仿佛真有一辆消防车鸣着凄厉的警报碾过心头，焦虑瞬间袭来。

懂了，之前的所谓强大，都他×的是夜郎自大。但懂得太晚了，本就不足的抗压能力，早在初中三年井底之蛙的自鸣得意中消磨殆尽。欲令其亡，先令其狂，命运这个狡猾的家伙，原来一直在耐着性子"培养"我的弱点，诱惑我用貌似的强大包裹起不堪一击的脆弱，然后在这里等着看我的笑话，看我如何死于安乐。

那天送走我，爷爷在二中桥头的交通饭店请老师吃饭，觥筹交错中的他们不会想到，那个众人向往的地方，迎接我的并非鲜花和掌声，而是被命运卡住喉咙。父亲陪我报到，在鼓楼东南角的百货商场为我购置了此生第一块电子表和第一双旅游鞋，然后留下陌生的城市和孤单的我，带着他的牵挂原路折返。

啦啦队退场，命运被放出了铁笼，斗兽场内灯火明灭，尖牙利爪步步逼近，不敢直视却无可逃避。那年的我已经十五岁，知道这将是一场单挑，有人为你加油，有人为你抹泪，但谁也做不了你的替身。

焦虑的高中时代由此开启，如同儿时乡下没有星光的夜晚，阴沉着一脸的愁容。

教英语的胖子，年纪轻轻却长了一脸络腮胡，若非临汾口音偶露峥嵘，还以为是个不会说中文的老外。呜哩哇啦一节课，看着神采飞扬的别人，一脸茫然的我彻底蒙了。好不容易等到这个外星人一样的家伙考上研离开，我的高中生涯已被硬生生削去三分之一。

班主任刚从师大毕业，是个优雅温和的美女老师，但她教的化学对我并不友好。化学是另一门外语，符号系统是，思维方式也是，这是我初中化学老师的名言。而我天生对各种外语不敏感，一年头上，化学课以可耻的四十多分画上了句号。

听不懂的课有时便索性放弃，在下面偷看唐诗宋词，只有这个偶尔能支撑一下可怜的门面。但我其实比谁都明白，面对从入学第一天就开始倒计时的高考，这种躺平求死的自弃行径，最后求来的绝不是什么好看的死法。

自弃令人焦虑，但越焦虑越想自弃，我像一只咬着自己尾巴的狗，在自弃和焦虑的漩涡里打转，一日一日地沉溺，整整一年，绝望而崩溃。多少个夜晚在高考落榜的噩梦中惊醒，睁大眼睛想穿透黑暗找到一丝希望和光明。

直到高二分科，崩塌的内心才在一片废墟中开始重建。心知就算躲过今天，明天还是不会放过自己，与其儿女沾巾，不如马革裹尸，横竖拼他个死活。数理化已经一塌糊涂，所以别无选择地学文，战略意图是绕过短板找一条生路，重整旗鼓收拾旧河山。

每天晚自习后挑灯再战，把休息时间兑换成学习时间，"贿赂"不好说话的外语和数学。历史和政治的背诵要精确到标点，先天不足，那就用后天来弥补缺陷。那时年少，心里长牙，立志只要今天不死，便为明天而战。

日复一日的心理亢奋和身体超载中，紧绷的神经弹性渐失，最终彻底错乱。瞌睡得要死，死活就是睡不着，像是有操作员蓄意破坏，同时启动了体内的催眠和唤醒两个系统，日日夜夜在酷刑中煎熬，整个人几乎要疯掉。校医不建议服用安眠药，数了好几个月的绵羊，衰弱的神经才开始见好。

孰料甲状腺肿大又来捣乱，脖子肿得跟脑袋一样粗，喘气都疼，吃饭像咽刀片，国庆放假没敢回家，怕爸妈见了不落忍。

在空荡荡的宿舍里独坐伤神，一阵凉风吹过，两行热泪在四下寂然中滚落。泪干了，牙却咬得更紧。千军万马的独木桥上，不怕死的才有活路。

一番困兽之斗，毕业统考终于冲进了班级前三，这是高中时拿过的最好成绩。第一名是个翼城后生，当年高考拿下了全省文科榜眼，天生学习的料，没法比，人家靠的并不全是刻苦。第二名是师大子弟，全身亮点闪烁，基本没有短板，后来如愿上了北大。于我而言，第三已是极限，努力之外更须运气加持。死去活来的三年，终于认识到自我的局限，甘认天外有天。

转眼高考，命运像格里菲斯一样开始导演"最后一分钟反转"。三天考试，考场上的我像一块木头，貌似波澜不惊，脑海里却波涛汹涌，关心则乱，最后乱成了一团麻，不曾有过一丝一毫的灵光乍现。考完后估分，对照标准答案，竟想不起做过些啥、咋做的，人已经彻底傻了。

班主任考前对我的预期是五百六十分，建议报人大，我哪敢。人家一气之下不管了，我却鬼使神差地填报了东西南北一排溜政法院校，当时的最热门，也不知我是胆大还是人傻。考分出来，兜头一盆凉水，只有可怜的五百一十多分。所有的志愿全部落空，幸好服从调剂，被发落到山西大学中文系。

高一时数学测验，老师曾就我的试卷发表感言，说目前的实力只够考山大。如此直抒胸臆，于他而言可能是语重心长，而我听到的分明是深含揶揄的不屑。此后两年，时时痛恨那张乌鸦嘴，为荣誉为前途拼尽了全力，没想到最后还是不幸被其言中。

拿到通知后三夜未眠。比山大中文专业的录取线高出四十多分，不甘心被"捡漏"。复习一年，考出老师预期的分数也非没有可能，果如此，稳稳上个重点。但想想学校食堂猪吃了都不长膘的饭菜，想想胃里千疮百孔的溃疡，想想补习的风险和家里的难处，最后还是咽下所有不甘，向命运妥协，接受现实安排。漫长的三天，好像一下子长大了很多。

曾经定下"九年规划"与命运对赌，如今底牌翻开，却算不清是输是赢。一纸通知在手，命运确乎没能翻盘，这么说似乎是我赢了。但哪里的赢家会赢得如此凄惨，如此狼狈不堪？人心千年不死，都想把命运捏在手心。但命运之所以被称为命运，就是连你努力要摆脱它的企图，都被它早早注定。

父亲早早卖掉家中的耕牛，为我备好远行的盘缠。九月某日，父子二人出乔眼村，下谭坪塬，过乡宁，到临汾，登上了去往太原的火车。怀揣着录取通知书、户口迁移证和粮食关系的我，此时已在法律上与曾经的土地断绝了关系。这一年是一九八九年。

喘着粗气的绿皮火车走走停停，一路呜咽。五百多里外的省城，一段与青春有关的苦乐年华在等待着我的到来。再见了，谭坪塬，此后家乡是故乡。

昨日《今天》

"七零后"生逢物资短缺时代,却曾在一个近乎举国狂热的诗歌年代里成长。千千万万幸运者,我是其一。

八十年代的新一辈、希望的田野、诗歌中的梦想、文字里的激情,共同构筑了八十年代中国社会的地平线。在那里,海市蜃楼般的理想国曾伴随着一代人从懵懂走向风华。

一九七八年是一个纪元的起点。这一年,一份名叫《今天》的民间诗歌刊物,在乍暖还寒中悄然探出了文坛的冻土层。其"始作俑者",后来大多名满天下,但当时都是"地下工作者"。"南枝夜来先破蕊,泄露春消息",《今天》发刊词的第一句话:"历史终于给了我们机会。"这一年,我开始上小学,《语文》第一篇只有一句话,所以记得很清楚:"毛主席永远和我们在一起!"

偏远的地方往往有着惊人的历史惯性,比如我的家乡,千百年的文化遗存可以像活化石一样完整保存。虽然一个时代已经结束,但那里的一切却安静如初,家家户户的"红宝书"依然被安安静静地供奉着。一本纸烟盒大小、红塑料封皮的《毛主席诗词》,是我与诗歌的初缘。其中《鸟儿问答》印象最深,因为发现伟人也骂脏话,而且还写在纸上,"不须放屁"什么的。三年级转学到县城,父亲送我一本《唐宋律诗选讲》,这是第一本课外读物,高兴得不得了,"无边落木萧萧下,不尽长江滚滚来"之类,就是那时记下的。再后来,和同学一起摆小人书摊,"顾客"蹲在街边看,看一本一分钱,做了一阵子"儒商",竟分得两毛多钱红利,到新华书店买了一本《古诗佳话》。少年时代所接触的诗歌大抵如此,我承认其影响深远,杜诗、毛诗到现在都喜欢,后来读郭沫若的《李白与杜甫》,对其尊李贬杜颇不以为然。

但现在想来,那时的喜欢,颇似和尚礼佛、香客拜庙,天上地下的仰望,中间总隔着一点什么,好比人与人,有了距离,便不容易交心,完全不同于多年后读"今天派"的感觉。前者是一种壮观,但只属于远方,比如杜甫;后者是一阵惊雷,就在脚下,比如《今天》。你会觉得,那引爆惊雷的人就在眼前,甚至根本没有这个人,不过一个替身——你自己的替身。比如"在没有英雄的年代里,我只想做一个人",比如"从星星的弹孔里,将流出血红的黎明",那个年代,太多这样的比如。

《今天》的确是石破天惊的,不仅因为它是朦胧诗的夺人先声,重要的应该说,它也是亿万人的替身。做替身是一个危险的工作,两年后的一九八〇年,《今天》终于成为昨天。三十多年后,我曾到北京三里屯亮马河畔一游,悠悠水波倒映着望不到头的酒吧,饮食男女,一派盛世繁华,曾经的诗气林莽,早被时间荡平,随流水而去。逝者如斯,抚之怅然。

一九八六年上高中后，同学少年数人，以文学之名组社团、办刊物，名叫"金秋"。组稿件，刻蜡版，推滚子油印，两手染得乌黑，心中却是诗和远方。半生不熟的少年人心里，似乎普天之下、古往今来，充斥宇宙间的只有低吟浅唱这一件。不惑之年过后，每每回想这段不知天高地厚的"生瓜"年代，感觉好可笑又好可爱。

一九八九年，于我于诗都是分水岭。

大学之道，在"作新民"。这一年，终于告别了高考工厂，获得了学习自由。语言文学，东方西方，古近现代，理论、批评、创作，无限江山任凭指点。诗酒放狂的大学四年，曾经挑灯夜读书，犹记明月照彩云，匆匆忙忙的美好，如一缕阳光永留心间。北国诗社是山西大学文学社团的"老字号"，潞潞、李杜等老社长时时顾念，韩石山、张锐锋等前辈每每提点，南北两院、文理各专业，甚至财院和经管院，遍地都有"北国"诗友。那时的大学校园，和诗不沾边约等于人格有缺陷。

然而"反者道之动"，荣与辱，升与沉，殊途同归于巅峰。之后的事实，日渐勾勒出当代诗歌极而后反的路线图，这一年是个分水岭——海子卧轨而去，北岛远赴他乡，骆一禾脑出血不治，都发生在一九八九年。如日中天之时，不祥之兆接踵，繁荣的表面之下暗流滚滚。

我毕业的一九九三年，顾城在新西兰激流岛杀妻自缢，文坛一片愕然。自此，曾经头顶光环被万众追捧的诗人日渐被视为另类。正复为奇，善复为妖，动物凶猛，桂冠失色。"当火焰试穿大雪，日落封存帝国，大地之书翻到此刻"，曾经众口成诵的《路歌》，竟一语成谶。

此后多年，江河日下。诗和诗人日渐淡出了公众视野，开始集体沉默，集体被遗忘。"桃李春风一杯酒，江湖夜雨十年灯"，众星璀璨的年代就这样一风吹散。时间和命运面前，一切都脆弱不堪。诗与诗人，从此不在话下。我也作别了诗酒年华，在衣食奔走、生计劳碌中一路沉沦。

后来得知，北岛离去时带走了《今天》，并在海外坚持出版，如此，《今天》该是四十五岁了。但离开泥土的花枝，想必不复当年的盛况。

他们虽然带走了自己的《今天》，却给我们留下了昨天，留下了许多青春的美好。告别多年的动乱之后，他们以人性的尊严填补了"后神话时代"的精神缺失，抚慰伤者并许诺他们以更好的未来，卑微的生命因之而饱满，满目疮痍的土地一片薄雾朦胧。那时，人心和社会的律动，似乎都和着诗的节奏、歌的旋律。一个值得怀念的美好年代。

数十年后，光阴里的旧事早已风吹云散，午夜梦回的某时某刻，独自向隅的一声感叹中，万千况味如流水落花，除了沉默，竟无言以对。

诗是醒着的梦，清醒的人也需要。需要一些理想，微光一样照亮前方。不曾诗酒轻狂的青春，注定老态龙钟，现实会失去光泽，面露狰狞，而花前月下的浪漫，也将难掩令人尴尬的动机。

感激那一代诗人。当年梦里花开，是他们青春和生命的馈赠。

白天交给现实，夜晚留给历史

二〇一九年十二月末的某一天，我坐在太原开往榆次的902路公交车上，怀里揣着调令，心里揣着莫名的不安。

此前二十六年我一直在做新闻，从毛头小伙到年近半百，新鲜和刺激日渐褪去，只留下令人迷惘的审美疲劳。人本狂傲，办报却是团体项目，于是多年努力扮演诚意十足的合作者，而"本我"却时时引诱"自我"，终于携手私奔。

在和熟悉的过去说再见的最后一刻，曾经的坚定却开始动摇。如同假装勇敢的蹦极者，在凌空跃起无可挽回的刹那间，突然对腰间的橡皮绳失去了信心。感觉自己是一片落叶，风成为命运，而树不再是依靠，恐惧和不安让我放弃了思考。

人事处的同志说，记者证过几天就要到期了，留着作个纪念吧。我说谢谢。

部门里情同手足的老妹帮着把东西拖到楼下，红着眼睛看我离去。鼻子酸酸的，却没说什么，"悄悄是别离的笙箫"。

和校长的谈话很简短。他说文创中心在做抗战史项目，正好是你的方向。我说能行。

中心主任说，根据地新闻传播史正好没人做，你接了吧。我说好。

就这样坚定而忐忑地走进了二〇二〇年。这一年，我日复一日地在太、榆两地独自往还，光阴里没有故事、没有酒，只有风尘仆仆。一条破旧的牛仔裤，一双脏兮兮的旅游鞋，路过春风十里的繁花，看过无边秋月的清寂。如影随形的双肩包里装着沉沉的笔记本，装着繁忙的劳碌，以及忙里偷闲的孤独。

这一年，我的白天属于现实，写讲义、做教案、批改作业、指导论文，像踩着风火轮一样在不同的教室里进进出出。课上滔滔不绝，课后默默无语。有时会想起报社的编前会，昔日的兄弟姐妹，版上的稿件和标题。于是到楼道的拐角处点一支烟，呆呆地看着来来往往的学生，在惆怅中反刍良久。

这一年，我的夜晚属于历史，电脑幽幽的蓝光仿佛时空隧道，带我穿越回八十多年前的敌后抗日战场，太行、太岳、晋绥、晋察冀，牺盟会、决死队、八路军、五花八门的敌军友军顽军，油印的铅印的报纸，中国的外国的记者，"扫荡"和反"扫荡"，牺牲的勇气和生存的智慧，无边的暗夜和胜利的曙光。真相在历史的丛林里闪闪烁烁，灵感却如电光火石，一旦脱手就再难捕捉，一夜熬下来像是走了几十里山路。多少个这样的夜晚，独自一人在迷宫里寻找出口，有时偷笑，有时烦躁。窗外的万家灯火渐次熄灭，只剩下稀疏的路灯留在街头，明灭的烟头的微光，仿佛梦游者手里的电筒，发黄的故纸堆里，一个孤独的身影在字里行间翻箱倒柜。东方欲晓时，却在酣然沉睡，研究历史的人个个都像盗墓贼。

这一年，我活活用废了一台电脑。可怜的联想"小新"日夜不得消停，我越来劲它越遭罪，键盘上有时排山倒海，有时摧枯拉朽，兴奋到极点时，一记猛敲如下死手。换作是人，死的心早就有了。

这一年，曾经引以为豪的眼睛，终于令人沮丧地出了状况。透过鼻梁上的老花镜，再也找不回当年的意气风发。时时干涩加疼痛，眼科医院的朋友建议服用蓝莓叶黄素。

这一年头发更少，对镜自怜时，白花花的头皮经常把自己吓一大跳。照这个速度，两个肩膀扛一个秃瓢的光景已经指日可待了。

这一年，因为情商实在不敢恭维，新单位的领导经常用"智商挺高"来安慰我。记得在报社时，情商似乎还算我的强项。短短一年间，我把自己打造成了一个完美的书呆子。

从前在报社，开大会的时候总找后排的座位，可以三五成群地咬耳朵开小会打发时光。现在却总是自觉地找第一排的位置坐下，因为后面的同事也在咬耳朵开小会，坐在人家身边自己会尴尬，也让人家尴尬——冷落你吧不合适，拉你吧又不是一伙。这一年，我身边只剩下自己。

记得是夏天吧，原单位的两个领导到大学城办事，顺道过来看我，觥筹交错的酒桌上，突然有种恍若隔世的感觉。怀旧吟闻笛，翻似烂柯人，说不清是惆怅伤感，还是自艾自怜，二十年陈酿没有喝出诱人的香味，算是白白醉了一次。醒来后五味杂陈，一言难尽。于是不言。

这一年有过太多痛苦和不适。过去遇到技术问题摆不平，隔着工位喊一嗓子总会有小兄弟们过来帮忙。偶尔心里有不爽，推开哪个领导的办公室都能坐下来诉诉苦。而今白发新兵，老树挪根，自己抹不下老脸，同事也个个陌生。电脑上一个小小的难题，有时会折磨我整整一个上午或下午。为了搞定五花八门的电教设备，经常提前半小时到教室，关起门来自己鼓捣半天。因为报名表上一张照片的像素问题，还曾打电话到太原请教报社的老同事。然而困难是最好的老师，手下不再有兵的我，渐渐把自己磨炼成一个合格的兵，学会了WPS论文排版，学会了自己做PPT。离开了熟悉的环境，我在无依无靠中变成了真正的自己。

这一年，夜以继日地完成了四十万字的《山西抗日根据地新闻传播史》，其中许多观点，前人所未发。这一年，我把二十万字的学位论文扩充成了三十万字的专著《抗战日报与社会动员》，审稿人回复：对反"客里空"运动的研究观点新颖，论证透彻。明年是建党一百周年，我的这对"双胞胎"将作为献礼图书同时降生。一部史，一部论，是过去五年间耕耘民国史、中共党史和新闻史的结晶，也是"与世隔绝"的二〇二〇年对我的回报。"文章千古事，得失寸心知"，辛苦换来的欣慰和欢愉，我愿独乐，更愿同乐。

这一年，学生为我整理了报社时期的新闻评论，二十万字，如果有可能，我希望明年能顺利出版，把"双胞胎"变成为"三胞胎"。

还有一个雄心勃勃的计划，那就是写一部中国当代新闻评论史，从一九四九年写到二〇〇九年。如能得偿所愿，意味着以一己之力基本打通了中国共产党新闻史。作为一个新闻人，做过新闻、教过新闻、研究过新闻，可以无憾矣。

还有比雄心更雄的"野心"。几年前开始的墨子研究，因为赶写学位论文而被搁置，数万字的初稿至今束之高阁。离退休还有十年，时间也许来得及。

二〇二〇年，我在寂寞中和自己赛跑，像是在完成一场一个人的马拉松，不去想远方，不去想目标，只想着自己的两条腿，要它能跑多快就跑多快。而此时此刻抬头看天，盘点过去的一年，心里满满的希望和温暖。

这一年，在我匆匆的脚步中，国家也经历种种考验，疫情一度令人恐慌，经济面临下行压力，西陲有过边境冲突，南海曾经风云变幻，台海局势一度紧张。然而担心仅止于担心，中国屹立不败。跨过年，全面小康建成，"十四五"规划开局，百年未见之局，千秋复兴之梦，"春来更有好花枝"。

大海扬波，惊涛拍岸。这个不平凡的年份即将成为历史，但它会像历史一样被铭记。国如此，民如此，区区如我，亦如此。

我拿什么奉献给你（跋）

一

人是生命体，更是能量体。也许并无科学依据，但似乎可以解释许多问题。

有些个体的能量足以维系生命所需，但也仅限于此。天之所予，他们的盈缩之期令人羡慕，所谓"养怡之福，可得永年"，但这生命终究扁平。有些人的能量，维系令人满意的生命周期尚有不足，遑论其他。另一些则是天选之人，他们闪闪发光，似乎带着使命来到人间，在众人的瞩目中燃烧、绽放，注定是乐谱上的重音。

我上初中时，是别人怎么努力也赶不上的人，上高中时，却怎么努力也赶不上别人，曾经以为是别人或自己努力不够，现在看来并非如此。尽人事而听天命其实并非消极，而是对个体差异的认可，有些差异与生俱来。

个体接受命运的检视，时代和地域亦然。有的时代群星璀璨，有的时代则乏善可陈，有的地域英杰辈出，有的地域则默默无闻。地下的石油被发现并开采之前，中东并非人人向往的地方。江南曾被称作蛮荒瘴疠之地，几经沧海桑田，最终成为国家版图上最灿烂的一片锦绣。还有中世纪之前的欧洲，新大陆发现之前的美洲，衰落的古埃及和古印度文明。所有这些，历史学家从科学角度给出了解释，但细究之，似乎都是在用一种表象来解释另一种表象。至于终极原因，也许有个说法不无道理：科学的尽头是神学。神也许不存在，但如果否定命运，许多东西真的将无法解释。

命运之所以是命运，在于它的不可知。

我经常这样思考谭坪塬的命运，思考它与包括我在内的塬上人之间的命运关联：我们有着什么样的与生俱来？它所赐予的与生俱来，与我们一生的种种努力之间，又有着怎样的合作与纠结？

二

地理意义上的谭坪塬，是吕梁山的尾巴，也是黄河的堤坝，襟山带河，出入艰阻。表现在文化上，这是一个被造化孤立的所在，千百年来关门度日，寂然自守，非但史书无痕，连史前的传说都鲜有耳闻。长久以来，这就是它的命运。

生长于兹的人们，绝大多数跟我一样，从未奢望这片土地会被历史和命运选中，迎来飞黄腾达的某一天。我们的命运关联着"出身问题"，我们的一生，不可避免地受到生身之地的牵连。

历史是人创造的，但历史从来不跟具体的某个创造者有所商量，所以它的转折也总是令人惊诧。虽然从小就听说过河东煤田，近几年也不断看到钻探队伍开到塬上，但最终看到这条新闻的时候，仍然无比意外。当然，意外而已，无关喜乐：

谭坪煤矿建设项目作为山西省2022年省级重点工程项目之一，集煤炭开采、洗选加工、发电、建材生产、铁路营运为一体，建设规模为800万吨/年，服务年限60年。

其中一期建设规模为400万吨/年，地质储量5.91亿吨，设计可采储量3.12亿吨，设计服务年限60年，总投资96.4亿元，拟用地29.0751公顷，规划建设生产能力400万吨/年的煤矿一座，配套400万吨/年的选煤厂一座，20×1500千瓦瓦斯电厂一座。

谭坪煤矿一期工程建成后，预计年综合销售收入40亿元，可实现利税29.4亿元。

这就是所谓的"不鸣则已，一鸣惊人"吧。史上从无煤炭开采的谭坪塬，将建成全县最大、置之全省全国也不落人后的大型煤矿。400万吨/年×60年=2.4亿吨，按吨煤两千元计，未来的六十年间，这里将产出四千八百亿元的价值。如果考虑到二期的话，它的身价应该接近一万亿了。而且我所估算的价格，并未考虑未来的上升空间——这里的煤藏被称为二号煤，国内和国际市场都很抢手。

不管历史的选择意味着什么，这都是一个令人惊奇的命运转折。塬上黄土厚达数百米，埋藏在地底的"深度文章"一旦做出，千百年来的沉寂将被未来的轰轰烈烈所取代。

曾经的熟悉正在消失，即将开启的工业化，将同步开启新的乡愁模式——不是离乡的愁绪，而是在场的忧思，因为曾经熟悉的一切正在消失。

然后，一代人谢幕，新的乡愁也将随之消失——被未来的历史覆盖，或彻底擦除。

三

"微生属醯鸡，世事付野马。"人都有掌握命运的野心，而结果往往并不如人意。

人不可能超然于时间，也不可能自外于空间，时间和空间的规定性，即是生命个体的局限性。至少对绝大部分人而言，我们一生的努力，可能在开始的时候就被设置了极值。历史上，乡宁文化的扛鼎之人应该是纂修光绪《山西通志》的杨笃，这是迄今为止的天花板。谭坪塬也许因为海拔较高，所以天花板更低。佼佼者并非没有，但只能在天花板之下讨论其优秀。

醯鸡处瓮，别有一天，这是空间的规定性。坐井观天是典型的空间局限，其实即使没有井，青蛙也只能看到半个天，因为另一半在地球的另一边。记得八九岁时，对越自卫反击战开打，村里的广播匣子可以接收央广"新闻和报纸摘要"，听新闻必有议论，只是村民们评论的内容有些匪夷所思：傍晚西天火烧一样的云彩，说是越南人打过来了。现在想来可笑，莫非越南人都住在陕西！而那时不但信以为真，而且感觉非常恐怖，什么人居然可以腾云驾雾而来？长大后讲给同事和朋友听，都说我在瞎编，原因无他，他们生活在别的空间，而那里不是谭坪塬。塬上这方水土，文化是其短板，木桶效应的制约，不是桶中的哪一滴水所能改变的，他们只能在既定的环境中开始一生的奋斗，而环境本身就是命运的一部分。所以遮人望眼的不只是天上的浮云。

时来皆同力，运去不自由，这是时间的规定性。生命来往于世间，好似上车下车。比如我爷爷，二十年代上车，路过抗日战争、解放战争，出去转了一圈又被拉回谭坪塬，还带回一身的罪名。我父亲新中国成立之后上车，很遗憾，政治运动的班车从城里始发，终点是乡下。我七十年代上车，巧遇"改革号"，途经小学、中学、大学，一路走到今天。上对了车，天地皆同力，上错了车，英雄不自由。谁都有自己想上的车，但谁也没有选择的权利，我们的时间是被规定的。时运时运，时间是人的命运。

天长，地久，而人生瞬灭。人之与天地，如同夏虫语冰，莫知其候。圣智如孔子，也只能看"回放"，而无"剧透"的能力，所以放言夏礼、殷礼"吾能言之"时信心十足，但对身后之事却唯有谦恭自守，一句"未知生，焉知死"了事。时间像空气一样透明，身在其中的人们，却永远看它不透。

秦始皇有兵马俑，却没有骑过自行车，这是时间问题。晋文公匡天下、霸诸侯，却不曾见过大海，这是空间问题。时间和空间所规定的不止是一时一地的当下，一方水土之于一方人，如同一生追随的尾巴。比如我，少小离家，渐行渐远，但禀性气质早被一方水土抓牢。所谓"三岁看小,七岁看老",先入为主的东西往往具有很强的排他性,类似于医学上的占位效应——有我霸在这里,谁也别想进来。而天地水土之所予,绝非想要便要、不想要就可以不要的,乡土之所赋,此后的阅历往往再难撼动。几十年来,虽置身于熙熙攘攘之间,奔忙于衣食生存之计,但塬上那时的恬静和安然,始终是心之向往。淮南则橘,淮北则枳,齐人之善盗,信非妄语也。

而人在他乡的违和,也不是乡愁二字可以一言道尽的感觉。比乡愁更本质的,是我们思考世界的方式,而思考世界的方式取决于我们所在的世界,谭坪塬始终是我的世界,走到哪里带到哪里的世界。我思我在,我在我思,遂成定式。

可以解释乡愁的,正是这种思维定式。离乡数十年,如果说命运像一个公式,"塬上人"就是公式里一个已被确定的参数,不管代入什么样的未知,答案都被这个已知的参数深刻影响,甚至是决定。

确定这个参数的正是谭坪塬,它是我无力超越的时空。从离开的那一天起,未来,以及与我相关的一切,已被它牢牢锁定。

"知我罪我,其惟春秋。"生身之地,父母之乡,是我们一生的根据。

四

谭坪塬自古是穷乡,父老心中,在外面的人都有办法。假如他们不幸想错,那便是你的尴尬。而且在乡土中国的血缘社会里，尴尬的可能远不止你一人。

偏偏我就是属于在外面但却没什么办法的那种，几十年读书写字，写字读书，最后发现书里并没有传说中的颜如玉和黄金屋。偶尔还乡，借一身锦衣充充门面而已。

自欺者欺人，欺人早晚露馅儿。某年村里修路，上面拨下的款项不够，无奈之下发出众筹信号，希望在外面的人们想想办法，我自然是其中之一。三千、五千、一万、两万都有捐的，而那时捉襟见肘的我，除一身债务外别无所有，最终无所贡献于乡梓。

这条路接住村口的汽路铺进村里，长不过一公里，但我此后回家，短短的"最后的一公里"却是走不到尽头的熬煎，也是找不到借口的惭愧，内心的窘迫，有如下馆子吃了饭却掏不出钱来买单。

更令人不安的是，自己不过是感觉到尴尬，真正面对尴尬的并不是我，而是我的父母。我从来没有问过他们，最后如何向村委解释、如何为我遮护，因为那只会让尴尬更加尴尬。除了说我死了，其他都不是理由。所以，能怎么说呢？

有一阵子，我真希望他们不曾生下我这个儿子，或者虽然生了但没有走出去成为在外面的人。不孝之大者，并不是有后无后之类的无聊，而是无力保全父母的颜面，至少我是这样认为的。但造化往往弄人，爱面子的，偏不给他面子。

有点儿后悔，当时该借点钱了却此事，反正虱子多了不咬人。后悔之余，唯有强迫自己不去想，自欺从来便是我的强项。至于此后，总得想办法来弥补愧疚于一二，放下身之贫富、事之荣辱不说，对生身之地的感情不但有，而且很深。

能做些什么呢？秀才人情半张纸，如此而已。

二〇一六年起，只要忙中偷得闲暇，便将前尘旧事翻拣出来，里外揣摩，来回搬弄，左右摆治，六七年间时断时续，不意竟积字为句、累句成篇、汇篇为册，攒下了眼前这十几万字。一个读书写字的穷鬼，可以拿出来交待父母之乡的，大概也就这堆废纸了。权当码字是搬砖，压在心里的积年旧债，就用字里行间的苦力作个抵偿，就此了断吧。

其实那条路，破了修，修了破，缝缝补补已经不知道多少回。当年的"债主"许多已经作古，健在者八成早忘了还有这么一笔陈年旧账。我虽不才，单就此事而言，也算诚信了一回。几十篇东拉西扯的文字，钱是一文不值，章法体统更无从谈起，所幸情绪还算饱满，笔行痛处，往往感慨系之、情难自已，打动读者的奢望虽不敢有，放倒自己还是绰绰有余的。

大恩终须一报，就当不成敬意的一点心意吧。

五

谭坪塬地处偏远，道路阻隔，民风自古温良朴厚。二十世纪七十年代末以来，国家改新革弊，市场之力无远弗届，塬上昔日的宁静渐渐远去。时代落差见证了沧桑之变，也孕育了一代人的乡愁。

原初设想，以一己之身心，度一地之变迁，为乡梓造一小像，为乡亲作一别传。事唯求真、情唯求切、理唯求实，至于为文之章法，本自无知，此亦不拘。故而远追"高曾祖"，近及"父我身"，从自家叔伯姑舅到村中的哑巴疯人，从放牛割草的烂漫儿时到求学谋生的离乡愁绪，乃至塬上的四时光景、五谷六畜，百姓的稼穑树艺、生死歌哭，一路信马由缰，放任而不知收敛。

事罢回头，不禁哑然。几十篇短文，寡淡如流水记账，拉杂如痴人呓语，无序如负暄琐话。十数万方块汉字，竟如四散逃命的一群溃兵，满山遍野地抱头鼠窜，狼狈之状惨不忍睹。祸乱规矩章法的目的，看来确乎是达成了，而立此存照的初衷则已谬之千里。可叹以笔谋生数十年，终是一个银样镴枪头，宜乎冠盖满目而我独憔悴。

事已至此，唯有敝帚自珍。所幸塬上子弟，似不曾有先行之人，舍我其谁的大话自不敢言，抛砖引玉的使命则时不我待，故不揣浅陋，结集付梓。所谓野人献芹，略尽区区寸心；胡涂乱抹，愿博父老一笑。承蒙家乡政府惠赐、出版单位不弃，乡宁县人民政府卢冬常务副县长亲为主持，县文联刘磊主席一力操办，郝鹏师弟倾心编排，出阁之丑女，得有侈丽之妆奁。又蒙山西省作协原主席、文学评论家杜学文及山西大学文学院教授、恩师景宏业两位先生拨冗作序，感念之情，无以言表。

世道堂皇，角落里的谭坪塬微不足道，但于我而言，它是来到这个世界的入口，或许也将是去往另一世界的出口，在生与死之间短暂而漫长的旅途中，更是我面对外部冲击时自我抵抗的精神铠甲。可以说生于斯、长于斯，念兹在兹。

然而时隔久远，往者难追，因记忆偏差而导致的叙事失真，不但在所难免，而且所在皆是，此非人力所能奈何。再者，假话之故意虽然绝无，真话之勇气则时感不足，难言之隐有之，讳亲讳尊亦有之。病随流俗，深惭董狐之笔；隐而讳者，尚乞方家一笑。如有无意之冒犯，望能见谅于当事诸人。

乔傲龙
二〇二三年春于山西传媒学院